楚辭要籍叢刊

主編　黄靈庚

離騷草木史

〔明〕周拱辰　撰

黄靈庚　點校

上海古籍出版社

本書爲「十三五」國家重點圖書出版規劃項目
本書爲二〇一一—二〇二〇年國家古籍整理出版規劃項目
本書爲二〇一八年國家古籍整理出版資助項目
本書爲浙江師範大學中國語言文學一流學科建設成果
本書爲教育部人文社會科學規劃基金項目成果

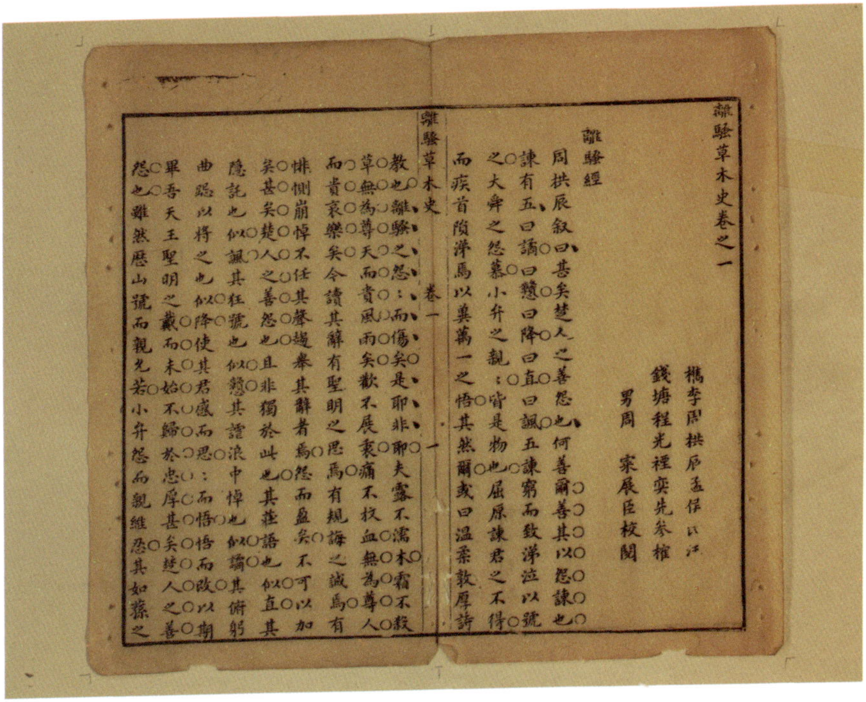

明末清初桐鄉聖雨堂原刻本《離騷草木史》書影

楚辭要籍叢刊導言

黃靈庚

楚辭首先是詩，與詩經是中國詩歌史上的兩大派系，好比是長江與大河，同發源於崑崙山，然後分南北兩大水系。大河奔出龍門，一瀉千里，蜿蜒於中原大地，孕育出帶上北國淳厚氣息的國風；而長江闖過三峽，九曲十灣，折衝於江漢平原，開創出富有南國絢麗色彩的楚辭。「楚辭」這個名稱，始於漢代，是漢人對於戰國時期南方文學的總結。「楚辭」既指繼承詩經之後，在南方楚國發展起來的新體詩歌，標誌着中國文學又進入了一個輝煌的時代；又是中國詩歌由民間集體創作進入了詩人個性化創作的時代，而屈原無疑是創作這種新歌體的最傑出的代表，創造出了「驚采絶豔，難與並能」的離騷、九歌、天問、九章、遠遊、卜居、漁父等不朽的名作。

屈原的弟子宋玉、景差及入漢以後的辭賦作家，承傳屈原開創的詩風，相繼創作了九辯、招魂、大招、惜誓、招隱士、七諫、哀時命、九懷、九歎、九思等摹擬騷體之作，被後世稱之爲「騷體詩」。據説是西漢之末的劉向，將此類詩賦彙輯成一個詩歌總集，取名爲「楚辭」。再以後，東漢王逸爲劉向的這個總集做了注解，這就是至今還在流傳的王逸楚辭章句十七卷的本子，是現存的最早的楚辭文獻，也是我們今天學習楚辭最好的讀本。

「楚辭」之所以名「楚」，表明了所輯詩歌的地方特徵。宋黄伯思業已指出，「蓋屈、宋諸騷，皆書楚語，作楚聲，紀楚地，名楚物，故可謂之『楚詞』。若些、只、羌、誶、蹇、紛、侘傺者，楚語也；頓挫悲壯，或韻或否者，楚聲也；沅、湘、江、澧、修門、夏首者，楚地也；蘭、茝、荃、葯、蕙、若、蘋、蘅者，楚物也；他皆率若此，故以『楚』名之」。其雖然説出了「楚辭」所以名「楚」的緣由，而没有進一步指出名「辭」的來歷。辭，也可以寫作「詞」。楚辭詩句之中都有感歎詞「兮」字。這個「兮」字，古人統歸屬於「詞」，古音讀作「呵」，是最富於表達、抒發詩人的情感的感歎詞。這也是楚辭句式的顯著特點。「楚辭」之又所以稱「辭」，是與用了這個「兮」字有關係。

楚辭的句式比較靈活，四言、五言、六言、七言不等，參差變化，不限一格，一改詩經以四言爲主的呆板模式。詩經的篇章結構以短章重疊爲主，短則數十字，長則百餘字，内容相對單一，只截取生活中一個片斷，無法敘述比較複雜、曲折、完整的故事。楚辭突破了這個局限，像離騷這樣的宏篇巨製，洋洋灑灑，三百七十三句，二千四百九十字，至今仍是最偉大的浪漫主義抒情長詩，表現了詩人自幼至老，從參與時政到遭讒被疏，極其曲折的生命歷程；撫今思古，上天入地，抒瀉了在較大時空跨度中的複雜情感。從音樂結構分析，楚辭和詩經一樣，原本都是配上音樂的樂歌。詩經只是一遍又一遍的短章重複演奏，而楚辭有「倡曰」、「少歌曰」、「重曰」，表示樂章的變化，比詩經豐富得多。最後一章，必是衆樂齊鳴，五音繁會，氣勢宏大的「亂曰」。

楚辭的地方特徵，不僅僅是詩歌形式上的變化和突破，更重要的在於精神内容方面的因素。南國楚地三千里，風光秀麗，山川奇崛，楚人既沾濡南國風土的靈氣，又秉習其民族素有「剽輕」的遺風，陶鑄了楚人所特有的品格。楚辭更是「得江山之助」，在聲韻、風情、審美取向、精神氣質等方面，無不深深地烙上了南方特色的印記，染上了濃厚的「巫風」、神怪氣象，動輒駕龍驂鳳，驅役神鬼，遨遊天庭，無所不至。至其抒發情感，激越獷放，一瀉如注，較少淳厚平和的理性思辨，和中原文化所宣導的「不語怪力亂神」、「温柔敦厚」風氣比較，確實有些區別。

屈原是一位富於創造精神的文化巨匠，他置身於大河、長江的崑崙源頭，俯視於南北文化交融的臨界綫。一方面既保持着楚人特有民族性格，自强不息的精神面貌，富有想象的浪漫情調；另一方面又廣泛吸取、融會中原的理性思想，繼承詩經的道德傳統精神。故而在他的作品中，儘管有大江兩岸、南楚沅湘的旖旎風光、濃豔色彩，但幾乎不曾提到楚國的先王先賢，而連篇累牘的都是爲中原文化所公認的歷史人物：堯、舜、禹、湯、啓、后羿、澆、桀、紂、周文王、武王、皋陶、伊尹、傅説、比干、吕望、伯夷、叔齊、甯戚、伍子胥、百里奚等。在屈原的神話傳説中，除九歌中的湘君、湘夫人、山鬼三篇外，像太一、雲中君、東君、司命、河伯、女歧、望舒、雷師、屏翳、伏羲、女媧、虙妃等，都不是楚國固有的神靈，也没有一個是楚人所獨有的神話故事。離騷開頭稱自己是「帝高陽之苗裔」，高陽是黄帝的孫子，其發祥之地，在今河南省的濮陽，不也是中原人的先祖嗎？總之，楚辭是承接詩經之後的一種新詩體，二者同源於大中華文化，是不能割切開來的。更不能説，楚辭是獨立於中華文化以外的另一文化系統。如果片面强調楚辭的地域性、獨立性，也是不妥當的。

楚辭對於後世文學創作的影響是非常巨大的，像司馬遷、揚雄、張衡、曹植、阮籍、郭璞、陶淵明、李白、杜甫、李賀、李商隱、蘇軾、辛棄疾等各個歷史時期的名家巨子，沿波討源，循聲得實，都不同程度地從屈原的辭賦中汲取精華，吸收營養，形成了一個與詩經並峙的浪漫主義傳統的創作風格。在中國文學史上，後世習慣上説「風、騷並重」，指的是現實主義和浪漫主義的兩大傳統精神。由此想見，屈原對於中國文學的偉大貢獻是無與倫比的，屈騷傳統精神更是永恒不朽的。

正因如此，研究中國詩學，構建中國文學史及中國文化史，楚辭無論如何是繞不開的。而讀楚辭、研究楚辭，必須從其文獻起步。據相關書目文獻記載，自東漢王逸楚辭章句以來至晚清民初的兩千餘年間，各種不同的楚辭注本大約有二百十餘種。綜觀現存楚辭文獻，大抵以王逸章句與朱熹集注爲分界：在朱熹集注以前，基本上是承傳王逸章句，而明、清以後，基本上是承傳朱子集注。由我主編且於二〇一四年國家圖書館出版社出版的楚辭文獻叢刊，輯集了二百〇七種，應該蒐録的注本，基本上已彙輯於其中了。遺憾的是，由於這部叢書部帙巨大，發行量也極有限，普通讀者很難看到。且叢書爲據原書的影印本，没作校勘、標點，對於初學楚辭者，尤爲不便。

有鑑於此，我們與上海古籍出版社合作，從中遴選了二十五種，均在楚辭學史上具有影響，爲楚辭研究者必讀之作，分别予以整理出版，滿足當下學術研究的需要，而顔之曰楚辭要籍叢刊。其二十五種書是：漢王逸楚辭章句，宋洪興祖楚辭補注，宋朱熹楚辭集注，宋吴仁傑離騷草木疏，清祝德麟離騷草木疏辨證，宋錢杲之離騷集傳，明汪瑗楚辭集解，明陸時雍楚辭疏，明周拱辰離騷草木史，明陳第屈宋古音義，明黄文焕楚辭聽直，清林雲銘楚辭燈，清王夫之楚辭通釋，清丁晏楚辭天問箋，清蔣驥山帶閣注楚辭，清戴震屈原賦注附初稿本，清胡濬源楚辭新注求確，清陳本禮屈辭精義，清劉夢鵬屈子楚辭章句，清朱駿聲離騷賦補注，清王闓運楚辭釋，清馬其昶屈賦微附初稿本屈賦哲微，日本西村時彦楚辭纂説、屈原賦説，日本龜井昭陽楚辭玦等。參與點校者，皆多年從事中國古典文獻研究、尤其是楚辭文獻研究，是學養兼備的「行家裏手」，其對於所承擔整理的著作，從底本、參校本的選定，出校的原則及其前言的撰寫等，均一絲不苟，功力畢現，令人動容。但是，由於經驗、水平不足，受到各種條件限制（如個别參校本未能使用），且多數作品爲首次整理，頗有難度，因而存在各種問題，在所難免，其責任當然由我這個主編來承擔。敬請讀者批評指瑕，便於再版改正。

前言

黄靈庚

蓋在明季清初之際，雅爲道學家斥爲「異端」之楚辭，復進入學者視野，因而注家蠭起。若明周拱辰離騷草木史者，蓋其選也。

拱辰字孟侯，浙江桐鄉縣青鎮人。清順治三年丙戌歲貢。周氏爲宋濂溪先生之裔孫，素以儒爲業。其才情奇麗，擅詩古文，好撰秘册稗乘及國家典故。然其際遇易代，世業中落，家徒四壁，居常扼腕，鬱鬱不得志。七入棘闈試，皆落拓不值。乃北走燕豫，南下百粤，名山大川，多所經歷，賦詩酬唱，每每發其胸中奇氣。及清軍南下，則蟄居鄉間以避亂，唯與鄉人陸時雍相往來。後朝廷傳檄諸生應貢，拱辰淡於仕進，乃曰：「休矣！吾第欠一死耳，尚知身外哉？」哭歌不輟，竟未就，乃賦揮杯勸孤影詩以明志。晚還居吴江震澤以終。著有南華真經影史九卷、公羊墨史二卷、聖雨齋詩文集十卷及問魚篇等傳世。事載清嘉慶桐鄉縣志卷七人物傳文苑。

是書卷首有李際期序及周氏自序，雖未署作時，蓋在崇禎之末。自序於屈子辭賦譽揚備至，視如繼三百篇後之佚詩，稱「離騷者，楚補亡之詩也，而即孔子未删之詩也」。而以王世貞

「孔子而不遇屈氏則已，孔子而遇屈氏，必采而列之楚風」云，目爲「知言」。周氏詳述其治騷之由。謂其始也，出於身世之感，以其「生不逢時，沉幽侘傺，加之嚴慈繼背，風木爲慘。又草莽孤臣，請纓無路，不勝血灑何地之感。寒讀之，當紉蘭結茝；飢讀之，當瓊靡菊英；放棄哀怨讀之，當中徒之石、江魚之贄。竊覩騷中山川人物、草木禽魚，一名一物，皆三閭之碧血枯淚，附物而著其靈。而漢王叔師、宋洪慶善、朱元晦三家雖遞有注疏，未爲詳榷，陸仲昭新疏仍涉訓詁習氣，於典故復多挂漏。予向輯天問别注一卷，附刻陸氏新疏中，行世已久，而餘注未及。苫塊之餘，廣爲搜訂，其中山川人物草木禽魚，多所弋獲，憲古條義，自謂兼之。譬諸睇羲坂之龜圖，都縈淑氣；指宣塚之草木，盡含貞性。弔蜀山化女之石，恍逢怨魄；掬杞國崩城之土，親見啼痕。使後之人一一爲之捫誓，爲之太息，爲之肅然生敬，不敢以一名一物，褻爲蟲篆雕刻之靡，而恍如見夫子未删之詩」。又謂「然則稱『史』者何？以治之也。草木之中有君子焉，有小人焉，一一比其類而暴其情，使蕭艾菉葹知所顧忌而不敢進，而與蘭芷江蘺競德，凜凜乎衮鉞旨也。以治草木而還以治草木者治人，是所望於靈修者摯焉爾」云。則周氏之所以注騷，而特重於「山川人物草木禽魚」者，知其非徒爲格物，乃於易代交替之際，而有「荒衷」寄託之意焉。大柢假離騷之酒杯，以澆己懷之塊壘，而一一興寓於騷之「草木禽魚」者矣。李際期序稱，周氏落拓鄉間，「行吟草澤，荒湎無次，慷慨讀騷，若泣若歌，有不任其聲」者，時人稱曰「騷聖」云。則是仿佛屈子再世，而不勝其黍離之悲、遺民之思矣。又謂「干寶作搜神記，人號『鬼中董狐』，先生此注，亦草木之董狐也已。下以抒狐爰哭國之憤，上以弔湘累負石之痛」。斯是周氏知言君子矣。

是書識斷精博，爲明代楚辭文獻之翹楚。凡十卷，附録一卷：離騷經卷一，九歌卷二，天問卷三，九章卷四，遠遊卷五，卜居卷六，漁父卷七。以上皆屈子所作。九辨卷八，招魂卷九。二篇皆宋玉所作。大招卷十，宋玉或景差所作，謂所以「續招魂」者。末附楚辭拾細一卷。周氏於字詞訓釋，祇宗朱子一家，而於「集注」之下繫以「周拱辰曰」，乃自爲之注解也。拾細者，蓋補綴前所未備也。自離騷至招魂，皆摘句以爲解：離騷十則，九歌六則，天問十一則，九章九則，遠遊二則，漁父一則，九辨一則，招魂二則。末又離騷補一則，天問補五則。此所謂「復多觸發，間有剩義」云，既補草木史十卷所闕，又仿朱熹作辯證之例焉。每篇之末，徵引姚寬、桑悦、馮覲、陳深、顧之奇、焦竑、王世貞、楊慎等品騷論藝之語，多鈔自蔣之翹楚辭評林，蓋以與其所闡釋者相映襯也。書之天頭雜置評點，乃所以評楚辭者，似偶涉草木史，係吴郡顧有孝、王撰等人所增益也。

是書凡二刻：始爲明末清初桐鄉聖雨堂原刻本，前無目録，凡十卷，無大招一卷，而以拾細爲卷十。卷首之下三行署「檇李周拱辰孟侯氏注，錢塘程光禋奕先參権，男周宷展臣校閲」，其後九卷大同小異，「檇李」前或增一「古」字，「孟侯氏」或省作「孟侯」，「參権」或作「參評」「參訂」「參」，「校閲」或省作「校」，「錢塘程光禋」或作「武林程光禋」，「周宷展臣」或省「展臣」二字，參権者亦有不同，卷六、七爲「錢塘李世俊聖脩」，卷八、拾細爲「金式玉藍珂甫」。繼則爲清嘉慶八年周氏重刻本，有目録，凡十卷，卷十爲大招，拾細爲附録。目録下數行署「西吴周拱辰孟侯纂録，男寀蝶庵敬校，吴郡顧有孝茂倫、王撰隨菴評閲，歸安鈕緒生起文訂正，彭孫遹羡門、趙吉士天羽、沈皞日融谷、徐喈鳳竹逸、宗元鼎定九、陸嘉淑冰修、毛際可會侯、毛奇齡大可、汪耀麟叔定、徐秉義果亭、陸世楷孝山、董閶如齋參」，而卷一之首署「古檇李周拱辰孟侯注，吴江顧有孝茂倫、太倉王撰隨菴評點，六世孫踴潛，以清及七世孫東、杰、椅、楨、桂、材、楚、榮、相、榦重校刊」。卷二「評點」易「參閲」，爲「黄岡杜濬茶村、蕭山任辰旦待菴」二人，餘同。卷三「參閲」者爲「海寧葛惠保邇周、吴江顧樵樵水」，卷四「參閲」者爲「泰州黄雲仙裳、無錫錢肅潤十峰」，卷五「參閲」者爲「祥符周在浚雪客、松陵張拱乾九臨」，卷六「參閲」者爲「無錫秦松齡對巖、長洲許虬竹隱」，卷七「參閲」者爲「山陽邱象隨季貞、長洲程秉杓石」，卷八「參閲」者爲「無錫嚴繩孫蓀友、吴江徐釚虹亭」，卷九「參閲」者爲「吴江潘耒稼堂、長洲吴藹虞升」，卷十「參閲」者爲「錢塘程光禋奕先、吴江顧樵樵水」，附録「參閲」者爲「吴江朱口天飲、長洲陸肯邃升」。則與其事者多一時名流，其亦衆矣。

周氏於離騷一篇致意極深，用力最勤。乃謂離騷蔽之以一「怨」字。楚人善怨，「善其以怨諫也」。案：此謂有識，執此以讀騷，如持關鑰以通其室，庶幾得其坦塗矣。周氏又以離騷異乎詩之「温柔敦厚」之教，讀其辭，「有聖明之思焉，有規誨之誠焉，有悱惻崩悼、不任其聲、趨舉其辭者焉，怨而盈矣，不可以加矣。甚矣，楚人之善怨矣。且非獨於此也，其莊語也似直，其隱託也似諷，其狂號也似囈，其謔浪中悼也似譎，其俯躬曲跽以將之也似降。使其爲君感而思，思而悟，悟而改，以期畢吾『天王聖明』之戴，而未始不歸於忠厚。」「雖然，歷山號而親允若，小弁怨而親維忍，其如蓀之佯聾者，何哉？逢比進而不御，而芳草奇服徒棄之爲江魚之贅也」。時論多以騷與詩同風不別，周氏體貼入微，見識獨卓，較之有以過之者。其如釋悲回風「登石巒」一段，本是虛無飄渺之語，雅稱難解，周氏謂：「皆指愁緒言。愁緒微杳，故曰『眇眇』；愁緒吐不出，故曰『嘿嘿』；愁緒佶曲不申，故曰『鬱鬱』，愁緒危苦，故曰『戚戚』；愁緒拴鎖不開，故曰『鞿羈』；愁緒如軸盧，故曰『繚轉』；愁緒難倪，故曰『芒芒』；愁緒長，故曰『曼曼』；愁緒不可斷，故曰『綿綿』；愁緒削厲自凜，故曰『悄悄』；愁緒幽僻而難白，故曰『冥冥』。呼之不應，省之不得。聲者此聲，物者此物，不能不愁而又不忍常愁之意，凄然言外。」案：「愁緒」統攝其意，致屈子狀「愁」、摹「怨」之文，繽紛璀璨於目前而無遺蘊矣。於此見其執「怨」、「愁」以解騷者，於鼎中則可嘗其一臠矣。

明季或有疑屈子非投汨淵死者，若汪瑗即是。周氏於屈子沉湘之事堅信不疑，且終歸以「尸諫」，以爲乃時世之所造，所謂「父母不慈有孝子，國家昏亂有忠臣」。其於離騷篇末云：「屈原之於懷，言死者屢矣，曰『吾將從彭咸之遺則』，曰『吾將從彭咸之所居』。然而不死也。頃襄之不令，比之父有甚焉。逮於玉笥山幽放，亦未即死也。至於九年不復，乃始賦懷沙以自畢。原豈真以一死以謝責哉？人固有死有餘於忠者，有忠有餘於死者。死有餘於忠，身一死而責已畢；忠有餘於死者，身畢而忠未畢也。九章曰：『不畢辭而赴淵兮，恐壅君之不昭。』又曰：『驟諫君而不聽兮，任重石之何益？』噫！所謂忠之未畢，皆是物也。猶乎史魚之尸諫也。若曰苟吾君翻然改圖而社稷靈長，屈平受賜而死，千百世而下，寢食於其所未畢，而爲之悲歌，爲之慟哭，爲之跂慕興起，流連未已，亦皆是物爾。知此者可以弔原矣，可以讀騷矣。」察其言也，雖與洪興祖「生不得力争而強諫，死猶冀其感發而改行」云云同出一轍，然「尸諫」之説，蓋肇於周氏矣。

周氏以九歌雖因沅、湘享神民俗而作，然「在在托之」，以「君之信我也不固矣，而托之神以邀之，以痛己之不獲職也」，而「借鬼神以自治也，即以治君也」。故百方求其「在在托之」之旨。則「太乙以喻帝，故曰『上皇』；山鬼喻臣，故曰『若有人』；雲中君、湘君、湘夫人、大司命、少司命、東君、河伯以喻君，故曰『佳人』、曰『夫君』。山鬼媚君，所以尊君；太乙臨君，以正君，亦以尊君也。使吾君凜然知君之上，復有上皇，而不敢自縱，亦愛君之極思矣」。以湘君、湘夫人二神，皆不苟舊注，注引禮經舜崩蒼梧之野，「三妃未之從也」，則「三妃，一娥皇，二女英，三癸比。從則俱從，此何以遺其一？總之，湘君、湘夫人皆湘川之神，猶水母、玄女、貝宫夫人之類，不必泥也」。其與汪瑗之説不謀而合。又稱天問「天之所以爲天也，賢必以而忠必報，天久矣其細矣，屈原蓋借天以大其問，亦借問而大其天也與。或曰：小招、大招，屈原之招魂也。天問，古今帝王卿相之招魂也。呼千古以上人而與之徘笑，與之慟哭，將毋同調之慨也乎哉。匪直此也，千古以上人而無知也則已，其有知也者，而佞者以慚，忠者以起，凛凛乎衮鉞旨也」。據其所言，則注天問者，必求「借天而問」之旨，未在乎問之解與不解矣。又以九章之九篇爲「屈原再被楚襄之放而作」。而九篇作期未有説，惟哀郢「九年而不復」云：「似實有所指，非空言也。以義考之，蓋在頃襄復放之後無疑。百姓震愆，兩東門之蕪，是時秦楚日尋於兵，人民仳離，城閭荒圮，往往而是，不必拘其必拔郢徙陳之年也。」秦白起拔郢在頃襄王二十一年，而此篇「九年不復」，蓋在十年前後。謂哀郢蓋作於是年，其説是也。汪瑗以爲是篇因白起拔郢而楚東遷陳而作，故周氏非之。其又以懷沙「語肆而直，有歎死不暇擇音之意」，則視作絶命詞，「懷沙」者，「言抱石沉沙云爾」。稱思美人有云「思彭咸」，即思美人之意，「古有生不用而以尸諫者，託湘魚之骨以致其思君之極思」。蓋亦以作於將絶命之際矣。又以遠遊之作爲「尋仙」，所以「侑愁」也。稱其「無地無天，無見無聞，寓意更遠，蓋欲逃之天地之外，付時事於不見不聞，較前『涉青雲以泛濫遊』，抑又眇矣」。稱卜居所以「悲握粟之窮」，漁父所以慨清濁之歌，二篇皆「僞立主客」，未必屬託言。又稱九辨是「宋玉爲師貢憤而作」，而招魂是玉招屈子之魂，即「原『指九天以爲正』之極思」。大招是景差「嗣招魂而作」，所招者亦三閭之魂。周氏説楚辭諸篇要旨，蓋大略若是。

書既名之曰「草木史」，則周氏於名物、地理、制度之考證，頗見功力。或補舊説所闕。如，離騷「菌桂」，宋儒惟據本草「花白蘂黄，正圓如竹」解之，周氏云：「菌桂，葉似柿，而尖滑鮮淨。蓋菌桂無骨，如竹心空。蜀都賦所云『菌桂臨崖』，莊子『桂可食，故伐之』是也。」又，「秋菊落英」，宋儒之有菊華之落與不落之辨，周氏乃云：「水經注：『酈縣城南，菊水注之。』菊水即今名菊潭，源傍生菊草，所云『食菊』是也。花木釋異曰：『南陽甘谷水，其山上有大菊，落水從山間流出，飲其液者多壽。』合二說考之，乃知菊有落英不誣也。」則以秋菊之英，確有墜落者，以證漢儒未誣。又，「高丘」注云：「既云『登閬風』矣，又曰『反顧』興哀，則舊訓高丘爲閬風，謬矣。王叔師注：『楚有高丘之山。』是也。疑即楚之高唐山。」其拾細又云：「原固没身楚境耳，似皆指楚山也。且搴薜荔，采撚枝，戲疾瀨，望高山，皆不出楚境。其曰高丘赤岸，或指黄崗之赤嶼與武昌之赤壁乎？」後一解爲聞一多氏所闡揚之。又，大司命「九坑」，注謂「坑、崗同。郢地志有九崗山，今在松滋縣」。亦爲聞一多氏所承傳。又，湘君「參差」，注云：「即物類所稱言簫，長二尺。爾雅云『編二十二管』，蓋截竹二十二根，横束之爲二十二管也。長一尺四寸曰管，尺二寸曰巢。」又，湘夫人「白薠」注云：「招隱云：『青莎雜樹兮，薠草靃靡。』又，子虛賦『薜莎青薠』。薠與莎相似，但以大小相異爾。葉長而色老爲青薠，葉初生而色嫩爲白薠。」又，「紫壇」注云：「紫壇，非紫貝所築，漢行宫用紫泥爲壇。齊梁郊祀歌亦有『紫壇』，即此也。」又，山鬼「女羅」，注云：「女羅，廣雅云：『松羅也。』細長無雜蔓。帶女羅，羅青而長如帶，即用以爲帶也。」又，國殤「操吴戈兮披犀甲」，注云：「考工記：『句兵欲無彈。』又曰：『句兵椑。』句兵，戈戟屬，無彈而椑，吴工最良，薛治稱吴鉤可知也。」又，涉江「露申辛夷」，朱子「未詳」，周氏注云：「按花木考，露申，即瑞香花，一名錦薰籠，一名錦被堆。辛夷，葉似柿而長，正、二月花開如木筆，又曰：辛夷花，即侯桃也。」又，哀郢「過夏首」，注云：「水經注：『江津豫章口東有中夏口，是水之首、江之汜也。是謂夏首。』又杜預曰：『漢水曲入江，即爲夏口。』」其分辨「夏首」、「夏口」者是也。

周氏或者抉發名物之新意。如，離騷「蹇修」，拾細云：「（蹇修）猶云亡是公、烏有先生之類。」案：是則以寓言解之，勝舊説多矣。又，「珵美」注云：「言世人於草木臭味尚未能別識，況能知玉之美邪？珵，楚玉也。魯之玉以璠璵，晋之玉以垂棘，楚之玉以珵美。」珵爲楚玉名，爲周氏所創。又，證之以儀禮，拾細謂離騷「蕭艾」皆「香草」，「比之蘭蕙則已賤矣」。亦信而有據。又，「鳴玉鸞之啾啾」，拾細謂「揚旌旗而鳴玉鸞，則此鸞乃旗旌之鸞也」。又，東皇太一「撫長劍兮玉珥」，注引考工記「桃氏爲劍，身長五，其莖長，重九埒，謂之上制」云，謂長劍即指此。又，雲中君「浴蘭湯兮沐芳」，注引幽明録「古制廟方四丈，不墉壁，夾樹蘭香，齋者煮以沐浴，然後親祭」云云，謂即「所謂蘭湯也」。又，湘君「捐余玦兮江中」，注謂「玦取决别之義。左傳『金寒玦離』是也。古者君遺臣，遺之以玦。篇中曰『輕絶』、曰『告余以不閒』，湘君已隱然棄我矣。然而我敢自棄乎？捐余玦，還之而不敢受也。遺余佩，銘德之念，終身佩之而不敢忘也」。又，天問「撰體」二句，注曰：「『撰體』句未詳，愚謂即風伯也。晋灼曰：『飛廉鹿身，頭如雀有角，而蛇尾豹文。』漢應劭曰：『飛廉，神禽也，身似鹿，能致風雨。』蓋風神也，神禽而鹿身，不尤怪乎？」此説後爲蔣驥等所挹引。凡若此類，皆爲其所獲弋，得成一家言矣。

周氏或者糾朱注名物之訛。如，離騷「集芙蓉以爲裳」，周氏辨之云：「舊以芙蓉爲蓮花，是矣。此章之芙蓉則非蓮花也。一花也，以爲衣，又以爲裳，不重出乎？招魂：『芙蓉始發，雜芰荷些。』既是一物，又何以云芙蓉雜以芰荷乎？按花木考：芙蓉、蓮花，自是兩物。唐詩云：『芙蓉開在秋江上。』荷開以夏，芙蓉以秋，何可混也。」芰荷，即芰也，荷乃襯詞耳。芙蓉、芰荷，自是兩物。又，「資菉葹」之菉，漢、宋舊注多以爾雅「王芻」解之，且引詩「終朝采菉」爲證。周氏辨之云：「菉，韓詩作『薄』，亦云『薄篇竹』，似小梨，赤莖節，今呼爲白脚蘋，即鹿蓐草也。」其非「王芻」及詩之「綠竹」明矣。又，湘夫人「麋何爲」二句，朱子以爲「麋當在山林而在庭中，蛟當在深淵而在水裔，以比神不可見，而望之者失其所也」。周氏駁之曰：「師曠獸經『麋性喜澤』。麋，水獸也。蛟，龍屬，然不能致雨能裂山，蓋龍居水、蛟居山也。麋水獸而來庭，蛟山蟲而泳水，失其居矣。雖然，漸鴻翠狗，鸂鶒鵁鶄，水亦有鳥也。魶魚緣木，鮧魚登竹，木亦有魚也。靈囿濯濯，齊囿設禁，庭亦有麋也。蛟食鯊虎，虬卵淵伏，裔亦有蛟也。緣木求魚不得魚，亦道其常也。冀倖之意，溢于言外。」則肆其弘博，足見舊説之絀，而幾無餘蘊。又，禮魂「姱女倡兮容與」，注云：「舊以女子爲優倡者，非。按：姱女，即巫女。」所謂「舊」者，即朱注也。又，注云：「前曰國殤，乃爲國而死者也。此曰禮魂，迺鄉先生之賢，有功德於桑梓，而俎豆之於瞽宗者。」周氏以朱注「以禮善終者」爲非也。又，思美人「解篇薄與雜菜」，朱子以篇蓄雜菜皆非芳草，周乃注云：「夫既解去矣，又何以備之而交佩乎。且既非芳草，昔何以佩之，必待今日始解去乎。」按考工記『工人茭解接中也』，取接續積中之義。草木考：『篇，小梨，味酸而澀，勝苦李，可以救飢。』菜有多種，謂之『雜菜』。有圃中之菜，有石上之菜，有水中之菜，有仙人服食之菜，一種清苦香澀之味，何至不能與揭車、江離等。」則以篇、雜菜皆爲芳草。

周氏於字義訓詁，雖非其所長，而時見新義，不乏可采者。如，離騷：「名余曰正則兮，字余曰靈均。」注云：「名余字余，即劉向九歎所云『兆出名』、『卦發字』也。」拾細亦云：「正則、靈均，舊訓各釋其義，以爲美稱。若謂美稱則近之，以爲各釋其義則非也。篇中曰『佳人』、曰『美人』、曰『靈修』、曰『蓀』、曰『荃』，皆此意。謂各釋其義，則『佳人』、『靈修』等語，僉以比君也。豈臣不敢稱君名而借以釋其義乎？亦難通矣。」又，「羌内恕己以量人」注云：「恕己量人，言小人之恕責己，苛責人也。量者，度量，亦概量妒盈之意。以螭量龍則可，以蛇量龍則已非，以蚓量龍則不忍言矣。」又，「九死」注云：「九死，即俗所云『九死一生』，言死數多，生數少也。」「自勗也，亦以感君也。」又，「終不察夫民心」注云：「此『民』字，乃屈原自謂。前既賜香草以與臣訣，此蓋廢棄後對君之稱也。」又，「攘詬」注云：「攘，獲也。忍尤矣而反獲詬，則情愈苦矣。」又，「不量鑿而正枘」句注云：「量鑿而正枘，則危吾君；不量鑿而正枘，則危吾身。進退維谷，告舜而舜亦何以爲之計哉？」又，「溘埃風」注云：「埃，舊訓塵，似矣，而未得埃風之義。莊子云：『野馬也，塵埃也，生物之以息相吹也。』野馬塵埃，絪緼吹息，即所云『埃風』也。」又，「拂日」注云：「拂日，非擊日。左傳曰『靡旌摩壘』，拂即摩字之義。言折若木之榦，上摩日光，藉其蔭以逍遥也。」又，「望予」注云：「未必拒我也，曰『倚』、曰『望』，若與我漠無關切者，然袖手旁觀，出孥雲之手者誰與？此所以欲進前而不敢，『結幽蘭以延佇』也。」似較舊説通允。至于他篇亦時見勝義。如，少司命「忽獨與余兮目成」，注曰：「目成，凝睇貌，亦心許貌。」天問「永遏在羽山，夫何三年不施」，注：「書稱『殛死』，猶言貶死，實未嘗殺之。則『永遏在羽山』，似乎永不施矣。」又，涉江「欸緒風」，注云：「舊以欸爲歎聲，似矣。然非以緒風爲可傷歎也。按欸即風聲，莊子：『大塊噫氣，其名爲風。』秋冬之風多愁慘，聽之似噫歎之聲也。」又，悲回風「物有微而隕性兮，聲有隱而先倡」二句，素稱難解，周注似最圓融，云：「『物有微而隕性』，愁苦之來，最微渺而中人不覺，所謂憂能傷人也。秋不覺而聲倪之，亦復如是。微而隕性，微之不可蓋也。隱而先倡，隱之不可蓋也。質實者不磨，虚誕者終滅，故曰情不可蓋，僞不可長。」若此者，則不煩悉舉矣。周氏於其所弗知，則不強爲之解。如，離騷「濟沅湘以南征」，注云：「舜葬九疑，爲説已久。愚考舜典，五月南巡，至于南岳。史言舜南巡狩，崩于蒼梧之野，今云冢在零陵之九疑山。楚地志：九疑去南岳千餘里，蒼梧在廣西域内，去九疑又數百里。孟軻言，舜卒於鳴條。鳴條在東方夷服，不聞有舜冢。今一無實據，存疑可也。」又，天問「射鞠」，注云：「未詳宜闕。」則見其慎謹如是，非倉促苟且者可同日語矣。

周氏或藉辯章析句、疏通文法以探其藴奥者。如，離騷「來吾道夫先路」，注云：「『來』字析句讀，言果能來以相從乎？吾當爲汝前導耳。又按：郊特牲：『先路三就。』左傳：『鄭賜子展先路，子産次路。』先路乃車名。抑御先路之車，以爲導耶？」以「先路」解爲車名者，則創自周氏。又，辯自「昔三后之純粹兮」至「夫惟捷徑以窘步」八句，拾細云：「王弇州謂構法全亂，此段尤甚。不可謂似亂非亂，然別是一格調。中間突然陡説處，了不具原委，只是苦難氣人，東説兩句，西説兩句，只道自己心事，不管人省不省。吾謂此矮人觀場之説也。即如『昔三后之純粹』至『桀紂窘步』八句，言三后純粹之德，爲衆芳之所在，『雜申椒與菌桂，豈維紉夫蘭茝』，即以明三后衆芳之所在也。言三后純粹之德，纖悉備美，豈維大體之馨聞已乎？堯舜之耿介，先三后而立極，誠千古作君之大路也。其如桀紂之昌被，自窘厥步何哉？章法句法，一綫貫串。其曰『構法全亂』，又曰『東説兩句，西説兩句』。吾不知其如何全亂，如何兩句是東説，兩句是西説也。」其説此段上下相承，得其蘊奥。此亦猶後世所謂「文中自注例」以概之耳。又，天問「羿焉彈日，烏焉解羽」，注云：「舊訓抹卻『焉』字，而曰『羿射九日』，九烏墮其羽。非也。二『焉』字，即『鬿雀焉處』。焉字，問詞也。」審天問問難句法，其説是也。

周氏或者藉男女婚姻發明屈子託寓旨意。如，離騷「數化」注云：「數化者，反覆遷徙之意。左傳：『人之化也，何日之有？』公羊傳：『常之母有魚菽之祭，願諸大夫之化我也。』亦取小人誘致之義。改路而得之昏期之餘，悔遁而得之成言之後，約婚矣而他娶，爲女子者難矣，而『士也罔極，二三其德』，亦何解於承羞之吝乎？」其解「數化」而説以男女婚約，蓋得屈子言外意矣。又，湘君「心不同兮媒勞」一節，注云：「媒勞、輕絶二語，千古隕涕。女子因媒而嫁，不因媒而親，媒亦不足憑，恩亦不足恃也。語曰：男懽不敝輪，女懽不敝席。古來忠臣棄婦，大率如斯矣。」由婚姻轉入君臣，則託意深矣。

周氏於天問一篇著意深切，用工至鉅，多發前所未發。首段問天體，周氏每每與朱子相左。其說「九天」或「顧菟」，皆引西人利山人（利瑪竇）說，蓋以科學而破舊注之謬，其學與時俱進，凡理之所在，雖西夷亦不拘。其說「伯强惠氣」云：「伯强、惠氣，風屬。上指日月星，此專言風也。黄帝風經：『風者，氣也。得怒之氣則暴，得喜之氣則和，得金之氣則凉，得木之氣則温，得火之氣則炎，得水之氣則烈。』淮南云：『强隅，不周風之所生也。窮奇諸稽攝提，廣漠風、條風之所生也。』不周風居西北，律中應鐘，氣主肅殺。廣漠居北，律中黄鐘，條風居東北，律中太簇。黄鐘胎養萬物，太簇出生萬物，皆主生，所云惠氣者是也。」如是則伯强爲隅强，爲厲疫惡氣可知也。較之朱説爲長。又，「鴟龜曳銜」，朱子斥之「無稽之談，亦無足答」。周氏云：「蓋『鴟龜曳銜』，鯀障水法也。鯀睹鴟龜曳尾相銜，因而築爲長堤高城。參差綿亘，亦如鴟龜之曳尾相銜者然。程子曰：『今河北有鯀堤而無禹堤。』通志曰：『堯封鯀爲崇伯，使之治水，乃與徒役作九仞之城。』又，淮南云：『鯀作三仞之城，諸侯背之。』史稽曰：『張儀依龜跡築蜀城，非猶夫崇伯之智也。』即其證。按揚雄蜀本紀言：『張儀築成都城，依龜跡築之。』龜殼猶在軍資庫。宇文遇云：『比常爲主庫吏，見龜殼長六尺。』依龜築城，儀襲鯀智，大抵然矣。」其説確矣。長沙馬王堆漢墓帛畫之下部有「鴟龜曳銜」之象，證周説有據。聞一多氏天問疏證亦爲此解，蓋因周氏爲之張目矣。類此勝義，不煩悉舉，是乃管中窺豹，時見其一斑也。

周氏或於注疏字義中，體會文心，索言外之旨，雖未必謂其盡得屈賦本意，而論藝品文，則不無勝義焉。如，離騷「紉秋蘭以爲佩」，注云：「爾雅翼：『蘭乃香草之最。』江南蘭春芳，荆楚及閩中秋復再芳，故有春蘭、秋蘭，爲王者香也。紉蘭爲佩，乃原自表芳潔之性，原非實語。」又拾細云：「孔子有猗蘭之操，蓋見蘭生深林，不爲人采，故傷之。且重其爲王者香也。禮經内則：『女子有賜蘭者，獻諸舅姑。』又左傳：『燕姞生子，曰：敢徵蘭乎？』又華夷草木考：『蜂采百花釀蜜，皆濡其股切之，采蘭則以背馱之，以獻於王。』貴其爲王者香，不敢以褻承之也。離騷云『紉秋蘭以爲佩』，曰『滋蘭之九畹』，又曰『覽椒蘭其若兹』，又『況揭車與江蘺』。原之尊蘭至矣。故曰『結幽蘭而延佇』，又曰『謂幽蘭其不可佩』。蘭曰『幽蘭』，其蘭可知也，即知希我貴之意也。」宋儒以騷之蘭，似澤蘭，「今處處有之」，周氏駁之曰：「既曰『處處有之』，則人皆耳而目之，何以稱曰『幽蘭』也。愚謂紉蘭爲佩，特懷芳抱潔之寓言耳。素王棲棲，撫國香而自惜，靈均見放，佩幽蘭以自旌，故曰知我者希，則我貴矣。」周氏於屈子稱蘭之意，爲「自表芳潔之性」，「非實語」，以斥宋儒之泥，當矣。且攝出一「幽」字，寄寓「知希我貴之意」，亦謂有識。又，「滋蘭九畹」八句，寄寓懷才不遇於時而遭斥棄不用之意，云：「語曰：『過時而不來，將隨秋草萎。』樹衆芳者亦已矣。令衆芳不見其美於天下，而反致疑衆芳之非真，又令衆芳反而自疑，又令天下慕衆芳者舍此而他有所樹，而置衆穢于衆芳之上，不亦傷乎。懷美不見，匪第與無美同也，且以快妬美者之心。荃蕙化茅，糞壤充幃，隱憂更亟矣。」見其感遇之深、體會之切，幾與屈子同悲。

又，陳詞重華一段注云：「『啓九辨九歌』以下，皆舜千百年以後事，舜亦惡從而知之？而娓娓言之者，儼然以吾君爲當日之舜，而不惜苦口之陳也。若曰前王之轍，後王之師也。其成敗得失已如此矣。吾君而具四目、四聰如舜，其亦有戒心乎！」直以此段爲諷諫懷王之詞，非唯一味懷古弔傷也。又，「僕夫悲余馬懷」，注云：「岱馬懷北風，君子懷故國，匪戀土也，宗廟存焉爾。」其以「思宗廟」比之「戀土」，更進一層矣。又，少司命注云：「『悲樂』二語，側重別離而言。然二語合看，才見言情之苦。以爲已別離矣，而昨日之相知尚新，以爲相知伊始耳，而生離隨繼。夫相知而別離，不如不相知之愈也，而況新相知乎？一日之内，忽新忽故，忽聚忽散，無限啼笑無憑之感，所謂『今宵剩把銀釭照，猶恐相逢是夢中』也。含情寫恨，歎聲壓雲。」若非通感于時世而寓有深意者，似不得出此沉痛語也。又，河伯篇末注云：「交手東行，相送南浦，何眷顧流連之靡已，深味語意，非原招河伯，乃河伯招原也。蓋東門秭歸，兩靡税駕，惟有沅湘清波，可了靈均一生結局。『波滔滔兮來迎，魚隣隣兮媵予。』河伯固以江魚之腹贈原矣。」是篇以寄寓隨河神而自沉之意，蓋前所未聞。又，抽思「曰黄昏以爲期」，注云：「已隱許我以私婚矣，苟可偕老，不避多露之嫌，竟無如遵路摻袪，無靦終棄也。俄而信誓，俄而造怒，畢嫁無望矣。」以男女婚姻比君臣，目此篇爲「棄婦閨怨」，而泄其「逋臣離緒」，自是別具慧眼。又，「望孟夏之短夜」，注云：「曼遭夜之方長，故冀夏夜之短以自息也。長夜而思短夜，夜益以長矣。」是所謂反襯法，相反爲義。則揣摹屈子心思，如入人肝腑。又，悲回風「竊賦詩之所明」，注云：「蟲至秋而皆聲，心至愁而皆鳴。詩之自明，非求人之代爲我明也。」斯所謂「比類合誼」以爲解矣。又，天問原附於陸時雍楚辭疏，時有借題發揮之論。如，「康回馮怒，地何故以西南傾」，注云：「此是荒唐不可致詰語，非真謂有其事而詰之也。細味語意，大似借康回之怒，代鮌貢憤者。然所云天高不能寄怨，地厚不能埋愁，謂天地缺陷至今，可如何哉？嗟乎！盛氣彌天，厚土不能載康回之怒；積憾化物，流水不能洗崇伯之冤。恨血成碧，精靈至今，良可悼矣。」又，惜往日「虚辭」注云：「吾讀騷『聽讒人之虚辭』一語，而竊有疑於晋文也。晋文遠賢於夫差，亦剛愎猜忌主耳。親莫如子犯，尚須沉璧之盟，豈其有讒之者耶？舟之僑棄虞而從，備歷艱辛，亦與子推同棄。嗟乎，欒書慘矣。封介山以奚齊爲耆蛇。冤哉，拭縞涕而何益？『自前世之嫉賢兮』、『謂蕙若其不可佩』，古昔已然，獨一文公哉。」是當亦有所感發而激也。

周氏刻意求新，訓詁未密，是故卒多穿鑿附會。如，離騷「汩余若將不及兮」，注以「汩」爲「汨」，云：「郢有汨、羅二江，此曰『汨兮若不及』，亦指汨流以自悼年歲之徂云耳。」悠謬不通，莫甚於此。又，「鷙鳥之不羣」，注引禽經：「庶鳥雄大雌小，鷙鳥雄小雌大。」而謂「不羣言不與凡鳥伍也。東齊志：『人見二鷹鳥擲卵，相上下接之。』蓋習飛也。其胎教乎？未破卵而英鷙夙成，故曰『自前世而固然』也。」則荒誕不經之甚。又「攬茹蕙以掩涕」，注云：「攬蕙掩涕，前云『替余蕙纕』，君與臣訣別之物。抑睹物思君，故攬蕙掩涕而涕愈滋乎？」又「雄鳩之鳴逝」，注云：「雄鳩將雨則逐婦，己不有其婦而能代人聘婦乎？佻巧，言孟浪狂薄不可任也。」皆不知其所據，信如夢囈。又，「鶗鴂」注云：「一作鷤鳺，揚雄反騷：『恐鷤鴂之先鳴兮，顧先百草爲不芳。』顔師古以爲子規。近是。太史公『冰泮發熱，秭鳺先滜』。滜即鳴也。此物於草芳時最先鳴，一發其聲，漬血滿叢，草木之穎，半皆萎折，莫知其故。然則古人蓋忌其鳴之蚤也。晦翁以爲鶪。按月令『七月鳴鶪』。若鶪以七月鳴，豈復有芳草耶？揚雄去古未遠，以鶗鴂爲鷤鳺，當弗誤也。」鶗鴂、鷤鳺、子規，皆聲之轉，其實不别。字又作鶗鴃、鶗鳺、子巂。詩七月「七月鳴鶪」，詩用周正，七月當夏正五月，以立夏鳴，其時猶有花事矣。又，「未沫」之「沬」，注云「水沫，衆芳遭水漬即變色矣」，爲「言衆芳之遭黯汶多矣」云云。牽合之説，不通文理。國殤「霾兩輪」，注云：「風而雨土曰霾。霾，晦也。言戰塵迷沓，不辨車輪也。」非是。王逸注云：「更霾車兩輪，絆四馬，終不反顧，示必死也。」自是不易。「霾兩輪」，即孫子九地篇之「是故方馬埋輪」，曹操注：「方，縛馬也。埋輪，示不動也。」又，釋九章之名：「一曰日章，二曰月章，三曰龍章，四曰虎章，五曰鳥章，六曰蛇章，七曰鵲章，八曰狼章，九曰韡章，章乃旌屬。」悉是無稽之論。其釋句意猶未脱明代學人憑臆批點評注習氣，引例漫不經心，且多空疏不實。解天問「受賜茲醢」以下四句謂殷紂醢文王長子伯邑考，而文王受而食之，「不敢言，所不敢以私怨懟君父也」云云，屬腐迂之見。字義訓詁，鑿空之説在在有之，如以離騷之「猶豫」爲二獸名，而不以其爲連語之詞不可分者。惜誦「疾親君」之「疾」訓「急」或「懟」，而不知其爲「疾力」之意。類此牽合之説，則不勝舉矣。

周氏以朱子集注爲藍本，各篇正文分節即同朱子，各節之下爲音注，多鈔自朱子。然校勘未精，時見舛誤。如離騷「脩姱」乙作「姱脩」，「體解」乙作「解體」，「節中」乙作「中節」，「紉蕙」誤作「紉蘭」，「繽其」誤作「紛其」，「靈氛」誤作「靈脩」，「承旂」易作「承旗」。如此不一而足，他篇亦推而可知矣。故其文獻價值，亦大打折扣。又，其於集注下時見非出集注者。如，遠遊「與泰初」，引集注下自「又謂天門大壑」至「天地未分之始也」一段，九辯「卒壅蔽此浮雲」，引集注：「浮雲，當作明月。」招魂「秦篝齊縷」，引集注：「設篝縷爲綫，綿絡爲篝，若世之所爲浮度是也。」周氏斥曰浮屠氏「異端之説」。其引文皆未見于集注，類此者即從陸時雍楚辭疏竄入而已。

是書以桐鄉聖雨堂原刻本爲底本，以嘉慶本爲參校本。其出校原則，以校正底本是非爲主：凡底本有訛、脱、衍及錯亂者，則據校本改、補、删、乙；底本、校本皆誤者，則或者據集注本及其所徵引本書改正。校勘記務求簡要明白，不作繁瑣考證。其所用底本，離騷一卷有清朱駿聲以朱、墨二色批校，或於校勘有助，則亦酌情徵引之，其注明「朱批」者是也。卷十大招，據嘉慶本補之，而易拾細爲附録。是書爲首度整理，限於學識卑陋，斷句標點或者校記等不當失誤之處，亦在所不免，祈請高明指正。時維乙未之歲孟夏之月記於婺州。

總目

離騷經草木史叙

戰國之世，秦楚兢雄，才人蔚起，雄視詞壇，亦如南北争帝，未肯相降。乃説者以秦有詩，楚無詩，而以漢廣、江汜諸什比美秦風。予謂漢汜諸什，自應歸兩南，與楚何與？且鳳兮、滄浪，聖人已録之經傳，楚何以無詩哉？夫楚詩即亡而不亡也。離騷者，楚補亡之詩也。侘怛致痛，鬱伊貢憤，疾君親而無他，指蒼天以爲正，哭歌慨歎，一冀靈脩之悟而後已。孤孽投兔之傷，窮嫠兩髦之感，何以加焉！蓋孤行其意於君臣父子之間，而藹然增人倫之重，可以興，可以觀，可以群，可以怨。孔子而在，取節之續十五國風之後，何遽出小戎、蒹葭下哉！故曰：離騷者，楚補亡之詩也，而即孔子未删之詩也。弇州王氏曰：「孔子而不遇屈氏則已，孔子而遇屈氏，必采而列之楚風。」知言哉！千載而下，楊雄、淮南得騷之膚，賈誼得騷之骨，漢高、漢宣、漢武得騷之神與騷之用。得騷之膚者可與言，得騷之骨者可與立，得騷之神與騷之用者可與霸、可與王。袁孝尼痛飲讀騷，不荒誕乎哉！予生不逢時，沉幽侘傺，加之嚴慈繼背，風木爲慘。又草莽孤臣，請纓無路，不勝血灑何地之感。寒讀之，當紉蘭結茝；飢讀之，當瓊糜菊英；放棄哀怨讀之，當中徒之石、江魚之贅。竊覩騷中山川人物、草木禽魚，一名一物皆三閭之碧血枯淚，附物而著其靈。而漢王叔師、宋洪慶善、朱元晦三家雖遞有注疏，未爲詳榷。陸仲昭新疏仍涉訓詁習氣，於典故復多挂漏。予向輯天問别注一卷，附刻陸氏新疏中，行世已久，而餘注未及。苦塊之餘，廣爲搜訂，其中山川人物草木禽魚，多所弋獲。憲古條義，自謂兼之。譬諸睇羲坂之龜圖，都縈淑氣；指宣塚之草木，盡含貞性。弔蜀山化女之石，恍逢怨魄；掬杞國崩城之土，親見啼痕。使後之人一一爲之捫譽，爲之太息，爲之肅然生敬，不敢以一名一物，褻爲蟲篆雕刻之靡，而恍如見夫子未删之詩，是則予私心之所以愛騷也已。然則稱「史」者何？以治之也。草木之中有君子焉，有小人焉，一一比其類而暴其情，使蕭艾菉葹知所顧忌而不敢進，而與蘭芷江蘺兢德，凜凜乎衮鉞旨也。以治草木而還以治草木者治人，是所望於靈脩者摯焉爾。若夫竊取之義，予則何敢？夫固曰：風木之酸淚，草莽之孤憤，所攸寄焉爾也。稗官野乘，聊寓荒衷，篇中之草木禽魚，其有以罪我也夫！其有以知我也夫！古檇李周拱辰孟侯自題於聖雨齋。

離騷草木史叙

天中李際期庚生甫撰

離騷一書，與日月同懸。所繇獎重名教，衣被詞人，夫固偕坒璧繡裳，均其什襲，而孟侯先生尤稱騷聖。崇禎之末季間，從友人問先生起居狀，聞其行吟草澤，荒湎無次，慷慨讀騷，若泣若歌，有不任其聲、趣舉其詞者焉，蓋狐爰哭國，而託之騷以見志也。嘗言株林、溱洧之後無詩，九辨、大招之後無騷。非無騷也，有意擬騷，騷之所以亡也。今之箋騷者，目無萬卷之書，胸無半尺之識，而欲綜列篇中之名物，一一詮其繇來，爲詞人覽切，是猶指測海，舌舐天，而不相及也。夫箋騷者而不得其歸，其於亡騷也愈矣。自叔師氏首爲開鑿，附同里功臣，而憑臆射覆，聿多紕繆。考亭氏近之矣，譚及玄僻，即爲掩耳，不無含菽吐珠之歎。洪慶善補注間摭山海經而總綷典故，尚餘腹儉。騷中之山川人物，鳥獸草木，千年來半埋漆炬，不無望後賢之發其覆也。昔王方慶有園亭草木疏，李文饒有山居草木記，博學多識，君子尚焉。況其爲國風之續，忠孝所扶植者哉！南朝宋[一]劉杳有離騷草木疏，識者以不得見爲恨。夫春宮靈瑣，玉虬青翳，菊英瓊靡，秋蘭薜荔，種種靈異，紛綸綷彙，而不詳其才性，榷其繇來。一發其芳馨，爲後學寢食，即屈氏所云「覽督草木之未得」也，其於爲鶗鴂有餘矣。先生喜藏書，家多秘本。而彩筆炤世，曹倉江管，夙稱兩絶。擧杯命騷，更爲詮注，上觀千古，下觀千古，了無餘憾。且其忠蘭謟艾，貶鳩選鳳，禽魚草木，亦有以貴。大其博雅之識，而服其治物之誠，於以稱「史」，豈偶然也哉？干寶作搜神記，人號鬼中董狐。先生此注，亦草木之董狐也已。下以抒狐爰哭國之憤，而上以弔湘纍負石之痛，植義攬蘙，學問見榮，君子亦樂觀乎此也矣。

【校勘記】

［一］「南朝宋」，原作「五代」，據隋書經籍志改。

離騷草木史卷之一

檇李周拱辰孟侯氏注
錢塘程光禋奕先參権
男周　寀展臣校閲

離騷經

周拱辰叙曰：甚矣，楚人之善怨也！何善爾？善其以怨諫也。諫有五：曰譎，曰戇，曰降，曰直，曰諷。五諫窮，而致涕泣以號之。大舜之怨慕，小弁之親親，皆是物也。屈原諫君之不得，而疾首隕涕焉，以冀萬一之悟其然爾。或曰：温柔敦厚，詩教也。離騷之怨，怨而傷矣，是耶？非耶？夫露不濡木，霜不殺草，無爲尊天而貴風雨矣。歡不展衷，痛不拉血，無爲尊人而貴哀樂矣。今讀其辭，有聖明之思焉，有規誨之誠焉，有悱惻崩悼，不任其聲，趨舉其辭者焉。怨而盈矣，不可以加矣，甚矣，楚人之善怨也！且非獨於此也，其莊語也似直，其隱託也似諷，其狂號也似戇，其謔浪中悼也似譎，其俯躬曲跽以將之也似降。使其君感而思，思而悟，悟而改，以期畢吾天王聖明之戴，而未始不歸於忠厚。甚矣，楚人之善怨也！雖然，歷山號而親允若，小弁怨而親維忍。其如蓀之佯聾者，何哉？逢比進而不御，而芳草奇服徒棄之爲江魚之贅也，悲夫！

帝高陽之苗裔兮，朕皇考曰伯庸。①攝提貞于孟陬兮，惟庚寅吾以降。皇攬揆余於初度兮，肇錫余以嘉名。名余曰正則兮，字余曰靈均。陬，子侯反。降，叶乎攻反。

集注：高陽，顓頊有天下之號。顓頊之後有熊繹者，事周成王，封爲楚子，居於丹陽。傳國至熊通，始僭稱王，徙都於郢，是爲武王。生子瑕，受屈爲卿，因以爲氏。苗者草之莖，裔者衣之末，故以爲遠末子孫之稱。朕，我也，古者上下通稱之。皇，美也。父死稱考。伯庸，字也。攝提，星名，隨斗柄以指十二辰者。貞，正也。陬，隅也。正月爲陬。蓋是月孟春昏時，斗柄指寅，在東北隅，故以爲名也。皇，皇考也。高平曰原。正則、靈均，各釋其義以爲美稱耳。

周拱辰曰：典謨之世，君臣皆稱朕。朕，取朕兆眇躬之意。老子曰「孤寡不穀，而王公以爲稱」是也。攝提，月令「正月建寅」，寅，攝提格。庚寅以降，言降生以庚寅日。或曰：即庚寅月，未可知。名余字余，即劉向九嘆所云「兆出名」、「卦發字」也。爾雅：「大野曰平，廣平曰原。」又，可食者曰原，謂種穀給食也。九畹百畝，庶有其地乎？此章稱高陽，雖遡世系，亦以遡祖德也。若曰「吾之滋蘭樹蕙」，祖孫一脉好脩爾。人有厥美，歸之祖父，亦女子得蘭，獻諸舅姑之意也。遠遊曰：「高陽日以遠兮，余將焉所程。」君不我知，冀祖宗之見諒而已矣。

【眉批】

①馮開之曰：通篇攬其菁華，擷其瑤寶，愈空愈脱，愈婉愈深。來去若風雨之無從，明睇若日月之停照，一唱三歎，金石泠然。見其血縷青微，揺曳江楓無已。

紛吾既有此内美兮，又重之以脩能。①扈江離與辟芷兮，紉秋蘭以爲佩。汩余若將不及兮，恐年歲之不吾與。朝搴阰之木蘭兮，夕攬洲之宿莽。紛音坆。能，叶奴代反。扈音户。辟音僻。紉，女陳反。汩，于筆反。搴音蹇。阰音皮。攬，力敢反。莽音莫。

集注：紛，盛貌。脩，長也。能，獸名，熊屬，多力，故有絶人之才者謂之能。楚人名被爲扈。離，香草，生江中，故曰「江離」。説文曰：「蘼蕪也。」郭璞曰：「似木蘼。」辟，幽也。芷，亦香草。蘭至秋乃芳。本草云：「與澤蘭相似，生水傍。紫莖赤節，緑葉光潤，尖長有岐。陰小紫花，紅白色而香，高四五尺，五六月盛。」汩，水流去疾之貌。搴，拔取也。阰，山名。木蘭，木名。皮似桂而香，狀似楠，樹高數仞，去皮不死。擥，采也。水中可居曰洲。草冬生不死者，楚人名曰宿莽。一名蓍葹，摘其心復生。

周拱辰曰：説文：「紛，旗旒也。」又，盛美揚郁貌。江離，説文謂即蘼蕪，非也。子虛賦稱「江離蘼蕪」。上林賦「被以江離，揉以蘼蕪」。分明兩物。又博物志：「芎藭苗曰江離，根曰蘼蕪。」本草云：「蘼蕪，芎藭苗也。」按：芎藭有兩種，一種似芹，葉大；一種似蛇牀，葉小。如蛇牀者爲蘼蕪，則似芹葉者乃江離也。織蕭障水曰扈，取組織之義，故曰扈。爾雅翼：「蘭乃香草之最，江南蘭春芳，荆楚及閩中秋復再芳，故有春蘭、秋蘭，爲王者香也。」紉蘭爲佩，乃原自表芳潔之性，原非實語。晦翁以蘭爲蘭草，乃可刈而爲佩。則九章「春日爲糗芳」，蘭草又可刈而爲食乎？亦甚泥矣。郢有汨、羅二江，此曰「汨兮若不及」，亦指汨流以自悼年歲之徂云耳。木蘭，葉似長生，冬夏榮，常以冬華，生零陵山谷及泰山。又蜀本圖經云：「樹有數仞，葉似菌桂。」又，廣雅云：「木蘭，桂蘭也。」阰與洲同。水中之土曰洲，丘阜之阿曰阰。

【眉批】

①「吾」「余」上俱一字作句法。簡掉。

日月忽其不淹兮，春與秋其代序。①惟草木之零落兮，恐美人之遲暮。不撫壯而棄穢兮，何不改乎此度。② 棄騏驥以馳騁兮，來吾道夫先路。棄，一作乘。馳，一作馳。下同。

集注：淹，久也。零落，皆墜也。草曰零，木曰落。美人，託辭，寄言于君也。三十曰壯。草荒曰穢。③

周拱辰曰：覩草木而思美人，恐美人之與草木同靡也。秋氣中于木則木凋，秋氣中于國則國悴。木凋者春救之，國凋者賢救之。用賢得路，失賢窘步，又何疑？騏驥，國策言「千里馬」。博物志：「駝知水脉，過其處，以足踏之，使人不迷于坎。」所謂「先路」也。來吾道夫先路，「來」字析句讀，言果能來以相從乎？吾當爲汝前導耳。又按：郊特牲：「先路三就。」左傳：「鄭錫子展先路，子産次路。」先路，乃車名。抑御先路之車，以爲導耶？

【眉批】

① 淡奥。

② 一字句法。

③ 洪興祖曰：屈原有以美人喻君，「恐美人之遲暮」是也。泛喻善人者，「滿堂兮美人」是也。有自喻者，「送美人兮南浦」是也。

昔三后之純粹兮，固衆芳之所在。雜申椒與菌[一]桂兮，豈惟紉夫蘭茝。彼堯舜之耿介兮，既遵道而得路。何桀紂之昌被兮，夫惟捷徑以窘步。菌[二]音窘。茝，昌改反。被，一作披。

集注：椒，木實之香者。申，或地名。桂，木名。本草云：「花白葉黄，正圓如竹。」蕙，薰草也。生下濕地，麻葉而方莖，赤花而黑實，氣如蘼蕪，可以已厲。或云：即零陵香也。昌被，衣不帶貌。

周拱辰曰：菌桂，葉似柿，而尖滑鮮浄。蓋菌桂無骨，如竹心空。蜀都賦所云「菌桂臨崖」，莊子「桂可食，故伐之」是也。徑，狹僻路也。古人不徑不竇，彼捷徑者，以爲便于速至耳，不知欲速而反得躓也。

惟黨人之偷樂兮，路幽昧以險隘。豈余身之憚殃兮，恐皇輿之敗績。忽奔走以先後兮，及前王之踵武。荃不揆余之中情兮，反信讒而齌怒。余固知謇謇之爲患兮，忍而不能舍也。指九天以爲正兮，夫惟靈脩之故也。隘，叶于改反。荃，七全反。齌，一作齋，祖西反。

集注：踵，足跟也。武，迹也。荃與蓀同。陶隱居云：「冬間溪側有名溪蓀者，根形氣色，極似石上菖蒲而無脊，蓋亦香草。」齌，炊餔疾也。謇謇，難于言，如口吃然。九天，天有九重也。廣雅云：「東方蒼天，東南陽天，南方炎天，西南朱天，西方成天，西北幽天，北方玄天，東北變天，中央鈞天。」

周拱辰曰：謇謇，舊謂難于言。既難於言矣，又何以罹患乎？愚謂謇謇，乃謇謇諤諤之義，語不違心，戇直自任也。篇中曰「謇吾法夫前脩」，曰「汝何博謇[二]而好脩」，皆此意。靈脩與蓀，總以喻君。蓀性取其芳馨。靈脩，取其明潔也。

曰黄昏以爲期兮，羌中道而改路。① 初既與余成言兮，後悔遁而有他。余不難夫離别兮，傷靈脩之數化。數，所角反。化，叶虎瓜反。

集注：黄昏者，古人親迎之期，儀禮所謂「初昏」也。羌，楚人發語端之辭。近曰離，遠曰别。

周拱辰曰：數化者，反覆遷徙之意。左傳：「人之化也，何日之有？」公羊傳：「常之母有魚菽之祭，願諸大夫之化我也。」亦取小人誘致之義。改路而得之「昏期」之餘，悔遁而得之「成言」之後，約婚矣而他娶，爲女子者難矣。而「士也罔極，二三其德」，亦何解於承羞之吝乎？

余既滋蘭之九畹兮，又樹蕙之百晦。① 畦留夷與揭車兮，雜杜衡與芳芷。冀枝葉之峻茂兮，願竢時乎吾將刈。雖萎絶其亦何傷兮，哀衆芳之蕪萎。晦，古畝字，叶滿彼反。萎，於危反。

集注：滋，蒔也。一畹十二畝。畦，隴種也。留夷、揭車，皆芳草。杜衡，似葵而香，葉似馬蹄，俗云馬蹄香也。刈，獲也。

周拱辰曰：滋蘭樹蕙，一欲紉以爲衣，一欲擣以爲糧也。蘭，俗呼燕尾香。一榦一花，香有餘者爲蘭。一榦數花，香不足者爲蕙。杜衡，葉似細辛，惟香氣小異，而根亦麄，黄白色。爾雅謂之「杜」，本草謂之「懷」。芳芷，白芷也。春生，葉相對，花白微黄。一名白芷，一名苻離，楚人謂之葯。語曰：「過時而不來，將隨秋草萎。」樹衆芳者亦已矣。令衆芳不見其美于天下，而反致疑衆芳之非真，又令衆芳反而自疑，又令天下慕衆芳者舍此而他有所樹，而置衆穢于衆芳之上，不亦傷乎！懷美不見，匪第與無美同也，且以快妬美者之心。荃蕙化茅，糞壤充幃，隱憂更亟矣。

【眉批】
① 歷叙至此，方説出被讒，何婉而切也。

【眉批】

①纏綿惋戀，一字一淚，亦一字一珠。

衆皆競進以貪婪兮，憑不厭乎求索。①羌內恕己以量人兮，各興心而嫉妬。忽馳騖以追逐兮，非余心之所急。老冉冉其將至兮，恐脩名之不立。婪音藍。索，叶蘇故反。量，力香反。

集注：愛財曰貪，愛食曰婪。憑，滿也。害賢曰嫉，害色曰妬。脩名，脩潔長久之名。七十曰老。

周拱辰曰：恕己量人，言小人之恕責己，苛責人也。量者度量，亦概量妬盈之意。以螭量龍則可，以蛇量龍則已非，以蚓量龍則不忍言矣。名也者，君子之輿，小人之所忌也。恐脩名之不立，毋乃我爲的而招之射乎？人臣無私名，賢臣之令譽，聖主之餘被爾。若夫東陵死利，首陽死名，君子原其辭之痛矣。謂夫外君父以求名，攘君父之美以自鬻名，皆靈均之所心疚焉，而不敢出也。

【眉批】

①即「汩兮」一段意，而語更深矣。

朝飲木蘭之墜露兮，夕餐秋菊之落英。①苟余情其信姱以練要兮，長顑頷亦何傷。擥木根以結茝兮，貫薜荔之落蘂。矯菌桂以紉蕙[三]兮，索胡繩之纚纚。姱，苦瓜反。要，於笑反。顑，虎感反。頷，一作頜。纚，一作徙。

集注：練要，言精練而要約也。顑頷，食不飽而面黄之貌。薜荔，香草，緣墻而生。蘂，花鬚粉。矯，舉也。胡繩，亦香草，有莖葉可作繩。纚纚，長垂貌。

周拱辰曰：水經注：「酈縣城南，菊水注之。」菊水，即今名菊潭，源傍悉生菊草，所云「食菊」是也。花木釋異曰：「南陽甘谷水，其山上有大菊，落水從山間流出，飲其液者多壽。」合二説考之，乃知菊有「落英」，不誣也。②薜荔，據本草，絡石也。在石曰石鮍，在地曰地綿，繞木曰常春籐。桂有三種：有筒桂、牡桂、菌桂。菌桂生交趾、桂林，正圓如竹，有二三重者，矯之可作繩索貫物。結芷、貫薜荔，則以擥木根。紉蘭、索胡繩，則以矯菌桂。種種香草，同一線索矣。

【眉批】

①天華空翠，如剪瓊蕤。

②觀此，乃知山谷、安石聚訟，皆成戲論。

謇吾法夫前脩兮，非世俗之所服。雖不周於今之人兮，願依彭咸之遺則。①長太息以掩涕兮，哀民生之多艱。余雖好脩姱[四]以鞿羈兮，謇朝誶而夕替。既替余以蕙纕兮，又申之以攬[五]茝。亦余心之所善兮，雖九死其猶未悔。謇，一作蹇。服，叶蒲北反。鞿，居依反。羈，居宜反。誶音粹。替，他音反。悔，叶虎猥反。

集注：周，合也。彭咸，殷大夫，諫其君不聽，自投水而死。鞿羈，以馬自喻。韁在口曰鞿，革絡頭曰羈。言自繩束，不放縱也。誶，諫也。詩曰：「誶余不顧。」替，廢也。纕，佩帶也。此言君子之廢我，以蕙茝爲賜而遺之，如待放之臣，予之以玦，然後去也。

周拱辰曰：九死，即俗所云「九死一生」，言死數多，生數少也。替之蕙纕，申之攬芷，蓋賜之香草以與臣訣也。夫不殺亦君恩，而況心知其賢者乎？「亦余心之所善兮，雖九死其猶未悔。」自勗也，亦以感君也。

【眉批】

①洪興祖曰：屈原死于頃襄之世，當懷王時作騷，已云「願依彭咸之遺則」，又曰「吾將從彭咸之所居」。蓋其志先定，非一時懟憤而自沉也。

怨靈脩之浩蕩兮，終不察夫民心。衆女嫉余之蛾眉兮，謡諑謂余以善淫。①固時俗之工巧兮，偭規矩而改錯。背繩墨以追曲兮，競周容以爲度。忳鬱邑余侘傺兮，吾獨窮困乎此時也。寧溘死以流亡兮，余不忍爲此態也。諑音卓。偭音面。錯，叶七故反。忳音屯。邑、悒同。侘，勅駕反。傺，丑吏反。溘，苦荅反。

集注：偭，背也。繩墨，今墨斗繩是也。周，合也。忳，憂貌。侘傺，失志貌。侘，立也。傺，住也。皆楚語。溘，奄也。

周拱辰曰：此「民」字，乃屈原自謂。前既賜香草以與臣訣，此蓋廢棄後對君之稱也。爾雅云：「徒歌謂之謡。」方言云：「楚南謂愬爲諑。」又，男妬曰媢，女妬曰嫉。「衆女嫉余之娥眉」，妬婦也。「謡諑謂余以善淫」，讒婦也。寧玉碎無瓦全，喔咿儒兒以事婦人，固不待卜居而決矣。

【眉批】①言悁悁而嫵媚，娓娓與黨人爲理。

鷙鳥之不群兮，自前世而固然。①何方圜之能周兮，夫孰異道而相安。屈心而抑志兮，忍尤而攘訽。伏清白以死直兮，固前聖之所厚。圜，一作圓。攘，而羊反。

集注：鷙，執也。能執伏衆鳥者，鷹鸇之類是也。攘，除也。訽，恥也。謂攘却訽恥，不置于懷。

周拱辰曰：禽經：「庶鳥，雄大雌小。鷙鳥，雄小雌大。」不群，言不與凡鳥伍也。東齊志：「人見二鷹鳥擲卵，相上下接之。」蓋習飛也。②其胎教乎？未破卵而英鷙夙成，故曰「自前世固然」也。攘，獲也。忍尤矣而反獲訽，則情愈苦矣。厚，許可也。清白死直，以一死洗濯其心於天下也。夫立節而取必一死幾于狹，然夷、齊、彭咸有行之者矣，何常不心許之而以爲非乎？

【眉批】①自處抑復矯抗正，如東方生自譽。
②事僻而奇[六]，亦異聞也。

悔相道之不察兮，延佇乎吾將反。回朕車以復路兮，及行迷之未遠。步余馬於蘭皋兮，馳椒丘且焉止息。①進不入以離尤兮，退將復脩吾初服。製芰荷以爲衣兮，纍芙蓉以爲裳。不吾知其亦已兮，苟余情其信芳。②高余冠之岌岌兮，長余佩之陸離。芳與澤其雜糅兮，惟昭質其猶未虧。忽反顧以遊目兮，將往觀乎四荒。佩繽紛其繁飾兮，芳菲菲其彌章。民生各有所樂兮，余獨好脩以爲常。雖體解[七]吾猶未變兮，豈余心之可懲。相，息亮反。佇，直吕反。離，去聲。纍，古集字。糅，女救反。樂，五教反。好，去聲。懲，叶直良反。

集注：悔，追恨也。恨前日之相視道路，未能明審，而輕犯世患。延，引頸也。佇，跂立也。澤曲曰皋。丘上有椒，名曰椒丘。芰，蔆也，兩頭鋭者。芙蓉，蓮花也。本草云：「蓮其葉名，荷其花名，未發爲菡萏，已發爲芙蓉。」岌岌，高貌。佩，玉佩也。陸離，美好分散貌。芳，謂以香物爲衣裳。澤，謂玉佩有潤澤也。

周拱辰曰：舊以芙蓉爲蓮花。是矣。此章之芙蓉，則非蓮花也。一花也，以爲衣，又以爲裳，不重出乎？招魂[八]：「芙蓉始發，雜芰荷些。」既是一物，又何以云芙蓉雜以芰荷乎？按花木考：芙蓉蓮花，自是兩物。唐詩云「芙蓉開在秋江上」。荷開以夏，芙蓉以秋，何可混也！初服者，古者士服，玄衣纁裳。屈原恐進而遇禍，故退脩初服。初服，則十服耳。芰荷緑色，有玄之象。芙蓉朱色，有纁之象，所云「士服」，即初服也。

【眉批】

①「且焉」二字句法。

②陳深曰：顛倒神思，想及退修初服，意尤悽惋。下文女須、重華、靈氛、巫咸俱就此轉出。○「不吾知」二語，乃倒句法。

女嬃之嬋媛兮，申申其詈予。①曰：鮌婞直以亡身兮，終然殀乎羽之野。汝何博謇而好脩兮，紛獨有此姱節。薋菉葹以盈室兮，判獨離而不服。衆不可户説兮，孰云察余之中情。世並舉而好朋兮，夫何煢獨而不余聽。②嬃音須。嬋音蟬。媛音爰。鮌、鯀同。婞，一作倖。野，叶音嶼。薋音茨。葹音施。聽，平聲。

集注：女嬃，屈原姊。嬋媛，眷戀牽持之意。申申，舒緩貌。帝系曰：「顓頊五世而生鯀。」婞，狠也。蚤死曰殀。博謇，謂廣博而忠直也。薋，蒺蔾也。菉，王芻也。葹，枲耳也。皆惡草。判，别也。憑，滿也，恚盛貌。

周拱辰曰：水經注：「秭歸縣東北數十里，有屈原舊宅。宅之東北六十里，有女嬃廟。」婞直，剛愎倔强，即所云「怒悻悻見於其面」也。韓非曰：「堯以天下讓舜，鯀曰：不祥哉，孰以天下予匹夫乎？堯惡其諫，卒殺之。」婞直亡身，乃女嬃頌鯀之語，借以況原者。竹書：顓頊三十一年産伯鯀。又四十八而陟，爲高辛氏六十三年。又至堯六十一年，而鯀治河，年百七十二歲矣。堯六十九年而黜。計鯀殀羽之年，蓋百八十歲也。③ 薋即茨，詩「墻有茨」，又曰「楚楚者茨」，即此物。菉，韓詩作「薄」，亦云「薄篇竹」，似小梨，赤莖節，今呼爲白脚蘋，即鹿蓐草也。葹，一名地葵。爾雅謂之「蒼耳」，即詩所云「卷耳」也。白華細莖，可煮爲茹。女嬃之言止此。

【眉批】

① 出女須一段。

② 女須之言至此。

③ 是鯀年譜。

依前聖以節中[九]兮，喟憑心而歷兹。① 濟沅湘以南征兮，就重華而敶辭。啓九辨與九歌兮，夏康娛以自縱。不顧難以圖後兮，五子用失乎家衖。羿淫遊以佚畋兮，又好射夫封狐。固亂流其鮮終兮，浞又貪夫厥家。澆身被服强圉兮，縱欲而不忍。日康娛而自忘兮，厥首用夫顛隕。夏桀之常違兮，乃遂焉而逢殃。后辛之菹醢兮，殷宗用之不長。湯禹儼而祗敬兮，周論道而莫差。舉賢才而授能兮，循繩墨而不頗。皇天無私阿兮，覽民德焉錯輔。夫惟聖哲之茂行兮，苟得用此下土。瞻前而顧後兮，相觀民之計極。夫孰非義而可用兮，孰非善而可服。敶，古陳字。難，去聲。衖、巷同，叶乎貢反。射音石。浞，食角反。家，叶古胡反。澆，一作奡，五耗反。差，叶七何反。頗，叶普禾反。行，下孟反。相，去聲。

集注：沅水出象郡鐔城西，東注江，合洞庭中。湘水出帝舜葬，東入洞庭下。重華，舜號也。舜葬於九疑山，在沅、湘南。九辨、九歌，禹樂也。言禹平治水土以有天下，啓能承先志，纂叙其業，故九州之物，皆有辨數，九功之德，皆有次序，而可歌也。夏康，啓之子太康。不脩先王之政，畋於洛表，十旬弗反。羿拒於河，五弟御其母以從，故有五子之歌。家衖，即宮中之道，如所謂永巷也。太康崩，弟仲康立。仲康崩，子相立。自羿篡夏，凡八年。後更寒浞三十九年，而少康光復舊物。方浞之弒相於帝丘也，后緡方娠，歸有仍氏。相臣靡奔有鬲氏。后生少康，少康自有仍奔虞爲庖正。虞思妻以二姚，有田一成，有衆一旅，依斟灌、斟鄩氏立焉。其後，收二國之燼以滅浞。少康踐位，夏[一〇]道復興。羿世爲射官，自鉏遷於窮石，號有窮氏。寒浞者，伯明氏之子。羿信浞，浞行媚于内，施賂於外，娛羿於田。羿田將歸，家衆殺之。浞因羿室，生澆及豷。恃其讒慝，而不德於民。少康既立，興兵誅浞，滅澆於過，滅豷於戈，有窮遂亡。强圉，多力也。藏菜曰菹，肉醬曰醢。前，謂往昔之是非。後，謂將來之成敗。計極，見民之計謀，于是爲極也。

周拱辰曰：舜葬九疑爲説已久，愚考舜典，五月南巡，至于南岳。史言「舜南巡狩，崩于蒼梧之野」。今云塚在零陵之九疑山。楚地志：九疑去南岳千餘里，蒼梧在廣西域内，去九疑又數百里。孟軻言「舜卒於鳴條」。鳴條，在東方夷服，不聞有舜塚。今一無實據，存疑可也。「啓九辨九歌」以下，皆舜千百年以後事，舜亦惡從而知之？而娓娓言之者，儼然以吾君爲當日之舜，而不惜苦口之陳也。若曰「前王之轍，後王之師」也，其成敗得失，已如此矣。吾君而具四目四聰如舜，其亦有戒心乎？

【眉批】

①出重華一段。

阽余身而危死兮，覽余初其猶未悔。不量鑿而正枘兮，固前脩以葅醢。①曾歔欷余鬱邑兮，哀朕時之不當。攬茹蕙以掩涕兮，霑余襟之浪浪。阽，余廉反。悔，叶呼磊反。量，平聲。鑿音曹。枘，而鋭反。歔，許居反。欷，許衣反。浪，平聲。

集注：阽，臨危也。鑿，穿孔也。枘，刻木端以入鑿者。正，謂審正而納之。前脩，若龍逢、梅伯之流。歔欷，哀泣聲。鬱邑，憂也。茹，柔軟也。浪浪，流貌。陳重華之言止此。

周拱辰曰：「不量鑿而正枘」，所謂以盂納觚，以釜度甂，方員之不相入也。龍、比、萇弘，免此患者鮮矣，故曰「固前脩以葅醢」。昔紂爲長夜之飲，衆皆失日，問之國人，國人不知，以問箕子，箕子曰：「一國醉而失日，爲國君者危矣。問我而我獨知之，則我亦危矣。」辭以醉而不知。此云「量鑿而正枘」，則危吾君。「不量鑿而正枘」，則危吾身。進退維谷，告舜而舜亦何以爲之計哉？攬蕙掩涕，前云「替余蕙纕」，君與臣訣別之物。抑覩物思君，故攬蕙掩涕，而涕愈滋乎。

【眉批】

① 陳重華之言止此。

跪敷衽以陳辭兮，耿吾既得此中正。駟玉虬以椉鷖兮，溘埃風余上征。朝發軔於蒼梧兮，夕余至乎縣圃。欲少留此靈瑣兮，日忽忽其將暮。吾令羲和弭節兮，望崦嵫而勿迫〔一二〕。路曼曼其脩遠兮，吾將上下而求索。飲余馬於咸池兮，總余轡乎扶桑。折若木以拂日兮，聊逍遥以相佯。前望舒使先驅兮，後飛廉使奔屬。鸞凰爲余先戒兮，雷師告余以未具。吾令鳳鳥飛騰兮，又繼之以日夜。飄風屯其相離兮，帥雲師而來御。紛總總其離合兮，班陸離其上下。①吾令帝閽開關兮，倚閶闔而望予。時曖曖其將罷兮，結幽蘭而延佇。世溷濁而不分兮，好蔽美而嫉妒。正，平聲。鷖，一作翳。縣，平聲。曼，莫半反。索，叶溹〔一三〕。爲，去聲。離，去聲。御，叶音迓。下，叶音户。予，上聲。罷，叶音疲。

集注：衽，裳際也。有角曰龍，無角曰虬。鷖，鳳類，身有五彩。溘，奄忽也。埃，塵也。軔，楮車木，將行則發之。蒼梧，舜葬地。縣圃，在崑崙之上。瑣，門鏤也。文如連瑣，以青畫之，則曰青瑣。羲和，堯主四時之官，賓日餞日者。弭，節按〔一三〕徐步也。崦嵫，日所入之山。咸池，日浴處也。總，結也。重華亦無所折衷，故將上下而求索。扶桑，木名，日出其下。若木，亦木名，在崑崙西極。雷師，豐隆也。山海經：「丹穴之山有鳥焉，其狀如鷄而五彩，曰鳳鳥。」

霓，虹屬。雄曰虹，雌曰霓。閽，主門之隸。閶闔，天門也。言令閽開關，將入見上帝，而閽者倚門望而拒我，使不得入也。罷，極也。不意天門之下，亦復如此，則將去而他適。蓋上下終不見容，可謂無聊極矣。

周拱辰曰：馹，駕也。埃，舊訓塵。似矣。而未得「埃風」之義。莊子云：「野馬也，塵埃也，生物之以息相吹也。」野馬塵埃，絪緼吹息，即所云「埃風」也。水經注：「弱水出鍾山，西行，極崦嵫之山，在西海郡北。」淮南曰：「若木在建木西。」山海經曰：「南海之南，黑水之間，有木名若木。」又云：「灰野之山有樹焉，青葉丹華，厥名若木，生崑崙山西。」水經注曰：「若木之生，非一所也。黑水之山，厥木所植，水出其下，故名若水。」拂日，非擊日。左傳曰：「靡旌摩壘。」拂，即摩字之義。言折若木之榦，上摩日光，藉其蔭以逍遥也。飛廉，風伯。水經注：「飛廉以善走事紂，惡來以多力見知。周王伐紂，殺惡來。飛廉先爲紂使，還無所報，乃壇於霍、泰山而致命焉。天帝賜以石棺，死以葬，遂爲風神。」②「鳳凰爲予先戒」，戒雷師也。「雷師告余以未具」，雷師承鳳凰之戒，急切未能率徒屬以備衛，于是又令鳳鳥飛騰，繼日夜以促之。雷于是始率風雨雲霓而來御也。雷一動而風雲爲之奔走，所以先勅雷師也。倚閶闔而望予，未必拒我也。曰「倚」、曰「望」，若與我漠無關切者。然袖手傍觀，出拏雲之手者誰與？此所以欲進前而不敢，結幽蘭以延佇也。誰俤予美？心焉忉忉。天上亦不免乎？

【眉批】①上下都無一遇，可勝孤惋。

②飛廉佞人，致命不失爲忠。伯嚭佞人，鞭口不失爲孝。人品不相掩，固上帝之所閔也。

朝吾將濟於白水兮，登閬風而緤馬。忽反顧以流涕兮，哀高丘之無女。溘吾遊此春宫兮，折瓊枝以繼佩。及榮華之未落兮，相下女之可詒。吾令豐隆乘雲兮，求虙妃之所在。解佩纕以結言兮，吾令蹇脩以爲理。紛總總其離合兮，忽緯繣其難遷。夕歸次於窮石兮，朝濯髪於洧盤。保厥美之驕傲兮，日康娱以淫遊。雖信美而無禮兮，來違棄而改求。覽相觀於四極兮，周流乎天余乃下。望瑶臺之偃蹇兮，見有娀之佚女。吾令鴆爲媒兮，鴆告予以不好。①雄鳩之鳴逝兮，余猶惡其佻巧。心猶豫而狐疑兮，欲自適而不可。②鳳凰既受詒兮，恐高辛之先我。欲遠集而無所止兮，聊浮游以逍遥。及少康之未家兮，留有虞之二姚。③理弱而媒[一四]拙兮，恐導言之不固。世溷濁而嫉賢兮，好蔽美而稱惡。閨中既以邃遠兮，哲王又不寤。懷朕情而不發兮，余焉能忍而與此終古。閬音郎。緤音雪。詒音異。虙，房六反，一作宓。纕，息羊反。理，叶音賴。

緯音灰。盤，叶蒲延反。娀音嵩。令，平聲。佻音挑。惡，去聲。古，叶去聲。

集注：白水出崑崙山。閬風，山名。女，神女，以比賢君。於此又無所得，故欲遊春宮，求宓妃，見佚女，留二姚。皆求遇之意。春宮，東方青帝舍。豐隆，雷師。虙妃，伏羲氏女，溺洛水而死，遂爲水神。纕，佩帶也。緯繣，乖戾也。蹇脩，人名。理，爲媒也。既持纕以通言，而讒人復毀敗之，令其意一合一離，終以乖戾而見絶。窮石，山名，在張掖，即后羿之國也。洧盤，水名。有娀，國名。佚，美也。吕氏春秋曰：「有娀氏有美女，爲高臺以飲食之，謂帝嚳之妃，契母簡狄也。」鴆，運日也。羽有毒，可殺人。雄鴆，鶻鳩也，似山鵲而小。短尾，青黑色，多聲。猶，犬子，人將犬行，犬好豫在人前，待人不來，豫爲迎候，故謂不决曰猶豫。狐性多疑，善聽。河冰始合，狐聽其下，不聞水聲，乃敢過，故因謂狐疑。高辛，帝嚳有天下之號。少康，夏后相之子也。有虞，國名，姚姓，舜後也，以二女娶少康。小門謂之閨。終古，古之所終，謂來日之無窮也。寤，覺也。

周拱辰曰：既云登閬風矣，又曰反顧興哀，則舊訓以高丘爲閬風，謬矣。王叔師注「楚有高丘之山」是也。疑即楚之高唐山。哀高丘之無女，非無女也，無與爲之通者，女何由而見乎？故哀也。東方朔曰：「秦之君如帝，典謁如鬼，因鬼可以見帝，無鬼之因而希見帝難矣。」意者下女之不我通，而捐余佩之未誠乎？于是未即去，而徘徊春宮，折瓊繼佩，冀一通乎下女。下女，即神女之侍女也。春宮，非東方青帝宮，即高丘神女與下女棲息之宮。九歌自降神而言，謂之壽宮。此自衆神女棲息而言，謂之春宮也。豐隆，雷師。飛廉，風伯。穆天子傳：「天子升崑崙山，封豐隆葬。」水經注：「霍、泰山有飛廉墓。」大率風雷之神，皆人死而爲之者，蹇脩王叔師謂伏羲氏臣，無所考。或曰：蹇，載姓苑，下有「蹇」字，音義同，註曰：「姓也。」則蹇當作蹇。春秋「蹇叔」，亦應作蹇，傳寫之誤耳。雄鳩知晴，將晴則先鳴，食蝮蛇及豫實，知巨石大木間有虺蛇，即爲禹步以禁之。羽翮瀝酒，毒能殺人。雄鳩將雨則逐婦，已不有其婦而能代人聘婦乎？佻巧，言孟浪狂薄不可任也。楊慎曰：「狐性多疑，鼬性多預。」猶即鼬，訓犬子者，非也。

【眉批】

① 三「吾令」。

② 句法變。

③ 孫曠曰：恐高辛之先我，及少康之未家，意妙絶而語似遥對。

索藑茅以筳篿兮，命靈氛爲予占之。①曰：兩美其必合兮，孰信脩而慕之。思九州之博大兮，豈惟是其有女。」曰：「勉遠逝而無狐疑兮，孰求美而釋女。何所獨無芳草兮，爾何懷乎故宇。」②蔓音瓊。筵音廷。篿音專。女音汝。

集注： 蔓茅，靈草也。筵，小折竹也。楚人名結草折竹以卜曰篿。靈氛之言止此。

周拱辰曰： 此言宇宙大矣，何所不容爾乎？而必戀戀兩東門爲？且自以爲脩，孰汝信之？自以爲美，孰汝求之？荃不乏芳矣，豈其娶妻必宋之子？豈其擇君必楚之懷也？女嬃詈而語直，靈氛諷而語婉。各極其致。

【眉批】

① 出靈氛。

② 靈氛之言止此。

世幽昧以昡曜兮，孰云察余之善惡。民好惡其不同兮，惟此黨人其獨異。戶服艾以盈要兮，謂幽蘭其不可佩。覽察草木其猶未得兮，豈珵美之能當。蘇糞壤㠯充幃兮，謂申椒其不芳。要，古腰字。珵音呈。㠯，古以字。幃音暉。

集注：艾，白蒿，非芳草也。珵，美玉也。相玉書云：「珵大六寸，其光自耀。」蘇，取也。幃謂之幐，即香囊也。

周拱辰曰：「覽察草木其猶未得，豈珵美之能當」，言世人於草木臭味，尚未能別識，况能知玉之美耶？①珵，楚玉也。魯之玉以璠璵，晉之玉以垂棘，楚之玉以珵美，即珂玉，趙簡子所問白珩是也。爾雅：「蘇，桂荏。」亦香草。蘇糞壤，謂目糞壤爲香草，而比申椒於糞英。芳穢顛倒，一至於此。服艾擯蘭，糞馨椒穢，皆所云「覽察草木之未得」也。

【眉批】①精核。

欲從靈氛[二五]之吉占兮，心猶豫而狐疑。巫咸將夕降兮，懷椒糈而要之。①百神翳其備降兮，九疑繽[二六]其並迎。皇剡剡其揚靈兮，告余以吉故。曰：「勉陞降以上下兮，求榘矱之所同。湯禹儼而求合兮，摯咎繇而能調。苟中情其好脩兮，又何必用夫行媒。説操築于傅巖兮，武丁用而不疑。吕望之鼓刀兮，遭周文而得舉。甯戚之謳歌兮，齊桓聞以該輔。及年歲之未晏兮，時亦猶其未央。恐鵜鴂之先鳴兮，使夫百草爲之不芳。糈音所。迎，去聲。剡，以冉反。咎由，古皋陶字。媒音糜。鶗音題。鴂音決。

集注：巫咸，古神巫。椒，香物，所以降神。糈，精米，所以享神。九疑在零陵蒼梧之間，山有九峯，其形相似，遊者疑焉，故云九疑。皇，謂百神。剡剡，光也。摯，伊尹名。咎由，舜士師名。説，傅説也。武丁，殷之高宗也。武丁夢得聖人，圖形象求之，因得傅説。孔安國曰：「傅氏之巖在虞、虢之界。通道所經，有澗水壞道，常使胥靡刑人築護此道。説代胥靡築之，以供食也。」吕望，姜姓，從其封姓，故云吕也。太公避紂，居東海之濱。行至朝歌，道窮，因鼓刀以屠。遂西釣於渭濱，文王夢得聖人，出獵遇之，遂載歸，因以爲師。曰：「吾望子久矣。」故曰望。甯戚，衛人。脩德不用，退而商賈，宿齊東門外。甯戚方飯牛，扣角而商歌。桓公聞之，曰：「異哉，歌者非常人也！」命後車載之，用爲客卿。鶗鴂作鶗鴃，鳥名，即詩所謂「七月鳴鵙」者。蓋鴃、鵙聲相近。又其聲惡，陰氣至，則先鳴而草死。勉原使及此身未老，時未過，而速行之意。若此時一過，則時事愈變，而愈不可爲也。

周拱辰曰：巫咸，古靈巫，姓季，鄭人，堯臣也。初作筮，以鴻術爲堯醫師。生爲上公，死爲貴神也。又，大荒經：「大荒之中有靈巫，巫咸、巫盼、巫彭、巫姑、巫貞、巫孔、巫抵、巫謝、巫羅，十巫從此升降。」其曰「將夕降」，謂此也。傅説築巖，舊訓代刑人操築營食。未然。禰衡曰：「禰衡罪同胥靡，不能發明王之夢。」明乎説有罪操築，而武丁繪夢中之形以求之，猶之管仲檻囚，齊桓脱之堂阜，三薰三沐而任之也。②甯戚扣牛角，歌「南山」、「白石」之辭，齊桓異而欲爵之。左右曰：「甯戚，衛人。齊去衛不遠，當使詢之。」桓公曰：「詢之恐其有小惡也，以小惡而棄其大德，明君所以多失賢也。」曰「用而不疑」、曰「聞以該輔」，其有獨斷、獨行之意乎？此一段言何所獨無賢君，即何所獨無芳草之説也。故又以年歲未晏，鷤鴂欲鳴惕之。鵜鴂音弟桂，一作鷤鴂。揚雄反騷：「恐鷤鴂之先鳴兮，顧先百草爲不芳。」顔師古以爲「子規」。近是。③太史公：「冰泮發熱，秭鳺先滜。」滜，即鳴也。此物於草芳時最先鳴，一發其聲，漬血滿叢，草木之穎，半皆萎折，莫知其故。然則古人蓋忌其鳴之蚤也。晦翁以爲鵙。按月令「七月鳴鵙」。若鵙以七月鳴，豈復有芳草耶？揚雄去古未遠，以鵜鴂爲鷤鴂，當弗誤也。

【眉批】

①出巫咸一段。

②宋人爲傅説回護，反見其拙。

③鷤鴂非鵙，漢儒爲確。

何瓊佩之偃蹇兮，衆薆然而蔽之。惟此黨人之不諒兮，恐嫉妒而折之。時繽紛以變易兮，又何可以淹留。蘭芷變而不芳兮，荃蕙化而爲茅。何昔日之芳草兮，今直爲此蕭艾也。①豈其有他故兮，莫好脩之害也。余以蘭爲可恃兮，羌無實而容長。委厥美以從俗兮，苟得列乎衆芳。椒專佞以慢慆兮，樧又欲[一七]充夫佩幃。既干進而務入兮，又何芳之能祇。固時俗之從流兮，又孰能無變化。覽椒蘭其若茲兮，又況揭車與江離。薆音愛。茅，叶音矛。慆，吐刀反，一作謟。樧音殺。祇音祈。離，叶音羅。

集注：不可淹留，宜速去也。蕭艾，賤草。慆，淫也。容長，謂徒有外好耳。樧，茱萸也。幃，盛香之囊也。

周拱辰曰：按草木史：茅非惡草。②左傳「包茅不貢，無以縮酒」。又靈茅三脊，商、周用以封禪。然香固不如蕙荃耳。蕭艾，亦皆香草。古者天子贄鬯，諸侯蕙，大夫蘭，士蕭，庶人艾。又，生民詩「取蕭祭脂」。又，周禮「祭既奠，然後焫蕭」。此曰：「户服艾以盈要兮，謂幽蘭其不可佩。」又曰：「何昔日之芳草兮，今直爲此蕭艾也。」蕭艾雖非惡草，要之庶人之所服。又用以祭鬼，比之蘭蕙，則已賤矣。樧爲茱萸，一名藙，其味苦，其實爲艾。子解毒。荆楚歲時記：「漢費長房教亘景令家人各作絳囊，盛茱萸，繫臂上。」即此也。蘭芷可變，荃蕙化茅，又況揭車江離之瑣瑣，滔滔皆是，正人亦不免。時事至此，亦孔棘矣。此一段正答上巫咸「恐鵜鴃之先鳴使百草不芳」句也。言君子正恐已非芳草耳。苟真芳草，何惜鵜鴂？世雖變易，不易吾之好脩也。③由此言之，鵜鴂鳴而芳草愈馨，則鵜鴂亦芳草之砥石也。黨人嫉而瓊佩愈堅，則黨人亦正人之砥石也。蘭蕙芳草，下至椒樧與揭車江離，同一隨俗波靡，是豈鵜鴂之罪哉？莫好脩之害以至此。時之鵜鴂可慮也，人心之鵜鴂，更可慮也夫。

【眉批】

①隨俗波靡，賢者不免，真堪慟哭。

②不貶蕭艾，益見蘭蕙之尊。

③見道之言可以訓世。

惟茲佩之可貴兮，委厥美而歷茲。芳菲菲而難虧兮，芬[一八]至今猶未沬。和調度以自娛兮，聊浮游而求女。及余飾之方壯兮，周流觀乎上下。沬，叶莫之反。調，徒料反。下，叶音户。

集注：沬，浮沬，芳之謝而欲去者，有可貴而不爲世用，委而去之，以至於此。調度，猶格調法度。言我和此調度以自娱，而遂浮游以求女，即前求虙妃、佚女、二姚之屬。余餙，謂瓊佩及前章冠服之盛。方壯，亦即年未晏、時未央之意。周流上下，即靈氛所謂遠逝，巫咸[一九]所謂「升降上下」也。

周拱辰曰：沫，水沫，衆芳遭水漬即變色矣。又沫，小星也。周易「日中見沫」，取白日幽蔽之義。未沫，言衆芳之遭黯汶多矣。直至今保慎自貞，未敢如上之化茅化艾，以自菲薄。正反上以自旌厥志也。

靈氛既告余以吉占兮，歷吉日乎吾將行。折瓊枝以爲羞兮，精瓊爢以爲粻。爲余駕飛龍兮，雜瑶象以爲車。何離心之可同兮，吾將遠逝以自疏。邅吾道夫崑崙兮，路脩遠以周流。揚雲霓之晻藹兮，鳴玉鸞之啾啾。朝發軔於天津兮，夕余至乎西極。鳳凰翼其承旂[二〇]兮，高翱翔之翼翼。忽吾行此流沙兮，遵赤水而容與。麾蛟龍以梁津兮，詔西皇使涉予。路脩遠以多艱兮，騰衆車使徑待。路不周以左轉兮，指西海以爲期。屯余車其千乘兮，齊玉軑而並馳。駕八龍之蜿蜿兮，載雲旗之委蛇。抑志而弭節兮，神高馳之邈邈。奏九歌而舞韶兮，聊假日以婾樂。行音杭。爢音靡。粻音張。爲，去聲。晻，烏感反。待，叶徒奇反，一作持。軑音大。蜿，于阮反。委蛇，一作逶迤。樂音洛。

集注：羞，餔也。粻，糧也。折取瓊枝以爲餔腊，精鑿玉屑以爲糧糗。象，象牙也。雜用象玉以飾其車也。邅，轉也。晻藹，猶鬱蓊，蔭貌。鸞，鈴之著於衡者。天津，析木之津，謂箕、斗之間，漢津也。箕，北斗南，天河所經。而日月五星，於此往來，故謂之津。又有天津九星，九星在虛、危北，橫河中，即津梁所度也。一上一下曰翺，直刺不動曰翔。流沙，今西海居延是也。沈括云：「常過無定河，活沙履之，百步皆動。或陷，則人馬車駝，百千無一孑遺。」以手教曰麾。西皇，少皞也。山海經：「西北海之外，有山而不合，名不周。」軑，輨也，轂内之金也。一云：轄也。

周拱辰曰：水經注：「弱水入流沙。」流沙與水流行也。又，大荒經：「西南海之外，流沙出焉。」又，崑崙疏圃：「赤水出其下南墌，帝之神泉，以和百藥。」即黄帝遺其玄珠處。流沙、赤水俱在海外。若僅僅以中國之居延當之，狹矣。弇州集云：「賦有紫軑，騷有玉軑，並車輪也。係韓，魏間方言。」八龍即馬，下文「僕夫悲余馬懷」是也。按此段即所謂「值余飾之方壯，周流觀乎上下」也。抱蘭心而寄之汗漫之鄉，即莊子「樹大瓠於廣莫之野」意。然而其如天生蕙蘭之心何？使天下慕蕙蘭之潔，而又收蕙蘭之用，不亦休乎？遠逝自疏，疏不勝戚，樂不勝悴矣。

陟陞皇之赫戲兮，忽臨睨夫舊鄉。僕夫悲余馬懷兮，蜷局顧而不行。睨，叶五計反。蜷音拳。行，叶音杭。

集注：皇，皇天也。蜷局，詰曲不行貌。

周拱辰曰：「岱馬懷北風，君子懷故國。」匪戀土也，宗廟存焉爾。

亂曰：已矣哉！國無人兮莫我知兮，又何懷乎故都。既莫足與爲美政兮，吾將從彭咸之所居。

集注：亂者，樂節之名。凡作篇章既成，撮其大要，以爲亂詞也。史記曰：「關雎之亂，以爲風始。」禮曰：「既奏以文，又亂以武。」

周拱辰曰：忠臣者，名之美，而聖賢之所不輕蹈也。語曰：「父母不慈有孝子，國家昏亂有忠臣。」人臣而必許君以死，是先以不令待其君，而以一死爲奇貨，以爲千古事君之善物，莫過於此，而不知其責之未盡也。屈原之於懷，言死者屢矣。曰「吾將從彭咸之遺則」，曰「吾將從彭咸之所居」。然而不死也。頃襄之不令，比之父有甚焉。逮於玉笥山幽放，亦未即死也。至於九年不復，乃始賦懷沙以自畢。原豈真以一死謝責哉？人固有死有餘於忠者，有忠有餘於死者。死有餘於忠，身一死而責已畢。忠有餘於死者，身畢而忠未畢也。九章曰：「不畢辭而赴淵兮，恐壅君之不昭。」又曰：「驟諫君而不聽兮，任重石之何益。」噫！所謂忠之未畢，皆是物也。猶乎史魚之以尸諫也。若曰苟吾君翻然改圖而社稷靈長。屈平受賜而死，千百世而下，寢食於其所未畢，而爲之悲歌，爲之慟哭，爲之跂慕興起，流連未已，亦皆是物爾。知此者，可以弔原矣，可以讀騷矣。

馮覲曰：離騷經斷如復斷，亂如復亂，而綿邈曲折，讀者莫得尋其聲而繹其緒。又未嘗斷，未嘗亂也。至其才情濃發，則龍矯鴻逸，志氣悱惻，則啼星嘯鬼，濃至慘黯，並臻其妙。蓋由獨創，自異規放耳。

陳深曰：離騷凡字二千四百九十，可爲肆矣。然氣如纖流，迅而不滯，詞如繁露，貫而不糅，故曰騷之情深。君子樂之不溷其長。漢氏猶步趨也，魏晉而下，卮焉靡焉。浩矣博矣，忘其祖矣。

【校勘記】

［一］「菌」，原作「困」，據集注改，下同。

［二］「博謇」，原作「謇博」，據離騷乙。

［三］「蕙」，原作「蘭」，據集注改。

［四］「倚姱」，原作「姱倚」，據集注乙。

〔五〕「攬」，原作「蘭」，據集注及朱批改。

〔六〕「奇」，原作「寄」，據嘉慶本改。

〔七〕「體解」，原作「解體」，據集注及朱批乙。

〔八〕「招魂」，原作「大招」，據引文改。

〔九〕「節中」，原作「中節」，據集注及朱批乙。

〔一〇〕「夏」，原作「商」，據嘉慶本改。

〔一一〕「迫」，原作「追」，據集注改。

〔一二〕「溹」，原作「溢」，據集韻改。

〔一三〕「節按」，原作「按節」，據集注、嘉定本乙。

〔一四〕「媒」，原作「謀」，據集注改。

〔一五〕「氛」，原作「脩」，據集注及朱批改。

〔一六〕「繽」，原作「紛」，據集注及朱批改。

〔一七〕「欲」，原脱，據集注及朱批補。

〔一八〕「芬」，原作「芳」，據集注及朱批改。

〔一九〕「咸」，原作「陽」，據集注改。

〔二〇〕「旂」，原作「旗」，據集注及朱批改。

離騷草木史卷之二

古檇李周拱辰孟侯注
錢塘程光禋奕先參
男周寀展臣校

九歌

周拱辰叙曰：九歌之作也，夫曷爲乎爾？以享神也。享神奈何？民俗仍焉爾。或亦未放時，三閭大夫者職也。夫三閭者，職而胡以在在托之君也？君之信我也不固矣，而托之神以邀之。以痛己之不獲職也。雖然有進焉。董子曰：「鬼神居陰而治陽。」夫屈原固借鬼神以自治也，即以治君也。若曰君而讒是服矣，而一凛於明威之赫，御蕙蘭，擯蕭艾，勿惜而吉，豈不然哉？已九歌矣，而益之殤與魂，又何也？或曰：以續山鬼也。山鬼工媚，國殤不善媚。山鬼滯幽篁，禮魂享芭舞，則山鬼非乎？又非也，持窈窕以貢之君，而剛毅之骨，芳馨之性自若也。魂魄鬼雄，蘭菊千古，以卒山鬼之報也夫。

吉日兮辰良，穆將愉兮上皇。① 撫長劒兮玉珥，璆鏘鳴兮琳瑯。瑶席兮玉瑱，盍將把兮瓊芳。蕙肴蒸兮蘭藉，奠桂酒兮椒漿。珥，音餌。璆，渠幽反。瑱，一作鎮。蒸，一作烝。

集注：日謂甲乙，辰謂寅卯。上皇，謂東皇太乙也。珥，劒鐔也。璆鏘，皆玉聲。琳瑯，美玉名。瑱與鎮同，所以壓神位之席也。瓊芳，草枝可貴如玉，巫所持以舞者。肴，骨體也。蒸，進也。國語「燕有肴蒸」。言以蕙裹肴而進之，又以蘭爲藉也。桂酒，切桂投酒中也。漿者，周禮「四飲」之一，又以椒漬其中也。

周拱辰曰：考工：桃氏爲劒，身長五，其莖長，重九埒，謂之上制。即長劒也。尚書禹貢「璆琳琅玕」。爾雅：「西北之美者，有崑崙墟之璆琳琅玕焉。」孔安國、郭璞咸謂石之似珠者，非真玉也。在上鋪陳曰筵，在下蹈藉曰席。此席乃几案供神之席，而鎮之以玉也，古有琢以螭龍諸虫獸者。瓊芳，舊訓謂草枝，巫所持以舞者，即傳芭代舞之類。又，男巫望祀，望衍授號，旁招以茅。然一以禮殤鬼，一以贈厲鬼，非所以享貴神也。又，揚枹拊鼓，在藉肴奠酒之後，豈有肴尚未薦，酒尚未奠，枹鼓尚未動，遽然把草枝以舞者？亦未有不鼓先舞之理。愚謂把者，把鬯卣也，即周禮所稱「以秬黍酒和鬱金」，所以灌地降神者。說文「瓊」乃「紅玉」。鬱金之酒，芳烈而黄流在中，所執以灌地降神也。而又盛味以養陰，潔飲以養陽，緩節以薦嘉容，安歌以薦人聲，拊鼓竽瑟以薦絲竹草木。不敢言來，非來之可得昵也。不敢言去，非去之可得間也。不敢言思，非思之可得倪也。不敢言怨，非怨之可得懟，非怨之可得親也。太乙以喻帝，故曰「上皇」。山鬼以喻臣，故曰「若有人」。雲中君、湘君、湘夫人、大司命、少司命、東君、河伯以喻君，故曰「佳人」、曰「夫君」。山鬼媚君，所以尊君。太乙臨君以正君，亦以尊君也。使吾君凛然知君之上，復有上皇而不敢自縱，亦愛君之極思矣。

右東王太一

集注：太一，天之尊神，祠在楚東，以配東帝，故曰東王。漢書云：「天神貴者太一，太一佐曰五帝。中宫天極星，其一明者，太一常居也。」淮南曰：「太微者，太一之庭。紫宫者，太一之居。」

【眉批】①九歌、九章，俱以騷例讀，語更覺其幼妙。○九歌貌情寫色，拂水成珠，種種鬼舞神歌之況。

浴蘭湯兮沐芳，華采衣兮若英。靈連蜷兮既留，爛昭昭兮未央。蹇將憺兮壽宮，與日月兮齊光。① 龍駕兮帝服，聊翱翔兮周章。英，叶央。蜷音拳。憺，徒濫反。宮，叶古荒反。

集注： 英，如草木之英。靈，神所降也。楚人名巫爲靈子。連蜷，長曲貌。蹇，詞也。憺，安也。壽宮，供神之處。漢武帝時置壽宮神君，亦此類。周章，周流也。

周拱辰曰： 幽明録：「古制廟方四丈，不墉壁，道廣四尺。」夾樹蘭香齋者，煮以沐浴，然後親祭，所謂「蘭湯」也。② 蹇將憺，與「穆愉」一意。蹇，寬碩貌。言壽宮寬碩而寧謐也。

【眉批】

① 一字句法。

② 佩以蘭，糗以蘭，沐浴亦以蘭，可謂飲食寢處之矣。

靈皇皇兮既降，猋遠舉兮雲中。覽冀州兮有餘，横四海兮焉窮。思夫君兮太息，極勞心兮𢥞𢥞。降，叶乎攻反。猋，必遥反。𢥞，敕中反。

集注：猋，去疾貌。兩河之間曰冀州。夫君，謂神也。憺憺，心動貌。

周拱辰曰：猋舉雲中，神已去我矣。仰望雲中，龍駕帝服，去我未遠，或尚在冀州之間乎？而不知已横四海而不可窮也。舉雲中言其高，横四海言其遠，直有「遥望神州九點煙，一泓海水盃中瀉」之景，嘒嘒之聲如可聞，而夫君已杳然天外，亦奈此浮雲者何哉？雖然，雲而神之，雲之所以爲神靈衛也。雲而人之，其爲君心蔽也大矣。曰「太息」、曰「憺憺」，殆隱言之也夫。

右雲中君

集注：謂雲神也。亦見漢書郊祀志。

君不行兮夷猶，蹇誰留兮中洲。美要眇兮宜脩，沛吾乘兮桂舟。① 令沅湘兮無波，使江水兮安流。望夫君兮未來，吹參差兮誰思。② 要，於笑反。來，叶力之反。思，叶新齎反。

集注：湘君，堯長女娥皇，爲舜正妃。舜陟方，死於蒼梧。二妃死於江湘之間，俗謂之湘君。夷猶，猶豫也。水中可居曰洲。誰留，言其不來，不知其爲何人而留也。沛，行貌。吾，謂主祭者之自吾也。參差，洞簫也。風俗通云：「舜作簫，其形參差，象鳳翼也。」

周拱辰曰：禮經「舜崩蒼梧之野」，蓋三妃未之從也。三妃：一娥皇，二女英，三癸比。從則俱從，此何以遺其一？揔之湘君、湘夫人，皆湘川之神，猶水母、玄女、貝宫夫人之類，不必泥也。要眇、宜脩，指迎神者言。人而欲一致其美於神，宜練要而脩飾，所謂「子慕予兮善窈窕」也。參差，即物類所稱言〔二〕簫。長二尺。爾雅云：「編二十二管。」蓋截竹二十二根，横束之爲二十二管也。長一尺四寸曰管，尺二寸曰巢。大凡思人者，於欲來未來之際，最難爲情。吹參差兮誰思，含情滿洞庭矣。

【眉批】

①含情縹渺，翠濤如剪。

②二妃不死于湘，載在六經，俗儒何得妄誣？

駕飛龍兮北征，邅吾道兮洞庭。①薜荔拍兮蕙綢，蓀橈兮蘭旌。望涔陽兮極浦，横大江兮揚靈。揚靈兮未極，女嬋媛兮爲予太息。横流涕兮潺湲，隱思君兮陫側。

拍音搏。綢音儔。潺，依連反。陫，符沸反。

集注：駕飛龍者，以龍翼舟也。拍，搏壁也。綢，束縛也。橈，船小楫也。涔陽，江碕名[二]。靈，精誠也。

周拱辰曰：駕龍北征，以迎神也。或曰：飛龍，即龍舟。楚人名轉曰邅。易曰「迍如邅如」。吹盡參差，君竟不來，則亦邅迴不進貌。前曰「沛吾乘」，往之勇也。此曰「邅吾道」，已在道矣，而徐徐以進。旌，舟麾也。是以欲前未敢前耳。拍舟肩板，即周禮醢人「豚拍」是也。綢，舟索也。揚靈，揚神之靈，即招神意。未極，極也，言豈揚神之靈，未極懇切乎？女，即湘君之侍女。何以爲予太息，以閔我精誠極矣，而不見諒也。天下儘有局中之人，本衷難撩，而旁觀之人，隱腸倍熱者。然則湘君不來，而侍女何以獨在乎？曰有意中想像之湘君，斯有意中想像之侍女。潺湲之涕，意侍女之倍爲予惜也已。②

【眉批】

①「駕飛龍」以下，皆指湘君言，想望之辭也。

②夢中覓人，夢中造人，揔是無端恍惚。

桂櫂兮蘭枻，斵冰兮積雪。①采薜荔兮水中，搴芙蓉兮木末。心不同兮媒勞，恩不甚兮輕絶。石瀨兮淺淺，飛龍兮翩翩。交不忠兮怨長，期不信兮告予以不閑。櫂，直教反。枻音洩。搴音蹇。淺音棧。閑音閒。

集注：枻，船旁板也。斲斫冰凍，紛如積雪。薜荔緣木，今採之水中，芙蓉在水，今求之木末，用力雖勤，不可得也。

周拱辰曰：「媒勞」、「輕絶」二語，千古隕涕。女子因媒而嫁，不因媒而親。媒亦不足憑，恩亦不足恃也。語曰：「男慬不敝輪，女慬不敝席。」古來忠臣棄婦，大率如斯矣。或者交淺言深，得毋愷悌新婦之疑乎？自怨自艾，似泣似訴，可以入離絃而譜參差，可以泣嫠婦而訴下女。

【眉批】

①陸仲昭曰：聲如琢玉追冰，色如新荑始荄，文情妙麗，千載獨絶。

鼂騁騖兮江臯，夕弭節兮北渚。①鳥次[三]兮屋[四]上，水周兮堂下。捐余玦兮江中，遺余佩兮澧浦。采芳洲兮杜若，將以遺兮下女。旹不可兮再得，聊逍遥兮容與。鼂，古朝字。「遺兮」，遺，去聲。旹，古時字。

集注：玦，如環而有缺。澧水出武陵充縣，注于洞庭。杜若，葉似薑而有文理，味辛。言湘君既不可見，而愛慕之心，終不能忘。故猶欲解佩玦以爲贈，而不敢顯然致之，但委之水濱，若捐棄失墜然者。庶一通慇懃之念，而幸玦佩之見取也。

周拱辰曰：玦，取決别之義。左傳「金寒玦離」是也。古者君遺臣，遺之以玦。篇中曰「輕絶」、曰「告余以不閑」，湘君已隱然棄我矣。然而我敢自棄乎？捐余玦，還之而不敢受也。遺余佩，銘德之念，終身佩之，而不敢忘也。杜若，一名杜蘅，即條杜蘅，爾雅所謂「楚蘅」者也。「女嬋媛兮爲余太息」，蓋神無情而侍者有情，或亦作合之緣也。所以復有下女之遺，然而未可必也。無限躊躕，聊寄之芳洲杜若而已。

右湘君

【眉批】 ①洪興祖曰：此與騷經「解佩纕以結言」意同。

帝子降兮北渚，目眇眇兮愁予。嫋嫋兮秋風，洞庭波兮木葉下。登白薠兮騁望，與佳期兮夕張。鳥何萃兮蘋中，罾何爲兮木上。①薠音煩。張音帳。

集注：帝子，謂湘夫人，堯次女女英，舜次妃也。愁余，主祭者言。嫋嫋，長弱貌，秋風起，則洞庭生波而木葉下，蓋紀其時也。蘋，水草，秋生，似莎而大，雁所食也。佳，佳人。張，陳設帷幄也。薠，水草。罾，魚網。二物所施，不得其所，以比夕張非地，神不來也。

周拱辰曰：招隱云：「青莎雜樹兮，薠草靃靡。」又，子虛賦：「薛莎青薠。」薠與莎相似，但以大小相異爾。葉長而色老爲青薠，葉初生而色嫩爲白薠。佳期夕張，張，即「蕙櫋既張」之張，張蕙櫋而望神之來也，而乖張、分張之意，即寓其中。所謂「黄昏以爲期，中道而改路」者也。鳥蘋罾木，亦何冀乎？舊訓以夕張非地，神不來。湘君，水神也。即張帷幄於水次，何爲非地？下文「築室水中」亦非地也，何以「靈之來兮如雲」乎？

【眉批】

①風流蕭瑟，嫋嫋秋風，水波木下，愁緒當與湖水相量矣。

沅有茝兮澧有蘭，思公子兮未敢言。荒忽兮遠望，觀流水兮潺湲。①麋何爲兮庭中，蛟何爲兮水裔。朝馳余馬兮江皋，夕濟兮西澨。荒忽，一作慌惚，音同。麋音眉。澨音逝。

集注：麋，似鹿而大。澨，水崖也。麋當在山林，而在庭中，蛟當在深淵，而在水裔。以比神不可見，而望之者失其所也。

周拱辰曰：「思公子兮未敢言」，含情無盡，欲愬然而不能，欲進前而不敢也。舊訓麋當在山，蛟當居淵。非是。② 按白虎通：「麋性惑，故諸侯射麋。」師曠獸經：「麋性喜澤。」麋，水獸也。蛟，龍屬，然不能致雨而能裂山，蓋龍居水、蛟居山也。麋水獸而來庭，蛟山蟲而泳水，失其居矣。雖然，漸鴻翠狗，鸂鶒鴗鶾，水亦有鳥也。鮈魚緣木，鮧魚登竹，木亦有魚也。靈囿濯濯，齊囿設禁，庭亦有麋也。蛟食鯊虎，虬卵淵伏，裔亦有蛟也。緣木求魚不得魚，亦道其常耳。冀倖之意，溢于言外。③

【眉批】

① 此四句中，縮一字法。

② 折倒宋儒格物。

③ 麻姑狡獪，擲豆皆丹。

聞佳人兮召予，將騰駕兮偕逝。築室兮水中，葺之兮荷蓋。蓀壁兮紫壇，匊芳椒兮成堂。桂棟兮蘭橑，辛夷楣兮葯房。罔薜荔兮爲帷，擗蕙櫋兮既張。白玉兮爲鎮，疏石蘭兮爲芳。芷葺兮荷屋，繚之以杜衡。合百草兮實庭，建芳馨兮廡門。九疑紛兮並迎，靈之來兮如雲。壇音善。匊，古播字。橑音老。楣音眉。擗，一作擘。櫋音綿。繚音了。衡音杭。廡音武。迎，叶去聲。

集注：紫，紫貝。蘭，木蘭。橑，椽也。辛夷，樹大[五]合抱，花初發如筆，呼爲木筆。葯，白芷葉也。罔，結也。結以爲帷帳也。在旁曰帷。擗，折也。櫋，聯也。繚，束縛也。

周拱辰曰：紫壇，非紫貝所築。漢行宮用紫泥爲壇，齊梁郊祀歌亦有「紫壇」，即此也。葯，芷葉，一名蒿麻。葉葉相對，紫色。花木攷曰：「石蘭，即山蘭也。」廡門，逸雅：「大屋曰廡。」廡，憮也，覆也。并、冀謂之房。此聞召耳，非真召也。思慕之極，若或召我者，遽爾築室水中，不太蚤計乎？①種種蓋壁、壇堂、棟橑、帷櫋、鎮屋、庭實、廡門，非築室水中，乃築室於意中耳，而更無如意中之九嶷何？正欲經始接帝子之芳隣，有從如雲，掔公子而徑去，扼腕又何如哉！

【眉批】

① 典奥入其玄中。

捐余袂兮江中，遺余褋兮澧浦。搴汀洲兮杜若，將以遺兮遠者。時不可兮驟得，聊逍遥兮容與。褋音牒。

集注：袂，衣袖。褋，襜襦。大旨與前篇同。然玦佩貴之，而袂褋親之也。遠者，亦侍女也。

周拱辰曰：湘君之女與湘夫人之女一也，一曰「女」，而一曰「遠者」何？一嬋媛爲余太息，何多情也。一紛兮並迎，迎夫人而徑去，若漠不爲予憐惜者然，故曰「遠」也。然而冀倖萬一之思，則未之敢忘也。贈二湘之女，同用杜若，不似他處槩以香草泛言。杜若之爲物，服之令人不忘，搴采而贈之，以明其不相忘也。如伯兮「安得萱草，爰樹之背」。是又欲思之而不可得也與？

右湘夫人

廣開兮天門，紛吾乘兮玄雲。令飄風兮先驅，使凍雨兮灑塵。君迴翔兮以下，踰空桑兮從女，紛總總兮九州，何壽夭兮在予。凍音東。灑，所宜反。塵，叶除旬反。下，叶音户。予，叶音與。

集注：天門，上帝所居，紫微宫門也。吾，主祭者自稱也。君與女，皆主神言。君尊而汝親也。空桑，山名。予，謂神之自予也。「乘玄雲」者，知神將降而往迎之也。迨神既降矣，神因自嘆其威權之盛，曰九州人民之衆如此，何壽夭之命皆在於己也。

高飛兮安翔，乘清氣兮御陰陽。吾與君兮齊速，導帝之兮九坑。靈衣兮被被，玉佩兮陸離。壹陰兮壹陽，衆莫知兮予所爲。坑音崗。被音披。

集注：坑、崗同，山脊也。周禮職方氏：「九州之山，會稽[六]、衡[七]山、華山、沂山、岱山、岳山、醫巫閭、霍山、恒山也。」

周拱辰曰：安翔，非安舒之安，即何所集之意，暗指下九坑言。坑、崗同。郢地志有九崗山，今在松滋縣。導者，導以降己之地，而己得致其親也。即「邅洞庭」、「望涔陽」之思。以涔陽、洞庭，皆在楚也。

折疏麻兮瑶華，將以遺兮離居。老冉冉兮既極，不寖近兮愈疏。乘龍兮轔轔，高驅兮冲天。結桂枝兮延竚，羌愈思兮愁人。愁人兮奈何？願若今兮無虧。固人命兮有當，孰離合兮可爲。天，叶鉄因反。竚，叶直吕反。思，去聲。何音奚。

集注：轔轔，車聲。無虧，願保志行，無虧損也。

周拱辰曰：前曰「遺兮下女」、曰「遺兮遠者」，此曰「遺兮離居」，前遺以杜若，以侍女而致其親也。此遺以瑶華，以貴神而致其尊也。南越志：「疏麻，大二圍，四時結實，無衰落，華色香白，服食可致延年。」故以爲美以贈尊者。「遺兮離居」，離人世而宸居，高不可攀之人也。「願若今兮無虧」，言願今後永以爲好，無相虧蔽也。「孰離合兮可爲」，人固有命焉，孰離合也而可爲乎？言離合莫非命也。正是含愁冀倖語，非安命語。

周拱辰又曰：前曰「何壽夭兮在予」，此曰「固人命兮有當」、「孰離合兮可爲」，雖人命離合並舉，其意則專主離合言也。惠迪之吉，逆減之筭，賢作之合，佞奪之離，司命之權若是尊乎？然而回殤跖耇，則壽夭無定筭。箕冰雷漆，則離合無定緣。離之而合，合之而離，孰爲爲之？而孰爲宰之？問之司命，司命者不知也。豈更有命焉？在司命之上，而司命者不能自主乎？①此正造物之茫茫，未可以理叩，而原所欲更問之天也與？

右大司命

集注：周禮大宗伯：「以槱燎祀司中、司命。」疏引星傳云：「三台，上台曰司命。」又，文昌宫第四亦曰司命。故有兩司命也。

【眉批】
① 借命自慰，正是借命怨命，無聊之極思也。

穐蘭兮麋蕪，羅生兮堂下。緑葉兮素枝，芳菲菲兮襲予。①夫人兮自有美子，蓀何以兮愁苦？穐蘭兮青青，緑葉兮紫莖。滿堂兮美人，忽獨與予目成。穐，古秋字。麋，或從艸。下，叶音户。予，叶音與。蓀音孫。

集注：麋蕪，芎藭葉名。似蛇牀而香，其苗四、五月間生，葉作叢而莖細，其葉倍香。七八月花開。夫人，猶言彼人，指神言。蓀，猶汝，爲巫之自汝也。

周拱辰曰：按本草：蘭爲國香，人媚服之，古以爲生子之祥。麋蕪之根，主婦人無子。少司命，主人子孫者也。憎宗子而愛庶孽，斥嫡胤而取螟蛉。「夫人兮自有美子」，伯奇所以流離，申生所以血碧也。故秋蘭麋蕪兩引之以起興。②「滿堂兮美人，忽獨與予目成」，言稠人之中神獨注意於我也。目成，凝睇貌，亦心許貌。眼光注射，形未親而神親也。

【眉批】
① 秋蘭兩引起作章法，中多苦語，不堪多讀。

②興妙。

入不言兮出不辭，乘回風兮載雲旗。悲莫悲兮生別離，樂莫樂兮新相知。①荷衣兮蕙帶，儵而來兮儵而逝。夕宿兮帝郊，君誰須兮雲之際。帶，叶丁計反。儵音倏。

集注：誰須，言何所待於雲之際乎？猶幸其有意而顧己也。

周拱辰曰：「悲樂」二語，側重別離而言。然二語合看，纔見言情之苦。②以爲已別離矣，而昨日之相知尚新，以爲相知伊始耳，而生離隨繼。夫相知而別離，不如不相知之愈也，而况新相知乎？一日之内，忽新忽故，忽聚忽散，無限啼笑無憑之感。所謂「今宵剩把銀釭照，猶恐相逢是夢中」也。含情寫恨，嘆聲壓雲。

【眉批】

①「悲莫悲」二語，千古言情都向此中索摸。

②黯然魂銷。

與汝遊兮九河，衝風至兮水揚波。古本無此二句，王逸亦無。補注曰：「此河伯章中語，當删去。」與女沐兮咸池，晞女髮兮陽之阿。望孅人兮未徠，臨風怳兮浩歌。孔蓋兮翠旍，登九天兮撫彗星。① 慫長劒兮擁幼艾，蓀獨宜兮爲民正。池，叶音陁。旍與旌同。慫音竦。正，平聲。

集注：咸池，星名，蓋天池也。晞，乾也。孔蓋，以孔雀尾爲車蓋。翠旍，以翡翠爲旌旗。撫，掃除之也。彗星，妖星，光芒偏指如彗，即攙搶星。國見則主兵戈也。慫，挺拔貌。幼，少也。艾，美好也。

周拱辰曰：「與女沐」、「晞女髮」，非必真也。人生聚散不常，前已生離矣，離而何不可複合乎？② 蓋依然冀倖新相知之樂焉，其如「望孅人而未來」何也？孔蓋，考工輪人爲蓋。朱氏云：「蓋之制，上爲部蓋斗也，中爲達常柄通上下也，下爲桯。」又曰：「蓋之圜以象天也。」蓋弓二十有八。孔雀生南海，尾五年而後成，春生夏凋，與花蕚俱衰榮。周成王時，方人常列獻於王會，故古者綴之以爲神明之飾。又，魏文帝常詔以于闐國所上尾萬枚，爲金根車蓋。周禮「五路輦車組輓，有翣羽蓋」是也。翠，翠狗也。埤雅：「雄赤曰翡，雌青曰翠。」形小，身青色，一名魚虎。孟子：「人少則慕少艾。」爾雅：「艾，歷也。」長者更多歷。又，逸雅：「五十曰艾。艾，治也，治事能斷割芟刈，無所疑也。」又，春秋外傳：「國君好艾，大夫殆[八]好內。」韋昭亦以艾爲「外色」。此曰「幼艾」，並指内外巫能斷禍福者言。男巫曰覡，女巫曰巫也。

右少司命

集注：按前篇注説有兩司命，則彼固上台，而此則文昌第四星與？

【眉批】

①高步碧落語。

②温然入情。

暾將出兮東方，照吾檻兮扶桑。① 撫余馬兮安驅，夜皎皎兮既明。駕龍輈兮乘雷，載雲旗兮委蛇。長太息兮將上，心低佪兮顧懷。羌聲色兮娱人，觀者憺兮忘歸。

暾，他昆反。明，叶芒。輈，張留反。上，時掌反。懷，叶胡威反。

集注：暾，温和而明盛也。吾，主祭者自稱也。檻，楯也。輈，車轅也。龍形屈曲似之，故以爲轅。雷氣轉似雷，故以爲車輪。②

周拱辰曰：「照吾檻兮扶桑」，舊謂光自扶桑來，覺無味。言吾檻與扶桑相對照也，便見扶桑非高，吾檻非卑，有舉頭見日，親襲光彩之意。馬，即日馭之馬。古者羲和爲日馭。淮南云「日入虞淵，爰息其馬」是也。晦翁以馬屬主祭者。非是。

【眉批】①此章拾細中有解，須參看。②此即夜半登岱觀日出之景。須於「夜皎皎」三字看出爲逼肖。若泥「既明」二字，便脱神矣。第三段須依此看。

緪瑟兮交鼓，簫鐘兮瑶簴。鳴鷈兮吹竽，思靈保兮賢姱。翾飛兮翠曾，展詩兮會舞。應律兮合節，神之來兮蔽日。緪，古登反。簴，叶其吕反。鷈音池。姱音户。翾，許緣反。曾與翻同[九]，叶作滕反。節，叶音即。

集注：緪，急張絃也。交鼓，對擊鼓也。周禮有「鐘笙之樂」，注云：「鐘笙，與鐘聲相應之笙。」然則簫鐘與簫聲相應之鐘歟？簴，懸鐘磬之木也。瑶簴，以美玉爲飾也。鷈，以竹爲之，長尺四寸，圍三寸，一孔上出，横吹之。靈保，神巫。翾，小飛輕揚之貌。曾，舉也。又翥飛也。言巫舞工巧，翾然若翠鳥之舉也。展詩，猶陳詩。節，謂疏數疾徐之節也。

青雲衣兮白霓裳，舉長矢兮射天狼。操余弧兮反淪降，援北斗兮酌桂漿。撰余轡兮高駝翔，杳冥冥兮以東行。射，食亦反。降、行，俱叶胡剛反。

集注：青衣白裳，日出東方，入西方，故用其方色也。天狼，一星，在東井南，爲野將，主侵掠。弧，九星，在狼東南，天弓也，主備盗賊。淪降，言日下而入太陰之中也。北斗，七星，在紫宫南。其杓所建，周於十二辰之舍，以定十有二月，斟酌元氣，運乎四時者也。詩云：「維北有斗，不可以挹漿。」撰，持也。周拱辰曰：操余弧矣，何以反淪降？日色將沉也，古有揮戈使日再中者，此操弧以捍日而日竟沉，故曰反淪降也。「援北斗兮酌桂漿」，日將沉而酌酒遲之，即書所云「餞日」也。奈我欲近日而日不我留，何哉？①前曰「照吾檻於扶桑」，親襲光彩，庶幾慰「賓日」之思。而操弧反淪，瀝酒徒勤，亦無可如何矣。與東王、司命，我欲留神而神不我留之意同。在在寓怨望之意，亦在在寓冀倖之意。撰轡高翔，冥冥東行，其有長夜復旦之思與？

右東君

集注：今按此日神也。禮曰：「天子朝日於東門之外。」又曰：「王宫祭日也。」漢志亦有東君。

【眉批】

①名理的然，一洗宿解之穢。

與女遊兮九河，衝風起兮橫波。乘水車兮荷蓋，駕兩龍兮驂螭。登崑崙兮四望，心飛揚兮浩蕩。日將暮兮悵忘歸，惟極浦兮寤懷。螭，丑知反。懷，叶虛韋反。

集注：女，指河伯也。河爲四瀆長。九河：徒駭、太史、馬頰、覆鬴、胡蘇、簡、潔、鈎盤、鬲津是也。衝，隧也。螭，如龍，黄而無角。河出崑崙。寤，覺也。懷，思也。

周拱辰曰：衝風，飇風也。車有陸車、山車、澤車、水車，即指南之類，可以越江河者。或曰：即樺類也。寤懷，言會寤談心，一抒生平之積抱也。「樂莫樂兮新相知」，有懷欲罄，故日暮忘歸也。

魚鱗屋兮龍堂，紫貝闕兮朱宫。靈何爲兮水中，乘白黿兮逐文魚，與汝遊兮河之渚，流澌紛兮將來下[一〇]。子交手兮東行，送美人兮南浦。波滔滔兮來迎，魚隣隣兮媵予。堂，叶音同。魚，叶上聲。隣，一作鱗。

集注：子，謂河伯。交手者，古人將別，則相執手，以見不忍相遠之意。美人與予，皆巫自謂也。媵，送也。既已別矣，而波猶來迎，魚猶來送，四顧而不堪回首也。

周拱辰曰：紫貝，朱仲相貝經：「貝盈尺，狀如赤電黑雲，謂之紫貝。」黿，鼈類。大腰純雌，故曰「黿鳴鼈應」。蜀都賦「其深則有白黿命鼈」是也。白黿，豐背而有力，尤類之異者。文魚，即文鰩，善飛，出南海，有翅與尾齊。西山經：「鰩狀如鯉身，鳥翼，蒼文白首，赤喙，候夜飛，音如鸞。」選江賦「文鰩夜飛而觸綸」是也。媵予，非僅送予也，即贈嫁意，亦即離騷〔二〕君賜香草以與臣別意也。古者一國嫁女，同姓二國媵之。儀禮有「媵爵」，謂先飲一爵，後二爵從也。江淮間遊魚必三，如媵從妻，號婢妾魚。隣隣，言從之衆多，如遊魚之必三。① 媵予，言魚若眷戀我而不忍別。即二湘不得久親，猶冀倖下女之顧我也。

周拱辰又曰：別章怨望語滿楮，而此獨津津焉者，夫亦彭咸申徒狄，皆河伯舊知己也，而幸其不我棄乎？一遊九河，再遊河渚，何披襟之暢？日夕忘歸，極浦寤言，何莫逆之深？交手東行，相送南浦，何眷顧流連之靡已？深味語意，非原招河伯，乃河伯招原也。蓋東門秭歸，兩靡稅駕，惟有沅湘清波，可了靈均一生結局。②「波滔滔兮來迎，魚隣隣兮媵予」，河伯固以江魚之腹贈原矣。

右河伯

舊訓以爲馮夷。又曰黃河之神。

【眉批】

① 作者與注者功力悉敵，不啻博而核也。

② 杳然際裏。

若有人兮山之阿，被薜荔兮帶女羅。既含睇兮又宜笑，子慕予善窈窕。乘赤豹兮從文貍，辛夷車兮結桂旗。①被石蘭兮帶杜衡，折芳馨兮遺所思。余處幽篁兮終不見天，路險難兮後獨來。從，才用反。遺音異。來，叶釐。

集注：若有人，謂山鬼也。女蘿，菟絲也。睇，微盼貌。若有人，既指鬼矣，子則設爲鬼神之命人，而予乃爲鬼之自命。

周拱辰曰：豈無膏沐，誰適爲容？苦語也。「既含睇兮又宜笑，子慕予兮善窈窕」，苦語之轉語也。②若曰予之窈窕，庶乎可以當子之慕矣。以色事人，而徘徊不進之意，隱然言外。女羅，廣雅云：「松羅也。」細長無雜蔓。帶女羅，羅青而長如帶，即用以爲帶也。豹有玄豹、黑豹、白豹、赤豹，山海經：「春山多赤豹。」詩云：「赤豹黃羆。」陸機疏云：「尾赤而文黑，謂之赤豹。」貍，口方而身文，黃黑彬彬，蓋次於豹。又善搏，爲小步以擬度焉。其發必獲，謂之貍步。文狸，亦取文雅之義。古者王大射，則射人以貍度張三侯，即文雅之義也。「路險難兮後獨來」，鬼自言來之獨後，無奈此路之多險耳。「惟黨人之偷樂兮，路幽昧以險狹。」路險難鬼，亦有黨人也，而阻我乎？

【眉批】

① 笑雜涕痕，可爲疼惜。

② 真媚茲苦緒。

表獨立兮山之上，雲容容兮而在下。杳冥冥兮羌晝晦，東風飄兮神靈雨。留靈修兮憺忘歸，歲既晏兮孰華予。下，叶音户。予，叶音與。

集注：表，特也。靈脩，謂前所欲媚者。

周拱辰曰：諺云：「春東風，雨祖宗。」言西風多晴，東風多雨也。「歲既晏兮孰華予」[三]，非悲知我之希，言老冉冉其將至，而修名不立。非靈修之華予也，誰望乎？明欲留靈脩以此。

采三秀兮於山間，石磊磊兮葛蔓蔓。怨公子兮悵忘歸，君思我兮不得閒。山中人兮芳杜若，①飲石泉兮蔭松栢，君思我兮然疑作。靁填填兮雨冥冥，猿啾啾兮狖夜鳴。風颯颯兮木蕭蕭，思公子兮徒離憂。拍，叶音博。狖，一作又。颯，蘇合反。蕭，叶音搜。

集注：三秀，芝草也。公子，即所欲留之靈修。狖，猿屬。離，罹也。

周拱辰曰：芝草，歲三花。論衡云：「芝生於土，土氣和，有五色。」故芝草有三秀。「怨公子兮悵忘歸」，所謂「思我懷人，置彼周行」也。我之思君，幾于不閒矣，而曰「君思我兮不得閒」，歸其思于君，亦以自誘其思云爾。隨曰「君思我兮然疑作」，又曰「思公子兮徒離憂」。君思有歇，我思無已。怨不已而思，思不已而復怨矣。

右山鬼

【眉批】

①桑悅曰：讀「山中人」一段，如入深徑無人覺，古木苦藤，皆有異致。○劉辰翁曰：此篇若思若怨，駘宕飄搖，無賴騷魂，有心才鬼。

集注：國語云：「木石之怪，夔、罔兩。」豈謂此耶？

周拱辰曰：國殤、禮魂亦預禋祀者。蓋國殤捐生殉國，禮魂以禮正終，尾東王諸神後，而烝嘗之非瀆也。若云夔、罔兩，則邪魅矣。豈有祀正神，而濫呼邪魅同食之理？亦豈原所託以自喻者乎？篇中曰「披石蘭兮帶杜衡」，曰「山中人兮芳杜若」，此何如正氣，又何如高潔，豈夔罔兩能乎？愚謂山鬼即山神，與河伯水神正配。楚地如太和、衡岳，大小酉諸巨山無論，即如屈原幽居玉笥山，亦豈無鬼神司之者，槩以魑魅、罔兩目之，悮矣。

操吴戈兮披犀甲，車錯轂兮短兵接。旌蔽日兮敵若雲，矢交墜兮士争先。①接，叶音匝。先，叶音詢。

集注：戈，平頭戟也。犀甲，以犀皮爲鎧也。考工記：「犀甲壽百年。」短兵，刀劍也。

周拱辰曰：考工記：「句兵欲無彈。」又曰：「句兵椑。」句兵，戈戟屬，無彈而椑，吴工最良。薛治稱吴鈎可知也。又，盧人：「凡守國之兵欲長，攻國之兵欲短。」短兵者，攻擊之兵也。車錯轂，車戰也。詩曰：「元戎啓行，車在軍前。」啓行，突陣也。「矢交墜兮士争先」，兩軍相對，彼此各射住陣脚，然後出馬交綏也。車戰之法，備太公六韜、左氏兵法中。

【眉批】

①此篇悽楚敢決，字字悲壯，如聞胡笳聲，令人泣下，亦令人起舞。

凌余陣兮躐余行，左驂殪兮右刃傷。霾兩輪兮縶四馬，援玉枹兮擊鳴鼓。天時懟兮威靈怒，嚴殺盡兮棄原壄。行，叶胡郎反。殪，於計反。霾，與埋同。縶，陟力反。馬，叶滿補反。枹音孚。壄，古野字，叶上與反。

集注：殪，死也。援枹擊鼓，言志愈厲，氣愈盛也。嚴殺，猶言鏖戰痛殺也。周拱辰曰：風而雨土曰霾。霾，晦也。言戰塵迷晉，不辨車輪也。馬所以駕車。王肅曰：「古者一轅之車，夏后氏駕兩馬，謂之麗。殷益以一騑，謂之驂。周人又益以一，謂之駟。」左傳云：「兩驂之旂。」詩云：「駟牡騑騑。」指此也。車霾矣，馬若爲之縶縛者然。陣潰驂殪，刃傷輪縶，猶然援枹擊鼓者何？即左傳所云「矢集面而鼓音不絶者」是也。

出不入兮往不返，平原忽兮路超遠。帶長劒兮挾秦弓，首雖離兮心不懲。誠既勇兮又以武，終剛毅兮不可凌。身既死兮神以靈，魂魄毅兮爲鬼雄。弓，叶音經。雄，叶音形。

集注：帶劒挾弓，猶不舍武也。懲，創艾也。雖死而心不悔也。

周拱辰曰：考工記：「弓有六材，取必以其時。」材美工巧，惟秦擅也，故稱秦弓。漢賈雍爲豫章守，與敵人戰，喪元，猶帶弓擐甲，挾馬歸營。問衆將曰：「有頭佳乎？無頭佳乎？」衆將曰：「有頭佳。」雍腹語曰：「無頭亦佳。」離騷曰：「雖體解〔三〕吾猶未變兮，豈予心之可懲。」此曰「首雖離兮心不懲」。原寫國殤，亦以自寫。

周拱辰又曰：戰敗於生前，鬼雄於死後，此厲鬼也，何以享之？曰：臣力竭矣，而無如天時之懟我，何也？如秦詢妖夢，晉師折北。越得歲星，吴國輿尸。其君是惡，其民何罪？原情卹節，祀典所不廢也，又况馬革裹尸，碎元殉國者乎？①仲尼曰：「能執干戈以衛社稷，可無殤也。」是故功上者與星辰食，功次者與山川食，又次者與社稷食。

右國殤

集注：國殤，謂死於國事者。爾雅曰：「無主之鬼謂殤。」

【眉批】

① 奥古，非胸有千卷不能。

成禮兮會鼓，傳芭兮代舞，姱女倡兮容與。春蘭兮秋鞠，長無絶兮終古。①鞠，一作菊。

集注： 芭與葩同，巫所持之香草也。代，更也。春祠以蘭，秋祠以菊，即所傳之芭也。

周拱辰曰： 前曰國殤，乃爲國而死者也。此曰禮魂，迺鄉先生之賢，有功德於桑梓，而俎豆之於瞽宗者。成禮，言致其敬致其物也。儀物備矣，禮既成矣，然後會鼓獻祝，傳芭代舞也。「姱女倡兮容與」，舊以女子爲優倡者。非。按姱女，即巫女。倡，即「倡曰有鳥自南」之倡，發歌聲也。舞矣而又倡之以歌，所謂歌舞是也。總之以鼓爲釣節，故曰鼓之舞之以盡神，又曰「鼞乎鼓之，軒乎舞之」是也。春薦蘭，秋薦菊，紉蘭湌菊之魂，或亦鑒而來享乎！

右禮魂

集注： 一作祀。或曰禮魂，謂以禮善終者。

周拱辰曰： 舊謂以禮善終者。非是。蓋指事神成禮者言也。

姚寬曰： 歌以九名，而載十一篇，何也？曰如七啓、七發，以數名之，非以章名耳。

馮覲曰： 精神慘惋，辭復騷艷，喜讀之可以佐歌，悲讀之可以當哭，清商麗曲，備盡情態矣。

陳深曰： 沅湘之間，其俗尚鬼，祭祀則令巫覡作樂，諧舞歌吹爲容，其事陋矣。自原爲之，緣之以幽渺，涵之以清深，琅然笙匏，遂可登之俎豆。

周拱辰曰：按沈亞之屈原外傳：「屈原被放，栖玉笥山九年，作九歌托以諷諫。至山鬼篇成，四山忽啾啾若啼嘯，聲聞幾里外，一時草木皆萎。」今讀之良然。滿腔幽怨，觸耳球琳，幾于花笑鸎歌，亦復燐青猿語。

【眉批】

①淡削，是屈子自作招魂。

【校勘記】

［一］「言」，原作「箮」，據嘉慶本改。

［二］「江碕名」，原作「碕石」，據集注改。

［三］「次」，原作「吹」，據集注改。

［四］「屋」，原作「北」，據集注改。

［五］「大」，原脱，據集注補。

［六］「會稽」，原作「稽會」，據集注乙。

［七］「衡」，原作「恒」，據集注改。

［八］「殆」，原作「始」，據國語改。

〔九〕「同」，原作「曰」，據嘉慶本改。
〔一〇〕「來下」，原作「下來」，據集注乙。
〔一一〕「騷」，原作「搔」，據嘉慶本改。
〔一二〕「華予」，原作「予華」，據嘉慶本乙。
〔一三〕「體解」，原作「解體」，據離騷乙。

離騷草木史卷之三

古檇李周拱辰孟侯氏注
武林程光禋奕先參權
男周宷校閲

天問

周拱辰曰：民今方殆，視天夢夢，天之所以有憾。天之所以爲天也，賢必以而忠必報。天久矣，其細矣。屈原蓋借天以大其問，亦借問而大其天也與？或曰：小招、大招，屈原之招魂也。天問，古今帝王卿相之招魂也。呼千古以上人而與之徘笑，與之慟哭，將毋同調之概乎哉？匪直此也，千古以上人而無知也則已，其有知也者，而佞者以慚，忠者以起，凛凛乎衮鉞旨也。稱天以問之，猶之稱天以治之云爾。選於物而知所貴，而帝以臨之，于以奉厥嚴也，幾乎？

曰：遂古之初，誰傳道之？①上下未形，何由考之？冥昭瞢闇，誰能極之？馮翼惟像，何以識之？瞢，莫鄧反。馮，皮冰反。

集注：遂，往也。上下，謂天地。冥昭，即晝夜。瞢闇，言晝夜之未分。馮翼，氣浮動貌。淮南云：「天地未形，馮馮翼翼。」

周拱辰曰：遂古之初，無古也。有古則有可傳，無古矣又何傳？斯時輕清未形，幽明未剖，又何以考之、而極之、而識之？靈憲經曰：「太素之前，幽清玄静，寂寞冥默，不可形像。厥中惟虛，厥外惟無，斯爲冥涬。」曰天問，此非問於無天可問也，既有天地之後，與未有天地之前，無之非天云爾。

【眉批】

①「曰」字直貫到底，所謂問詞也。

明明闇闇，惟時何爲？陰陽三合，何本何化？化，叶虎爲反。①

集注：穀梁子：「獨陰不生，獨陽不生，獨天不生，三合然後生。」一即是本，兩即是化。

周拱辰曰：「明明闇闇」，明者成其明，闇者成其暗也。此不專指晝夜言，天地日月星辰皆是。斯時非猶上所云「無形無像」之時也，已朗然拓出一世界，凡山河大地、草木禽魚、帝王賢聖，都有生身托命處，故曰「惟時何爲」。時也者，天地萬物之命，帝王賢聖之師也。長之而元會運世，短之而寒暑晝夜，紛紜變化，人事由起，豈茫茫一空殼之宇宙已乎？「陰陽三合，何本何化」，非一神兩化之説也。有長女、有中女、有少女，三陰也。有長男、有中男、有少男，三陽也。蓋乾坤列彼此之位，六子成交配之功。震巽同宫，坎離互體，山澤通氣，三陰三陽合同而化也。元辰紀言，陰陽之氣，各有多少。如太陰爲正陰，太陽爲正陽。次少者爲少陰，次少者爲少陽。又次爲陽明，又次爲厥陰。三陰三陽，故曰陰陽三合也。三陰三陽爲標，寒暑燥濕風火爲主，天真元氣，分爲六化，以統乾坤生成之用，即本化之説也。又合靈樞太素經證之，自了然矣。

【眉批】①篇中語多不經，當時稗官之記猶多，後人不見，指爲怪妄耳。明闇胡塗，不成世界。穀梁已非，援引更謬。

圜則九重，孰營度之？惟茲何功，孰初作之？斡維焉繫？天極焉加？八柱何當？東南何虧？度，待洛反。斡，一作莞，並音管。焉，於虔切，篇内並同。加，叶音基，又如字。虧，如字，又音苦加反。

周拱辰曰：「圜則九重」，即所云天之門以九重也。孰經營而億度之？又此九重者，憑何功力而造作之？周天三百六十五度五百八十九分度之一百四十五。半覆地上，半在地下。左迴右旋，運行不息，如磨蟻然。有不動者以爲動之綱，其斡軸維繫，究在何處？天極者，南極、北極也。北極出地三十六度，恒見不隱。南極入地三十六度，恒隱不現。此何所交加而默奠之也？地下有八柱，名山大川，孔穴相通。又，神異經：「崑崙有銅柱，其高入天。所云天柱也。圍三千里，周圓如削。」此一柱，其八柱之一乎？抑衆柱之魁乎？當者，抵當撑持之謂。俗云地缺東南，非真缺也，特東南低陷耳。地勢有高下，理自如此。

周拱辰又曰：「圜則九重」，即九天。古稱九天，曰中天、羨天、從天、更天、睟天、廓天、咸天、沈天、成天是也。按利山人圖云：「第一重天，無星轉動，帶第八[二]重天，一日作一週。自東而西第二重，二十八宿天，七千年作一週。自西而東第三重，填星，即土星天，二十九年一百五十五日二十五刻作一週。第四重歲星，即木星天，十一年三百一日三十七十刻作一週。第五重熒惑[三]，即火星天，一年三百二十一日九十三刻作一週。第六重日輪天，三百六十五日二十三刻作一週。第七重太白，即金星天，三百六十五日二十三刻作一週。第八重辰星，即水星天，三百六十五日二十三刻即一週。第九重月輪天，二十七日三十一刻作一週。自二重至八重，皆自西而東也。」「天極焉加」者，「天包乎地，彼此相應，天有南北二極，地亦有之，天分三百六十度，地亦同之。天中有赤道，自赤道而南，二十三度半爲北道。按中國在北道之北，日行赤道，則晝夜平，行南道則晝短，行北道則晝長。直行北方者，每路二百五十里，①覺北極高出一度，南極低入一度。直行南方者，每路二百五十里，覺北極入低一度，南極出高一度。」又云：「自大西洋浮海入中國，至晝夜平線，已見南北二極皆在平地，畧無高低。道轉而南，過大浪山，已見南極出地三十二度。則大浪山與中國相爲對待矣。」「又用緯線以著各極出地幾何？②蓋地離晝夜平線度數與極出地度數相等，但在南則若南極出地，在北則若北極出地。」故視燕、冀隔中線以北四十度，則知燕、冀北極高四十度。南都離中線以上三十二度，離福島以東一百三十度，視大浪山隔中線以南三十六度，則知大浪山南極高出三十六度。又墨丸臘泥國盡在南方，惟見南極出地，而北極常藏矣。③可見南北二極，原平等相對，地有升沉，非極有隱見也。「焉加」者，加於地所乘之位也。茫茫南北，日月所不照者有矣，安得章亥之步而悉之？「東南何虧」，列子云：「渤海之東有大壑焉，實爲無底之谷。」東南虧陷以此。

【眉批】

① 直行也若江海程途，山川紆回，不依此論。

② 古來司曆者，皆用線以測日月辰星之纏度，即羲和之遺法也。
③ 中國望南極不見，剖盡萬古疑團。

九天之際，安放安屬？隅隈多有，誰知其數？放，上聲。數，所句反。

集注：放，至也。屬，附也。隅，角也。

周拱辰曰：「安放安屬」，言何所界限，何所托根，猶象山所云「天安在何處也」。淮南云：「天有九野，九千九百九十九隅。」予謂天圓地方，地有四游，觸著便成方隅，而實無定隅，又誰窮其數乎？

天何所沓？十二焉分？日月安屬？列星安陳？沓，徒合反。屬，之欲反。分，敷音反。

集注：日月所會謂辰。一歲日月十二會，所會爲辰，十一月辰在星紀，十二月辰在玄枵之類是也。若以地而言，則前後左右亦有四方十二辰之位焉。但在地之位，一定不易，而在天之象，運轉不停，惟天之鶉火，加於地之午位，乃與地相合，而得天運之正耳。蓋周天三百六十五度四分度之一，周布二十八宿，以著天體，而定四方之位。以天繞地，則一晝一夜，適周一匝，而又超一度。日月五星，亦隨天繞地，而惟日之行，一日一周，無飲無欠，其餘則皆有遲速之差焉。靈憲經曰：「星也者，體生于地，精成于天，列位錯峙，各有攸屬。」斯言當矣。

周拱辰曰：「天何所沓」，沓者，重沓之謂，亦交沓之謂。天之中有地，地之中有天，猶易所稱「緼絪磨盪」是也。十二辰支干相配，起于甲寅而天道周矣，二十八宿以是分，而天之躔度不忒。東西南北以是分，而地之方向不迷，歲以是分而年不亂，月以是分而時不易，晝夜以是分而人知度，十二律以是分而禮樂興。然是十二之所分也。有分十二者，須問之太乙。日月之屬，屬有繫屬之義。所謂黄道赤道，循環運旋，日月麗乎天也。有分屬之義，天一生水，地二生火，一結胎於離，一結胎於坎，一屬奇而專司晝，一屬偶而專司夜也。又有轉屬之義，日往則月來，月往則日來，日行每疾，月行每遲，日施燿而精熺，月借魄而光燦，所謂日月自相統屬也。衆星布列，其以神著有五列焉。是謂三十五名，一居中央謂之北斗，布於四方爲二十八宿。中外之宫，常明者百二十有四，可明者三百二十，爲星二千五百。微星之數，萬一千五百二十。凡帝王卿相人事，庶物昆虫，咸係命焉。陳者，陳設也。分度分野，森然布列也，又陳示也。天垂象，現吉凶，稽飛流貫忒，順逆伏現，以察機祥是也。又，星經云：「天無體，以二十八宿爲體。」而衆星依以錯布。周禮保章氏：「掌天星，以星土辨九州之地，所封畿域皆有分星，以觀妖祥。」議者謂周在中土，而星之應在南。魯在東，而星之應在西。齊在東，而星之應在北。似無可考。①然覈傳記所載，十三國災祥之應，皆徵驗不爽。又有外夷之星，徵應乃在中國，不知其何道理也？

【眉批】

①真是雖聖人有不知，須更問之利山人何如。

出自湯谷，次于蒙汜。自明及晦，所行幾里？湯音陽，一作暘。汜音似，上聲。

集注：尚書：「宅嵎夷曰暘谷。」爾雅：「西至日所入爲太蒙。」

周拱辰曰：此問日也。暘谷、蒙汜，皆地上川穴之名。日從地出，從地隱也，乃問地上所歷之州舍近遠。而朱晦翁漫以天上纏度答之，太無謂。蓋日行空中，而所過之步，則有方所，猶飛鳥不着地，而所過之影，則涉某山某水，程途近遠，歷歷可數也。淮南云：「日出於暘谷，浴於咸池，登於扶桑，至於曲阿，至於曾泉，至于桑野，至於衡陽，至于昆吾，至于鳥次，至於悲谷，至於女紀，至於淵虞，至于連石，至于悲泉，至於虞淵，至于蒙谷。自晨明至定昏，凡行九州九舍，有五億萬七千三百九里。」

夜光何德，死則又育？厥利維何，而顧菟在腹？菟與兔同。

集注：月本無光，日耀之乃光。光之所生，日在其傍，故光側而所見纔如鉤耳。日漸遠，則斜照，而光始滿，對照則正圓也。陽烏顧兔，乃日月之魄。

周拱辰曰：此問月也。月爲太陰之精，亦順天右旋，一日常不及天十三度有奇，不及日十二度有奇，積二十七日有奇而與天會，積二十九日有奇而與日會。其月光向背，亦以行度之遠近漸次爲增減。又，周髀曰：「日猶火，月猶水，火則施光，水則含影。月光生於日所照，魄生于日所蔽。當日則光盈，近日則明盡。」此「夜光死育」之説也。然何以月光新育時或半仰上、或半覆下、或側東向、或側西向？①月光無常，豈日照之光亦無常乎？其中盈虧向背，必有至理，古今人未有發之者，存疑可耳。「顧兔在腹」，舊訓兔常居月之腹。夫兔爲月魄，不居月而誰居？何必贅問厥利之維何乎？愚謂言「厥利」者，非兔魄居月腹爲利，乃滿萬川之月在，滿世界之兔之腹，故利也。兔望月而生，兔腹中隱然懷一月矣。顧兔受胎于月，猶伯禹受胎于鯀。問中「伯禹腹鯀」，乃倒句法，言伯禹爲鯀所腹也。且兔望月，纔可言顧兔，若月中之兔，又何所顧望乎？如泥執兔常居月之腹，則謂伯禹常居鯀之腹中，可乎？或曰：爾雅翼言：「天下兔皆雌，顧兔爲雄，故皆望之以亶氣。往往八月之望，月明則是歲兔多，月暗則是歲兔少。」吾謂此與蠃蛤蠙蠏，視月盈虧正同，亦氣感之理然爾。兔自有雌雄，豈專視月乎？

【眉批】

①千古疑義。

女岐無合，夫焉取九子？伯强何處？惠氣安在？夫音扶。强，巨良反。在，叶音紫。

周拱辰曰：女岐，神女，非指羿時縫裳者言。不夫而孕九子，一乳而生，釋典號「九子母」。昔女媧無夫，乃生男爲顓頊，生女爲女登。似類此。遂古至此，洪荒既闢矣，天地既奠矣，日月星辰既麗矣，至此漸漸生出人來，纔成世界。予謂九子，乃人類之種。女岐，乃生育之母也。伯强、惠氣，風屬。上指日月星，此專言風也。黄帝風經：「調暢祥和，天之喜氣也。折楊奔厲，天之怒氣也。」又曰：「風者，氣也。得怒之氣則暴，得喜之氣則和，得金之氣則凉，得木之氣則温，得火之氣則炎，得水之氣則烈。」淮南云：「隅强[三]，不周風之所生也。窮奇諸稽攝提[四]，廣漠風、條風之所生也。」不周風居西北，律中應鐘，氣主肅殺。廣漠居北，律中黄鐘。條風居東北，律中太簇。黄鐘胎養萬物，太簇出生萬物，皆主生，所云「惠氣」者是也。

何闔而晦？何開而明？角宿未旦，曜靈安臧？闔，何臘反。明，叶音芒。宿音秀。臧與藏同。

集注：角宿，東方星，隨天運轉，不常在東。

周拱辰曰：開闔不出陰陽兩字，陽升則開，陰凝則闔，一童子能知之，何以問乎？曰何闔何開，有深義焉。易曰：「闔户謂之坤，闢户謂之乾。一闔一闢謂之變，往來不窮謂之通。」合四句纔盡開闔之義。闔而開，開而闔，闔中有開，開中有闔。此問萬古之開闔，非僅指一日之開闔言也。月令圖經云：「天陰天陽，陰中有陰，陽中有陽。」平旦至日中，陽中之陽也。日中至黄昏，陽中之陰也。合夜至鷄鳴，陰中之陰也。鷄鳴至平旦，陰中之陽也。晦明之分候，亦如之。然晦明之候，亦有遲速參差不同。性理通鑑云：「陽多陰少，日未昇而先明，日已暝而未晦。」是開數多于闔數也。又天地以開闔分晦明，而晦明實不可分。蓋均一天地也，日照則明，照没則闇。猶之均一室也，燭照則明，燭滅則暗。燭有明暗，而一室無明暗。此又晦明不相凌奪之義，所謂道並行不相背也。「角宿未旦」，角宿居東，上則天田周鼎，下則玉衡四星，左則平道天門，右則進賢天平，屬辰位。二十八宿歌云「兩星南北正直著，中有黑道上天田，雙雙横于庫樓上」是也。晋志十二次分野，始角亢，以東方蒼龍爲之首也。角星隨天東轉始旦，角宿未旦，時正夜晦。此時日藏在何所乎？山海經：「常陽之山，日月所入。」淮南云：「日落棠山，經于細柳。」正言日光爲山所遮蔽，非真入地也。穹天論云：「日繞辰極，没西而還東，不出入地中。」又震澤長語云：「天行健不息，如磨之旋，自東運而南，南而西，西而北，以爲昏明寒暑。日月運而出没，五緯隨而起伏，列舍就之隱現。南爲明都，天體所見，日月五星，至是則明。北爲幽都，天體幽隱，日月五星，至是則晦。」日月五星至北都而晦，亦非天入于地也。若天入于地，則日月隨之，地之下爲日月所照，是地下又有一世界。其説荒矣。①愚謂二十八宿，周天均布，太陽逐日會合，逐月遷移。一歲之中均歷周徧，胡得入地中爲也？其最著者日在箕斗，箕斗在天河。日入地時，星河皆入地耶？豈日獨入地，而星河獨在天耶？審如是，河皆入地，則七八月間河漢猶顯。日正東西出没，初夜則河漢東北西南，向曉則東南西北，是知河漢不入地，而隨天運行。日之向曉，與箕斗會，亦猶是也。②此丘長春之論，與程涓之論，度越前人。又與穹天論合，大足破「日藏地中」之謬，始不孤屈原之一問於萬古也。

【眉批】

①郭璞推律，一行布筭，非僅如鄒衍談天之戲論已也。

②劈破天荒之論，聖人復起，不易斯言。

不任汩鴻，師何以尚之？僉曰何憂？何不課而行之？汩音國。尚，叶音常。行，叶户朗反。

集注： 汩，治也。鴻，大水。師，衆也。

周拱辰曰： 上言天地風氣，日月星辰，此專言水，而因及治水之人也。黄帝書曰：「天在地外，水在天外。」故曰天地之間，水爲大，水浮天而載地者也。洪荒以前不可知，開闢以後，獨堯九年之水最害。書曰：「懷山襄陵。」又曰：「蕩蕩洪水方割。」蓋中土爲帝王自立之區宇，而鴻水若與帝王争中土，此亦自開闢以來一小洪荒也。堯時金木水火土皆有官，此時議治水之官，亦大難其人。四岳薦鯀，以能堪此任也，豈意其不任乎？「師何以尚之」，師，官屬。所云雲師、鳥師是也。尚，優薦之也，以爲治水之才，無出其右也。課，核其實也。不任矣，何以尚之？非真貶鯀也。① 言洪水爲患，帝諮四岳，舉鯀，命爲司空俾乂，四岳豈敢以匪人誤國哉？鯀爲高陽氏子，以才以望，舍鯀其誰？故薦之耳。然恃才望而方命圮族，帝且咈之矣。僉曰何憂哉？有鯀在。然四岳何不課其實而欲帝之遽試其謀耶？天下儘有其人有才，而用違其才，因以僨事者，責四岳以寬堯也，因以寬鯀也。鯀爲高陽氏子，屈原爲高陽氏苗裔，在在爲鯀出案，有由然爾。俗謂堯因四岳之舉，不得已而用之。夫聖人之舉動，乃亦有不得已者哉？誤矣。

【眉批】 ① 篇中段段爲鯀白寃，於此埋根。○孔儀行父何以無貶詞？修春秋者，爲之後也。即此意。

鴟龜曳銜，鯀何聽焉？順欲成功，帝何刑焉？鴟，處脂反。聽，叶平聲。

周拱辰曰：「鴟龜曳銜」，經稱「鯀湮洪水」，傳稱「鯀障洪水」，國語又稱其「墮高堙卑」。蓋「鴟龜曳銜」，鯀障水法也。鯀睹鴟龜曳尾相銜，因而築爲長堤高城。參差綿亘，亦如鴟龜之曳尾相銜者然。程子曰：「今河北有鯀堤而無禹堤。」通志曰：「堯封鯀爲崇伯，使之治水，乃與徒役作九仞之城。」又，淮南云：「鯀作三仞之城，諸侯背之。」史稽曰：「張儀依龜跡築蜀城，非猶夫崇伯之智也。」即其證。按楊雄蜀本紀言：「張儀築成都城，依龜跡築之。」龜殼猶在軍資庫，宇文遇云：「比常爲主庫吏，見龜殼長六尺。」依龜築城，儀襲鯀智，大抵然矣。「順欲成功」，言順此治水，未必不成功，帝何以必加之刑耶？

永遏在羽山，夫何三年不施？伯禹腹鯀，夫何以變化？施，叶所加反。又如字，一作弛。腹，一作復，筆力反。化，叶虎爪反，又音摩。

集注：羽山在東海中。施，謂刑殺之也。左傳曰：「乃施邢侯。」腹，懷抱也。詩曰：「出入腹我。」

周拱辰曰：書稱「殛死」，猶言貶死，實未嘗殺之。則「永遏在羽山」，似乎永不施矣。而曰三年，何也？公羊注：「古人疑獄，三年而始定。」三年不施，永不施矣，惟有永遏之已耳。「遏」之云者，遏抑之使不得再用。易所稱「遏惡揚善」，即此意。國語：「欒懷子之出，使執政欒之臣勿從，從欒氏者爲大戮施。」又，「惠公殺里堯而悔之，曰：『芮也殺我社稷之鎮。』及文公入，秦人殺冀芮而施之。」註：「陳尸曰施也。」腹，産也。鯀實産禹，迹禹聖德，不但近邁厥父，抑且遠紹列辟，何以變化若是神異乎？變化，猶言邁種。左傳：竇封言范氏、中行子，而曰：「人之化也，何日之有？」言祖孫之榮賤無常也。水經注：「羽山在東海祝其縣南。」即春秋所稱夾谷是也。

纂就前緒，遂成考功。何續初繼業，而厥謀不同？

周拱辰曰：鯀九載罔績，而曰「纂前緒」、「成考功」者，何也？正以有前緒可因，禹所爲成功之易也。禮經云：「禹能修鯀之功。」然則鯀非無功，仲尼亦許之矣。況人子無私功，人子之功，皆父之功，猶經稱「徐方既同，天子之功」。玄圭告成，而歸功厥父，亦孝子之夙心焉爾。可知有緒可纂，即是功緒，非其功之半乎？①猶之織布縷者，後半之布縷成，前半之布縷與俱成矣。

【眉批】

①精確。是禹受禪後稱天册鯀語。

洪泉極深，何以窴之？地方九則，何以墳之？泉，疑作淵，唐本避諱而改之也。窴與填同。則，一作州。墳，叶敷連反。

周拱辰曰：按洪水滔天，宜曰極大，而此曰極深，似不泛指洪水言也。晦翁以泉爲淵，淵字避唐諱而改之。極是。列子云，洪水淵藪有九。淵，鯢旋之潘爲淵，（潘音盤，大魚蟠桓洄[五]流也。）止水之潘爲淵，流水之潘爲淵，濫水之潘爲淵，沃水之潘爲淵，氿（音軌，水泉從旁出也。）水之潘爲淵，雍（音擁。河水决出，出還復入也。）水之潘爲淵，汧（音牽。水之流行洄澓也。）水之潘爲淵，肥（水所出異爲肥。）水之潘爲淵，是爲九淵。之極深者，禹乃息土，填之爲名山。指此也。九則者，九州也。帝嚳制九州，至堯洪水時，經塗界限，漫滅莫理。洪水既治，故道宛然。左傳：「茫茫禹跡，畫爲九州。」非禹始創畫之也。言襄陵之勢既夷，而九州之界限復井然隆起，歷歷可稽也。墳，即左傳「澆地，澆墳」，言高起似墳也。

周拱辰又曰：淵極深，何以填？九州湮没，何以墳？此有大謀畫、大斡旋在。世儒都云，水極深而填之使夷，九州湮而水既平則復現，何言之易也？按息壤記云：「禹湮洪水至荆，有海眼泛溢無恒。禹乃鐫石造龍之宮，窴于穴中，以塞其水脉。」又，案[六]黄帝中經：「天柱山號宛委，有書金簡玉字。禹乃東巡，登衡山，殺白馬以祭之。夢玄夷蒼水使者，謂禹曰：『欲得我簡書，知導水之方者。齋于黄帝之宫，三月更求之。』禹如言求之，果得其文。始知四海之根，百川之理，遂依言導之而水大治。」此與下應龍事，同一神靈。①可知填之、墳之，皆神啓之謀，而佐以八年人事之勞苦。所云人謀鬼謀力量，政與女媧鍊石補天同一奇異。此原所爲懷疑千古，而一問之天也。

應龍何畫？河海何歷？畫音或。歷，叶音勒。

周拱辰曰：有翼而飛者爲應龍。恭丘山有應龍。昔蚩尤禦黄帝，帝令應龍攻于翼之野。女媧之時，乘畜車，服應龍。應龍之爲帝馭舊矣。此應龍，指禹時事言。傳稱禹治水，有應龍以尾畫地流泉。博物志云：「夏德之盛，二龍降之，禹使范成光馭之，行四域。」抱朴云：「禹乘二龍，郭支爲御。」二龍乃應龍也畫地者，疏水之脉，使水由地中行也。嶽瀆經：堯時九年洪水，巫支祈爲孽。蓋水妖也。應龍驅之淮楊龜山足下，其後水平，乃放應龍於東海之區。又，吕氏春秋：大禹巡水，東至搏木，日出九津，鳥谷、青丘[七]之鄉，南至丹栗、沸水之際，西過三危之阸、巫山之下[八]，北至大正之谷，夏海之窮，積水、積石之間，未嘗暇息。至於歷中國之某河某海，又不足言矣。

周拱辰又曰：古岳瀆經：禹治水，三至桐栢。驚風迅雷，禹怒，召百靈，命應龍搜逐之。乃獲淮渦水神，名無支祈。形若猿猴，縮鼻高額，青軀白首，金目雪牙，頸伸百尺，力踰九象，搏擊騰疾，倏忽不可久視。禹授之童律，不能制；授之烏木田，不能制；授之庚辰，庚辰持戟追獲，頸鎖大索，鼻穿金鈴，徙之淮揚之龜山足下。山海經云：「水獸，好爲雷雨，禹鎖之于軍山之下，其名巫支祈。」即其物也。②唐時有御史欲見此孽，出罪人偏摸其鎖，抓得之。用牛六十四頭，以盤車拽鎖出之。鎖將盡，怪躍空中，大叫一聲如霹靂，鎖連人牛俱没。都御史唐公世濟親爲予言之。唐公曾爲淮揚御史，非誣也。

【眉批】

①神禹治水，女媧錬石，力量正同。兩曰「何以」，始知努力千觔，非虛發也。

②奇確，勝續齊諧志。

鯀何所營？禹何所成？①康回馮怒，墜何故以東南傾？馮，皮膺反。墜，古地字。

集注：康回，共工名。

周拱辰曰：鯀之營也何術？禹之成也何功？鯀之治水也龜之，禹之治水也龍之。嗚呼！成敗之造鯀禹，豈鯀禹之能爲成敗耶？②「地何故以東南傾」，語云：天地亦有缺陷，蓋指天地以言人事也。共工與女媧争帝，怒而觸不周之山，折天柱，絶地維，天傾西北，地陷東南。女媧誅殺共工，鍊石補天，而不能鍊石補地，何也？能斷鰲足立四極，而不能立東南之極，又何也？則謂地之傾，非康回傾之，而女媧傾之亦可爾。此是荒唐不可致詰語，非真謂有其事而詰之也。細味語意，大似借康回之怒，代鯀貢憤者。然所云「天高不能寄怨，地厚不能埋愁」，謂天地缺陷至今，可如何哉？嗟乎！盛氣瀰天，厚土不能載康回之怒；積憾化物，流水不能洗崇伯之冤。恨血成碧，精靈至今，良可悼矣。③

【眉批】①父子功罪，畢竟千古疑案，憑弔慨然。②自「不任汩鴻」至此，凡七段，一一爲鯀洗罪。原蓋遡祖德也。借康弔鯀，大開生面。③千年恨血，嘆聲壓雲。

九州安錯？川谷何洿？東流不溢？孰知其故？安，一作何。錯，七故反。洿音户。

集注：水注海曰川，注川曰谿，注谿曰谷。

周拱辰曰：帝嚳制九州。按孔安國注：一冀州，帝都不説境界。一梁州，東距華山之陽，西據黑水。一兗州，東南據濟，西北距河。一青州，東北至海，西北距岱。一徐州，東至海，南至淮，北至岱。一楊州，北至淮，東南至於海。一荆州，北距荆山，南至衡山之陽。一豫州，西南至荆山，北距大河。一雍州，西據黑水，東距河。龍門之河，在冀州之西。錯者，如犬牙相制然也。「川谷何洿」，洿，深也。宇宙内有九淵極深，如所稱「海眼」是也。列子：「渤海之東有大壑焉，實無底之谷，東流不溢。」舊爲「歸墟受之」之説所誤。晦翁以水流東極，氣盡而散，如沃焦釜，無有餘遺。楊升庵以歸墟尾閭，是水之大窮盡、大升降處，猶未確然。予嘗見善飲者至十石不醉，私自念言，腹僅貯十斗餘，而所受踰十倍，非其量之能受，乃其量之能消。即釋典所云「消受」也。①東流不溢，妙處不在能受，而在能消，所以爲造化之神。柳子厚又謂「萬水趨東，復轉流歸西，循環不停」，所以無泛溢之患，更瘵矣。②水猶人身之血脉涕唾也，豈有今日所棄之唾，復食之爲明日之唾者乎？天地間皆水火也，陽燧照而火焰，方諸照而水流雖停也，匪預儲其源，雖費也不耗竭，其本溢與不溢之故，雖海若不能知，而況人乎！

【眉批】

① 消受至理，子厚之答，戲論耳。

② 還他不知，强解者都似非是。

東西南北，其脩孰多？南北順隳，其衍幾何？隳，一作隋，音妥。

集注：隳，謂狹而長也。衍，餘也。

周拱辰曰：廣雅：「神農度四海内，東西九十萬里，南北八十一萬里。夏禹所治四海内地，東西二萬八千里，南北二萬六千里。」淮南云：「禹使太章步自東極，至於西極，二億三萬三千五百里。使豎亥步自北極，至於南極，二億三萬三千五百里。」張衡靈憲經：「八極之維，徑二億三萬三千三百里，南北則短減千里，東西則增廣千里。」此倣太章、豎亥之步而爲之言者也。鄒子稱中國外，如中國者九，裨海環之，語似閎大不經。夫地亦廣且大矣。然有形必有盡，而徐州之見，東不踰海，西不踰崑崙，北不踰沙漠，於以窮天地之廣狹，不亦難乎？利山人輿地全圖云：「天有南北二極，地亦有之。天分三百六十度，地亦同之。並徵地每度廣二百五十里，則地之東西南北數畧相等。」計各地一週，有九萬里實數，地厚二萬八千六百三十六里，皆生齒所居。其餘荒氾，不能知矣。四方之修與南北之隳，大約相符，未必南北狹東西長也。蓋本星極以准天度，本天度以准地度，其言信而有徵也。

崑崙縣圃，其尻安在？增城九重，其高幾里？縣音玄。尻音居。

周拱辰曰： 尻，尾脊骨。莊子曰「浸假而化予之尻以爲輪」是也。張子房赤霆經：以崑崙面目背腹，膀胱髖脾，屬中國某山某水，而以背脊毳瞉，屬幽寒莫可知之鄉。然此問玄圃之尻，而泛以中國混答之。非也。按十三洲說：崑崙山東接積石圃，西北接北户之室，東北臨大活之井，西南至承淵之谷。此四角大山，實爲崑崙之支體。又曰：崑崙有三角，正西名玄圃臺。以此按之，則縣圃脊尾，蓋在承淵之谷、北户之室之間也。又，水經注：「三成爲崑崙，下曰樊桐，中曰玄圃，上曰增城。」增城，乃崑崙絶頂。淮南稱「崑崙高一萬里」，郭景純稱「自上至下，二千五百餘里。」十三洲説稱「高三萬六千里」。依淮南「三成」數之，則增城高三千六百六十六里。依郭景純「三成」數之，高九百餘里。依十三洲説「三成」數之，則高一萬二千里也。譬如人身頭至臀與足爲三停，縣圃其尻，桐樊其足，增城則其首也。揣一節而知全體之大，按頭顱而悟肌幹之巙，譬之見獅首而知其蹄之大，見龍頭而知其尾之修，正形容崑崙之巨，有不可以言盡者。解者槩以崑崙全身渾答之。誤矣。

四方之門，其誰從焉？西北辟啓，何氣通焉？辟、闢同，一作開。

周拱辰曰：淮南云：「崑崙四百四十門，門間四里，里間九純，純丈五尺。北開以納不周之風。」

日安不到？燭龍何照？羲和之未揚，若華何光？

周拱辰曰：大荒經，祭河妻之西無脊之東，無有日月光。山海經：「西北海之外，章尾山有神，人面蛇身而赤，身長千里，是爲燭龍。」淮南云：「燭龍，龍身一足，是燭九幽。」試問燭龍所啣之燭爲何物乎？抑燭龍全身是火，龍即是燭乎？羲和，堯臣，主日馭者。西[九]壑傳云：「南荒有地日草，三足烏欲下食此草，羲和叱烏而不揨轡。」若木在建木西。世紀云：「灰山之野，有樹青葉赤華，號曰若木。」事文類紀：「西北之國，日未出時，有若木赤華照地，光華倍日。一借照燭龍，晝常昏暗，一若木普光，夜光常明。」同一宇宙，何明暗不均若是懸乎？

何所冬煖？何所夏寒？

周拱辰曰：遠遊南州炎德，桂樹冬榮。又，大招「南有炎火千里」，又，招魂「北方層冰峩峩，飛雪千里」；又「代水不可涉，白天灝灝，寒凝凝只」。皆騷自注。又，炎海有沃焦山，冬夏常沸，山爲之焦。又，神異經「南方有炎火」。淮南云「崑崙之丘，或上倍之，是謂涼風之山」。又，水經注，崑崙爲無熱丘。

周拱辰又曰： 細案問意，非問地也，問時也。① 人知中國之地，寒燠無定，不知天地間各地之冬夏之寒燠亦無定。利山人輿地圖經云：「以天地分山海，自北而南爲五帶，一在晝長晝短二圈之間，其地甚熱，帶近日輪故也。二在北極圈之内，三在南極圈之内，此二處地，俱甚冷，帶遠日輪故也。四在北極晝長二圈之間，五在南極晝長二圈之間，此二地皆謂之正帶，不甚冷熱，日輪不遠不近故也。凡同緯之地，其南北二極，出地數同，則四季寒暑亦同。若兩處離中線度數相同，但一離南，一離北，則四季晝夜刻數均同，惟時相反耳。此之夏爲彼之冬，則此之極熱，爲彼之極寒。日輪遠近不齊，南北之氣候亦異。」此固至理，不可誣也。

【眉批】 ① 此問天地間一大氣候也。禹所經歷與山海經所載、穆天子所至，皆在荒服四裔之外。然則冬暖夏寒，豎儒必拘中國一隅，真井底之見也。

焉有石林？何獸能言？

周拱辰曰：道書：「崑阜山生瑶筍，千年一芽，鬱然成林。」又，拾遺記：「須彌山第六層，有五色玉樹，蔭翳五百里。玉樹石色如玉也。」又，海外紀：「石林山在東海之東，深洞五百里，有石如木，挺立數仞，枝榦皆備，亦開花。」又，蜀地志：「蜀山有石筍如林，在中岩山半。」獸之能言者，不獨猩猩也。狒狒善笑作人言，角端人言，又含塗之國鳥獸能言。又，紀祥録：「黄帝至東海，白澤人言。」又，夷狄有狗國、有蛇國、有人魚國、有鼠王國，皆獸也，皆言也。①周禮：「命夷貊掌鳥言，命貉貊掌獸言。」然則獸之能言者夥矣。

【眉批】

①今世無介葛盧，兩貊官廢矣。

焉有虯龍，負熊以遊？

周拱辰曰：虯本龍種，故曰虯龍，似龍而無角者也。熊，雄猛而形軀甚小。述異記：「陸居曰熊，水居曰能。」虯相負以遊，蓋神熊也。山海經：「熊山有穴焉，熊之穴，恒出神人。」即此也。①又案江淮有獸名熊。熊，龍蛇之精也。虯龍負熊，亦氣類然乎？

【眉批】

① 精核。

雄虺九首，儵忽焉在？何所不死？長人何守？虺，許偉反。儵，倏同。

周拱辰曰：按大荒經：「崑崙之北、柔利之東，有相柳氏，九首人面蛇身。」又，廣雅：「北方有民焉，九首蛇身，名曰相繇。」意相柳，即相繇也。招魂云：「往來倏忽，吞人以益其心。」蓋怪蛇之食人者。博物志：「開明九首，畢方人面九首。」皆此類。神異經：「不死民在交脛東，爲人黑色，壽不死。」又：「無脊之國在長股東，其人穴居，食土，死即埋之。其心肝不朽，死百廿歲，乃復更生。」抱朴子云「乘雲璽產之國，肝心不朽之民」是也。又，員嶠山有陁移國，人長三尺，壽萬歲。長人不獨防風氏。左傳僑如、緣斯、焚如、榮如、簡如，同守鄋瞞之國。皆是。①又，康回頭觸不周，柱折維缺，比身橫九畝者又過之矣。又，洞冥記：支提國人長三丈二尺。又，河圖玉版：龍伯國人長三十丈。

【眉批】

① 該博。

靡蓱九衢，枲華安居？靈蛇吞象，厥大何如？蓱，一作萍。枲音徙。

集注：九衢，其枝九出。山海經有「四衢」之語是也。枲，麻之有子者。山海經：「浮山有草，其葉如枲。」又曰：「南海有巴蛇，身長百尋，食象，三年而出其骨。」

周拱辰曰：「靡萍九衢」，言其枝葉爲衢道，猶今言花五出六出也。言浮萍三衢，蘋雖大，四衢而已。九衢而大於蘋，非常萍也。如楚江萍實之類，非仲尼不辨。其爲王者瑞萍，實兆楚之霸，屈原所爲侈言之也。古史：堯使羿斷脩蛇於洞庭。洞庭，南楚澤名，近巴陵。以爲巴蛇之死，其骨爲陵。按今岳陽城外有巴蛇廟。已而廢，又有象骨山。以爲巴蛇暴象骨之所。其旁有湖曰象湖。

黑水玄趾，三危安在？延年不死，壽何所止？

周拱辰曰：山海經：黑水之西有朝雲之國、司彘之國。又，冥海北有黑河。淮南云：三危在樂民西。又，自崑崙、流沙、沉羽，西至三危之山。玄趾無考。意即所云玄股之國是也。廣博物志：黑河之藻可以千歲，三危之露可以輕舉。又，三危金臺石室，食氣不死。然豈遂與天地相畢乎？雖幸延年，終歸有盡，猶楞嚴所稱十種仙人之類。何所止，言畢竟有止否云爾。真誥云：黄帝火九鼎，而塚於橋山。夏禹服靈寶，而葬於會稽。大舜餌白琅，而偃駕蒼梧。穆王飲絳髓，而築墓汲郡。豈非遵生死之正命，示始終之有限哉？嗟乎！棄家剛十載，羨遼鶴之纔歸；天上葬神仙，悲彭殤之同盡。此原所爲一若慕之，一若痛之，而託遠遊之不果也。

鯥魚何所？鬿堆焉處？羿焉彃日？烏焉解羽？鯥音陸。鬿音祈。堆，多回反。彃，説文云射也，音畢。烏，柳云當作「鳥」。

集注：鯥魚四足，似鼉而短小，出南方。山海經：西海中近列姑射山，有鯥魚，人面人手，魚身。北號山有鳥，狀如鷄，而白首鼠足，名曰鬿雀，食人。

周拱辰曰：「羿焉彃日」二句，舊訓抹却「焉」字，而曰羿射九日，九烏墮其羽。非也。二「焉」字，即「鬿堆焉處」。焉字，問詞也。言十日並出，羿即神射，豈能發而參天乎？以何術而射落九日也？且蹲而發矢之地，何地也？日落而烏落矣，爲是一矢而連九烏乎？爲是九矢落九烏乎？爲如魯陽揮戈，日畏其誠，而烏自落乎？日輪大幾州舍，則烏之大亦如之，爲復烏解羽，而羽毛散於空中乎？抑徧敷大地乎？星賈爲石，而日賈化爲何物乎？且彎何木爲弓？鑄何金爲矢乎？或曰：烏以風化。水經注「流沙積羽之鄉」殆指是也者乎？按史補：「堯時羿，射落九日有功，天下相傳祀爲宗布。」

禹之力獻功，降省下土方。焉得彼嵞山女，而通之于台桑？①閔妃匹合，厥身是繼。胡爲嗜不同味，而快鼂飽？功，叶光。「土方」句絶，蓋用商頌語。嵞，一作涂，音塗。鼂，一作朝，陟遥反。飽與繼叶，疑有備音。

集注：書曰：「娶于塗山辛壬癸甲。」嗜不同味，不與妃同飲食。鼂飽，猶左傳所云蓐食。

周拱辰曰：正欲獻功，乃野合而通塗山之女，正爾初婚，即辭室而甘朝飽之勞，謂是爲國乎？不應顧其私圖，謂是爲私乎？旋已移之勤國。人疑聖人之舉動，不可常情測，而不知禹之大孝，故不可測也。以厥身是繼，其本情爾。禹之厥身，豈啻堯所任治水之身哉？迺鯀所望子以纂緒，而成父志之身，亦禹所日夜涕泣，思立功而贖父愆之身也。是則通塗山之女，以爲親也，即舜不告而娶之隱情也。三過門而呱呱之泣弗聞，快朝飽而獻功之念仍亟，亦以爲親也，即幹蠱代白父寃之極思也。一産啓而報親、報君兼舉之矣。下段即言啓事，豈非神禹忠孝之一大幸哉！水經注：「禹娶塗山氏女，女思戀本國，築臺以望之。今安邑縣，禹都是也。其臺基尚存。」鼂飽者，即乘橇旱食，勞人飯星，遊子夜中飯之説也。

【眉批】①是雙綰連環語。

啓代益作后，卒然離蠥。何啓惟憂，而能拘是達？蠥，一作孽，一作孼，並魚列反。

周拱辰曰： 離蠥，一云，啓與有扈大戰於甘。一云，益干啓位，啓殺之。然越絶書何以云啓善犧于益也？按説文，蠥，一云妖孽，不祥也。炎帝之繼太昊，高陽之繼金天，高辛之繼高陽，虞之繼唐，夏之繼虞，皆以異姓禪者也。啓獨排父之所薦以自帝，衆共指爲不祥也。一云：蠥，歌謡也。子輿所云「天下之謳歌者不謳歌益而謳歌啓」是也。皆匪夷所思，故曰卒然。惟啓能克憂勤，敬承繼禹，故私一家之傳，不爲逆天，違先人之薦，不爲背父也。開闢以來，官天下之局，一變爲家天下之局，遵承至今。豈非天心厭後世篡盗神器之多，而啓之深謀遠慮，有以承天心於默示乎？故曰：啓惟憂而拘是達也。①

【眉批】

① 大道理一口吞盡。

皆歸躲籟，而無害厥躬。何后益作革，而禹播[一〇]降？躲，一作射。籟音菊，一作鞫。降，叶胡攻反。

周拱辰曰：射鞠，未詳宜闕。「何后益」句，單指益事。革，廢革也。播降，猶言滋植，即播百穀之布，言益廢而禹祚滋長也。曹大家言：皐陶之子伯益。仲長統昌言：秦，益後。益即皐陶子。非也。按皐陶之後，封於六。秦、趙皆伯益後。①竹書紀年：「禹薦皐陶於天三年，先卒，始薦伯益。」左傳亦云：「皐陶庭堅，不祀忽諸。」又先儒言：皐陶，刑官，所以無後。則益非皐陶子明矣。益未曾爲君，何以稱后益？②按上言「啓代益作后」，則當時已擬益爲君，啓若代之云爾。

【眉批】

①核。

②雪亮。

啓棘賓商，九辨九歌。何勤子屠母，而死分竟地？歌，叶巨依反。地，叶音低。①

集注：棘，當作夢。商，當作天，以篆相似而誤也。其意本謂啓夢上賓於天，而得帝樂以歸。如列子、史記所言，周穆王、秦穆公、趙簡子夢之帝所，而聞鈞天廣樂，九奏萬舞之類耳。淮南云：禹治水時，自化爲熊，以通轘轅之道。塗山氏見之而慙，遂化爲石。時方孕啓，而曰：「歸我子。」於是石破北方而啓生。其石在嵩山。竟地，即化石也。

周拱辰曰：前曰「啓代益作后」，又曰「卒然離蠥」，啓之得天下亦艱矣。夢中獲天樂以歸，竊而耽樂焉，可乎？九辨、九歌，即夢中所獲之天樂。離騷「啓九辨與九歌」是也。由是「夏康娱以自縱，五子用失家衖」，皆啓貽謀之不善爾。屠母而死分竟地，弔母也，亦以弔啓也。言彼但知得天樂，於意外之樂而竟忘母當年剖石之痛，良可嗤矣。

周拱辰又曰：「勤子屠母」，舊訓禹勤之屠之。非也。正問孰爲勤之？而孰爲屠之也？天也。勤子，慰勞衈贈之意，即指天樂之賜言。言何以於啓則誑以天樂，於塗山則窆以荒石也？且鯀没羽淵化熊，禹通轘轅化熊，塗山氏慙而化石，化石無情矣，而有情之與無情，庸愈乎？天於父子也，用其子而棄其父，於母子也，庇其子而死其母，爲是憫乃祖之寃，而酬其孫乎？爲是旌厥父之勞，而私其子乎？十日出門，不一沾夫婦之樂，產孩即逝，不一享母子之歡，極人生之死生哀樂，極天道之予奪變幻，至禹一家而怪誕莫詰矣，問天而天亦何以答之乎？②

【眉批】

① 千古痛語。

② 合禹一家母子祖孫夫婦，團作一大黑漆燈籠，真咄咄怪事。

帝降夷羿，革孽夏民。胡䠶夫河伯，而妻彼雒嬪？䠶，食亦反。妻，七計反。

集注：河伯化爲白龍，遊於水傍，羿見射之，渺其左目。又羿夢與洛神宓妃交。

周拱辰曰：洪興祖言：射河伯妻洛妃者，何人乎？乃堯時羿，非有窮羿也。然此曰「革孽夏民」，堯羿而何以能「革孽夏民」也？①且白龍魚服，原係有窮羿事。堯時羿射九日，夏時羿自射河伯，不相蒙也。羿革孽夏民，何以歸之「帝降」？言雖夷羿之造孽，實天藉手羿以降禍夏民爾。射河伯妻洛嬪，味「何射」而妻語意，蓋一串事。言羿既射河伯矣，雒嬪亦水神，即河伯眷屬也，不與之仇而反與之婚，何耶？河伯而魚服，宓妃而行露，不可解者一也。戕其王伯，聘其妃侶，不可解者二也。一憑技而好殺，一畏威而薦姻，不可解者三也。訴上帝而以爲無罪，狎靈妃而以爲固然，不可解者四也。凶而嗜淫，抑又甚焉，而播毒夏民，偃然盜帝，不可解者五也。②

【眉批】

① 宋儒柱口。

② 如五矢連發，一一穿札，真不可解，天亦不能代爲解。

馮珧利決，封豨是䠶。何獻蒸肉之膏，而后帝不若？馮音憑。珧音姚。豨，虛[二]豈反。䠶，叶時若反。蒸，一作烝。

集注：馮，滿也。珧，弓名，以蜃甲爲之。決，猶闓也，以象骨爲之。䠶豨薦膏，欲以享帝。

周拱辰曰：禮：天子玉琫而珧珌，士瑑琫而珧珌。許叔重以爲蜃甲，所以飾物。上古之世，剡耜爲耕，摩蜃而耨，摩其殼使利，以爲用也。決，即「決拾」之決。詩云「拾」，以皮爲之，著於左臂以遂弦。決著於右手大指，所以鈎弦開體。馮珧利決，言引蜃弓以決射也。封豨是射，堯時羿殺猰貐，射封豕。夏羿亦射封豕。又，古史稽：夏王命羿射封豕之皮，征南之的，曰：「中予萬金，不中削中邑。」獻蒸肉之膏，言犧牲肥腯之備物。馮技盜位，而帝不受享穢德之薦，帝弗福也。天怒淫慝，逆取而順守之，得乎？

浞娶純狐，眩妻爰謀。何羿之射革，而交吞揆之？浞，士角反。謀，叶謨悲反。①

集注：浞娶純狐氏女，眩惑愛之，遂與謀殺羿。射革，禮所謂「貫革之射」。左傳所云「蹲甲而射穿七札」者，言有力也。交吞揆，交進而吞謀之也。

周拱辰曰：純狐，羿妻。浞殺羿而娶之，生澆及豷。騷云「浞又貪夫厥家」是也。②羿，有窮氏子，年二十習弓矢，慕古羿之爲人，亦名羿。射白龍，射封豨，稱絶技焉。弧矢吉甫，羿之師也。所射無脱，名反爲羿所掩。而桃棓之擊，乃出受教之逢蒙。逢蒙殺羿，浞教之殺也。交吞揆之，亦好還之天道然哉？革，非貫革之革。前云「后益作革」，又云「革孽夏民」，革，變易也。言羿篡夏而浞殺之，天易其疾矣。浞又弑其帝自立，伯靡又率斟灌之師殺之。③羿去而又進一羿，羿爲浞所殺，而浞又見殺於人，何交相吞噬，仇仇相伏乎？此即國策螳螂黄雀，與挾彈隨後之説也。④然爰謀者，浞妻也。貽浞害者，亦浞妻也。語曰：昡妻煽禍。信矣。

【眉批】

①據舊注，則浞爲羿之婿矣，何以謀殺婦翁乎？

②純狐，羿妻，非浞妻也，浞殺而娶之耳。舊注荒繆，拾細可參。

③觀此，則羿妻再嫁浞矣。奔月之説，豈不荒唐？

④纔是交吞。

阻窮西征，巖何越焉？化爲黄熊，巫何活焉？

集注：鯀化爲熊。國語「化爲黃能」。能，三足鱉。東海人祭禹廟，不用熊及鱉。鯀死三載不腐，剖以吴刀，化爲黃龍。

周拱辰曰：阻窮西歸，則驅之東也。羽山在東裔。言鯀罪在不赦，無西歸之日也。山海經：「青要之山，北望禪渚，禹父之所化。」酈道元曰：「鯀化羽淵。」而復在此，然已變怪，亦無往而不化矣，即越岩之説也。左傳：晉侯夢黃熊入于寢門。子産對曰：昔堯殛鯀于羽山，化爲黃熊，以入于羽淵，實爲夏郊。三代祀之。晉爲盟主，或者未之祀乎？晉侯祀之。又商次于伾山，因祭之。①周則封杞、鄫以祀之。巫何活焉，言鯀既化爲異物矣，何以死猶求食，令後世巫祝，猶凛凛若生事之也？

【眉批】

① 三巫活権。

咸播秬黍，蒲雚是營。何由并投，而鯀疾脩盈？秬音巨。蒲，一作黃。雚音丸，一作藿。

原蓋悼鯀罪之不見卹，而代爲懟舜之語若此。

集注：秬黍，五谷之良也。蒲，水草。藋與萑同。左傳「萑苻之澤」。

周拱辰曰：秬黍，黑黍也。一稃二米，和氣所生，王者用以釀酒爲秬鬯。言今日茀豐草而五穀播殖，雖子能幹蠱，謂非崇伯先驅之勞不可。何以當年必正其投裔之罪，令其長蒙惡聲乎？

白蜺嬰茀，胡爲此堂？安得夫良藥，不能固臧？①天式縱横，陽離爰死。大鳥何鳴，夫焉喪厥體？茀音弗。陽，佯同。喪，去聲。

集注：列仙傳：崔文子學仙于王子僑，子僑化爲白蜺嬰茀，持藥以與文子。文子驚怪，引戈擊蜺，因墮其藥。仰而視之，則子僑尸也。須臾化爲大鳥，飛鳴而去。天式，天道也。

周拱辰曰：嬰茀，謂閃蔽也。易曰：「婦喪其茀。」茀，謂車之障蔽，女子用以蔽形者。言化蜺而若隱若現，形不顯露也。于是文子驚怪，引戈擊蜺。擲藥陽死，化鳥飛去。神仙怪幻，事有然者。舊訓天式縱横，而曰「天法有善」。陽離爰死，而曰「人失陽氣則死」。非是。天式者，天道神通也。言子僑既得縱横變化之術，故顯神通。因文子之擊，陽爲死耳。陽死者，佯死也。化鳥飛鳴，夫豈厥體之喪而真死乎？②

【眉批】
①恍惚譎宕，其情可挹，其理不可求。
②泓亮。

蓱號起雨，何以興之？撰體脅鹿，何以膺之？蓱，一作萍。號，平聲。脅音協。

集注： 蓱翳，雨師名。號，呼也。天撰十二神鹿，一身八足兩頭，何以膺受此形體也？

周拱辰曰： 山海經：蓱翳在東海之北，神獸也。兩手各操一蛇，左耳貫青蛇，右耳貫赤蛇，黑面黑身，號則雨至，時人謂之雨師。乃雨神也。「撰體」句未詳。愚謂即風伯也。晋灼曰：「飛廉鹿身，頭如雀有角，而蛇尾豹文。」漢應劭曰：「飛廉，神禽也。身似鹿，能致風氣。」蓋風神也。神禽而鹿身，不尤怪乎？①何以興之？何以膺之？怪之也，亦神之也。王叔師以爲天上神鹿，一身八足兩頭。按博物志：兩頭鹿謂之荼首，出雲南。亦無八足之説。此曰「撰體脅鹿」，乃形體之似鹿者耳。以爲真鹿，非是。

【眉批】
①一雨神，一風神，確不可易。

鼇戴山抃，何以安之？釋舟陵行，何以遷之？鼇音敖。戴，一作載。抃音弁。安，叶一先反。

集注：擊手曰抃。事見列子。「釋舟陵行」，無考。

周拱辰曰：列子：渤海之東有大壑焉，實惟無底之谷。其中有五山焉，一岱輿，二員嶠，三方壺，四瀛洲，五蓬萊。其山高下，周旋三萬里。其頂平處九千里。山之中間，相去七萬里，以爲隣居。其上臺觀皆金玉，禽獸純縞，琅玕琪樹，叢生華實，食之皆不老不死。所居之人皆仙聖之種，一日一夕飛相往來者，不可數焉。五山之根，無所連著，隨潮上下，不得暫峙。帝命禺强使巨鼇十五，舉首而戴之。迭爲三番，六萬歲一交焉，五山始峙。①又，史記云：方丈、瀛洲、蓬萊三神山在渤海中，蓋常有至者，仙人及不死之藥皆在焉。「鼇戴山抃，何以安之」，言鼇雖大，不大於蓬瀛之山也，何以首戴之而抃舞，且安置之，直至六萬歲一交也？「釋舟陵行」，即指仙聖飛相往來之事，言五山在渤海中，與人世隔億萬里，何以仙聖之種，一日一夕，不藉舟楫飛相往來？且史記又言「人常有至者」，騎浪乎？騎雲乎？「何以遷之」，言何術之神而能凌空徑渡也？安得踏神山，揖仙聖而一問之乎？直使人有跨海觀日，訪藥蓬萊之興。雖然，人無仙骨而妄想閬蓬，徐福之舟，知其孟浪也已。

【眉批】

① 飛相往來，非釋舟陵行而何？王逸訓鼇釋舟而陵行。大繆。

惟澆在户，何求于嫂？何少康逐犬，而顛易厥首？①女岐縫裳，而館同爰止。何顛易厥首，而親以逢殆？澆，五弔反。嫂，叶音叟。「易」上一有「殞」字。殆，叶當以反。

集注：女岐，純狐氏之子婦，蚤寡。純狐氏即浞之所因羿室而生澆者。

周拱辰曰：沈約竹書注：少康使汝艾諜澆。初，浞娶純狐氏，有子蚤死。有婦曰女岐，寡居。澆强圉，往至其户，佯有所求。女岐爲之縫裳，同舍止宿。汝艾夜使人襲斷其首，乃女岐也。澆既多力，又善害人。艾乃攻獵，放犬逐獸，因嗾澆顛隕，乃斬澆以歸。兩段文氣倒，而意實融貫。②「顛易厥首」，指誤殺女岐言也。「親以逢殆」，指逐犬顛殞澆首言也。言汝艾夜襲殺澆，爲少康討叛也，即以除蒸嫂之凶也。乃顛易女岐之首，澆似可僥倖逃死矣，而卒不免。少康逐犬之阨，逆賊之無逃于天誅也若此。

【眉批】

① 兩層發出罪案。

②文氣似倒，注甚貫串明朗。舊訓猜謎耳。

湯謀易旅，何以厚之？覆舟斟尋，何道取之？取，此苟反。

集注：仲康崩，相繼立，依同姓諸侯斟灌、斟鄩氏，爲澆所滅。晦翁云：湯是康字，謂少康也。周拱辰曰：一成一旅，能收夏衆，康可爲善謀者矣。向非虞思之君妻以二姚，錫之綸邑，百端匡植，當澆使椒求康之時，殆矣，即幸而免難，亦爲庖正止耳，安能收燼滅浞、祀夏配天乎？何以厚之？以旌虞也。覆舟，舊作覆國之義解之。非是。按全史：奡伐斟鄩，大戰于濰，覆其舟滅之。是實有覆舟事也。①相既遭覆溺之禍，宗社幾殞矣，而少康復取之，豈無道而至此？其間觀變俟時，强力忍詬，潛圖密慮，經營四十年，而天命嘿爲挽回，其道得也。張廣漢曰：「其潛也若蛟龍之深藏，其發也若雷霆之震迅。」惟其時也，有旨哉！

【眉批】

①覆舟確。

桀伐蒙山，何所得焉？妹嬉何肆，湯何殛焉？得，叶徒力反。妹音末。嬉音喜。

周拱辰曰：蒙山何得？得妹嬉也。帝王世紀：桀日夜與妹嬉及宫女飲酒，置妹嬉膝上。好聞裂繒之聲，發萬繒裂之，以適其意。故曰桀之亡也以妹嬉。愚謂不盡然也。按竹書紀年：桀命扁伐山戎，得女子二人，曰琬、曰琰。愛之而無子，斵其名於苕華之玉。苕是琬，華是琰，而棄其元妃于洛，曰妹嬉氏，以與伊尹交，遂以亡夏。又，國語：「妹嬉比伊尹。」是妹嬉以棄而亡國，非以嬖而亡國也。曰「何所得」，前得妹嬉，後得琬與琰乎？曰「妹嬉何肆」，已失寵而公然與伊尹交以賣國，則肆甚矣。湯所以禽桀，待以不死，而亟誅妹嬉不舍也，歸其罪于妹嬉，所以寬其辜，以存桀也與？①

【眉批】

① 事僻而核。湯伐桀不誅桀，而獨誅妹嬉，當年自有深意，今日纔明。

舜閔在家，父何以鱞？堯不姚告，二女何親？鱞，古頑反，叶音矜。

厥萌在初，何所意焉？璜臺十成，誰所極焉？

周拱辰曰：韓非云：「紂爲象箸而箕子怖，以爲象箸不盛羹於土簋，則必犀玉之杯，犀玉象箸必不盛菽藿，則必旄象豹胎，旄象豹胎必不衣短褐而舍茅茨之下，則必錦衣九重，高臺廣室。聖人見微以知著，見端以知末也。」璜臺十成，而曰「誰所極」，言紂之侈奢，至瑶宫璇室高至于雲，奢亦極矣。亦知即初念之萌極之乎？語曰：「止濫觴者窒其穴，去高木者揉其櫱。」言謹微也。雖然，桀、紂者，奢之師也，而奢不止是也。韓非曰：「人之欲，至爲天子極矣。而師桀、紂，未必以天子爲足也。」由是翠華私幸，由是跨海觀日，由是鞭笞四夷，由是收良殉葬，由是求藥蓬萊。竭天下之財爲漏卮，猶可言也，傾祖宗之社稷爲漏卮，而嫁民于他姓，不可言也。由此觀之，桀、紂之奢，猶爲儉矣，後人而笑後人，可勝慨哉？

登立爲帝，孰道尚之？女媧有體，孰制匠之？媧，古華反。①

周拱辰曰：舊訓「登立爲帝」屬伏羲。非也。人皇以上，燧人以下，帝者多矣，何以專指伏羲乎？愚謂即指女媧說。女媧，伏羲氏妹。自古皆以男子帝天下，女媧獨以女子爲天下君。豈女媧自擅而自立之乎？抑伏羲以天下私，不傳之子、不傳之弟、不傳之臣，獨傳之妹乎？②又豈女媧聖德，遠邁群帝，群臣百姓自往從之乎？孰道尚之？言稟何道德，天下翕然尊尚之也？按女媧生而神靈，佐太昊正婚姻，是爲神媒。共工作亂，振滔洪水以禍天下，女媧誅殺之。都于中皇之山，鍊五色石以補蒼天，斷鼇足以立四極，殺黑龍以濟冀州，積爐灰以止淫水。又作笙簧以通殊風，用二十五絃之瑟於澤丘，以郊天侑神。乘雷車，駕應龍，登九天，朝帝於靈門。淮南所云「考其功烈，上契九天，下契黃壚者」也。傳言女媧風姓，本伏羲言之。不知媧雲姓，古聖人帝天下，有不襲姓者也。河圖挺佐輔云：「女媧牛首蛇身，宣髮。」玄中記：「伏羲龍身，女媧蛇身。」牛首虎鼻，蓋人之形有同物者。今相家者流，取象禽獸之形體者是也。「孰制匠之」，言孰冶鑄之，而貌之怪異若此也？女子帝天下，前有媧，後有曌，開闢以來所未有。扶綱常而警伏雌，可少此屈原之一問哉？③

【眉批】

① 借媧討曌，關係不小。

② 傳妹事，今日纔聞。

③ 眼開于頂。

舜服厥弟，終然爲害。何肆犬豕，而厥身不危敗？[二] 吳獲迄古，南嶽是止。孰期去斯，得兩男子？迄，許訖反。

集注：南嶽是止，竄荆蠻而採藥也。兩男子，太伯、仲雍也。

緣鵠飾玉，后帝是饗。何承謀夏桀，終以滅喪？一無「夏」字。喪，去聲，一作㕎〔二三〕。

周拱辰曰：舊謂湯承用伊尹之謀滅桀。自來無以君承臣之説，語氣亦直致無文，且「終以」二字，如何着落？言伊尹烹鵠鳥之羹，盛玉鼎薦之而干湯，於是湯用尹爲心膂，尹始承湯密謀以事桀，而終以滅桀也。①竹書：十七年，商使伊尹來朝。吕氏春秋：湯欲伊尹往觀曠夏。恐其不信，乃自射伊尹，伊尹奔夏，三年，聽於妺嬉之言以告湯。湯良車七千乘，必死六千人，以戊子戰於郕，遂禽桀。伊摯就桀，湯實命之。承謀者，承湯之命爲桀謀也。始冀桀之有悛心，而桀卒以怙惡，湯亦不能爲之庇矣。始輔之，卒滅之，聖人舉動，若是兩截乎？

【眉批】

①湯伐桀心事，今日纔明。仲虺釋慚，覺多一重公案。

帝乃降觀，下逢伊摯。何條放致罰，而黎服大説？摯音哲。説音悦。

周拱辰曰：「帝乃降觀」，即所云「成湯東巡」也。不意中得一良相，故云「逢」。聲罪而黎服大悅，雖水火之民易見德哉？然僅放之南巢，完其妻子以行，使終其天年。後桀卒於亭山，湯命官葬之。禁絃歌舞，若喪君然。於征誅之内，猶有禮焉。黎服之大悅有以也。①皇甫謐曰：「伊尹年百餘歲而卒，大霧三日，沃丁葬以天子之禮，親自臨喪以報太德焉。」亦因群心之悦而厚報之與？

【眉批】

①商周放伐，故是兩局。

簡狄在臺嚳何宜？玄鳥致貽女何喜？喜音嬉。

集注：簡狄，帝嚳妃，侍帝嚳於臺上，有飛燕墮遺其卵，喜而吞之，因生契。

周拱辰曰：娀女吞鳦卵生契事，詳商頌、史記。簡狄在臺，即吕氏春秋所云「爲高臺以飲食之」是也。何宜者，言嚳何以鍾愛若此也？何喜者，言女非愛鳦卵而吞之，固天之有意開商乎？

該秉季德，厥父是臧。胡終弊于有扈，牧夫牛羊？

周拱辰曰：此義未詳，宜闕。

干協時舞，何以懷之？平脅曼膚，何以肥之？

周拱辰曰：頑以德懷固也，然舞干自在蒲坂，有苗自在洞庭，相去幾千里，何由躬逢而覩之而格之？此亦太史借以贊舜德化之神耳。① 且羽干乃無情之器，有苗非遵道之人，不然，他日又何以曰「殺三苗於三危」也？豈前日之羽干神，而後日之羽干不靈乎？真有多少疑義在。「平脅」語未詳，宜闕。

【眉批】

① 而舞、而懷，直是風馬牛不相及。始格之，終殺之，豈順之而復叛之乎？當日之羽干，又何在也？

有扈牧豎，云何而逢？擊牀先出，其命何從？

周拱辰曰： 舊説啓攻有扈，親於其牀擊殺之。然前曰「啓滅有扈」，遂爲牧豎矣。而又曰「擊殺之」，何也？無考宜闕。

恒秉季德，焉得夫朴牛？何往營班禄，不但往來？牛，叶魚奇反。來，叶力之反。

周拱辰曰： 舊訓湯事，不誤。特解義誤耳。按越絶書：「湯獻牛荆之伯。」荆之伯者，荆州之君也。湯行仁義，敬鬼神。當是時，天下未從也，湯於是乃餙義牛以事荆伯，乃愧然曰：「失事聖人禮，乃委其誠心。」此謂湯獻牛荆之伯也。「恒秉季德」者，睦隣之禮，終如其始也。淮南曰：「始乎叔季，歸乎伯孟。」季德者，初德也。湯得大牛而不以自享，曰以享隣，湯之禄也，荆得之，而以薦其祖先，且以謝過。荆之禄也，兩皆受其賜。豈區區尋常往來之禮乎？故曰「往營班禄，不但往來」。①

【眉批】

① 事出經傳，原非僻隱。不知者便爲迂怪。

昏微遵迹，有狄不寧。何繁鳥萃棘，負子肆情。遵，一作循。

周拱辰曰：舊謂晋大夫解居父事。補又引烈女傳陳辨女事。皆不類，宜闕。

眩弟並淫，危害厥兄。何變化以作詐，而後嗣逢長？

周拱辰曰：「後嗣逢長」，象子孫長享有庳之封也。雖曰親之欲貴，亦聞琴忸怩、傲德之善能變化耶？幽明録：「有鼻天子塚，有鼻天子城。」王隱晋書：「大泉陵北部東里有鼻墟，即象所封也。」

成湯東巡，有莘爰極。何乞彼小臣，而吉妃是得？

集注：湯夢有人抱鼎俎，對己而笑，寤而求伊摯於有莘之野。有莘之君留而不進，湯乃求婚焉，遂嫁於湯以摯爲媵臣。①

周拱辰曰：「何乞彼小臣，而吉妃是得」，言乞小臣而何以必借媒於吉妃也？嘲之也。妾涓之知甯戚，樊姬之薦叔敖，英雄遇合，不得之廷評，而得之闈謦，問天固夢夢矣。

【眉批】

① 不用夾袋奏記，乃勞巾幗薦書，英雄顛倒，固無定局。

水濱之木，得彼小子。夫何惡之，媵有莘之婦？惡，去聲。

集注：伊尹母姙身，夢神女告之曰：「白竈生鼃，亟去無顧。」居無何，白竈中生鼃，母去東走。顧視其邑，盡爲大水。母因溺死。化爲空桑之木。水乾之後，有小兒啼水涯。人取養之，既長大有殊才，有莘惡其從木中出，因以送女。

周拱辰曰：此亦嘲有莘之君也。湯求摯于莘，有莘之君曾留而不進矣，而湯卒以計得之。曰「夫何惡之」，或湯用術而間之，未可知也。湯之自婿，湯之巧謀耶？嫁婦而又嫁一賢臣，莘折閱多矣。① 嗟乎！維莘有才，維湯用之。仲父，魯囚也，以遺齊桓。五羖，虞逋也，以遺秦穆。彼昏不知，以賢資敵，獨一莘主哉？

【眉批】①自莘言之，賠了夫人又折兵也。自湯言之，獵獐而連虎。

湯出重泉，夫何辠尤？不勝心伐帝，夫誰使挑之？辠，古罪字。

周拱辰曰：太公金匱：桀怒湯，以諛臣趙良計，召而囚之均臺，寘之重泉。湯乃行賂，桀遂釋之，賞之贊茅。「不勝心伐帝」，舊訓謂湯不勝衆人之心而以伐桀，是誰使先拘湯以挑之？誤矣。言伐帝非湯本心，有挑之者矣。分明指伊尹說。尹既備説湯以至味，曰爲天子然後可具。以味挑也。奔夏三年，反報于亳，曰桀迷于妺嬉，好彼琬琰。以謀挑也。

會鼂争盟，何踐吾期？蒼鳥群飛，孰使萃之？

集注：武王伐紂，紂使膠鬲視師。膠鬲問曰：「欲以何日行師？」武王曰：「以甲子日。」膠鬲還報紂。會天大雨，武王晝夜行。或諫曰：「雨甚，軍士苦之，請且休息。」武曰：「吾許膠鬲以甲子日至，令報紂矣。吾甲子日不到，紂必殺之，吾故不敢休息，以救賢者之死也。」遂以甲子曰誅紂。①

周拱辰曰：此下四段，段段有不滿武王意，亦屈原自附夷、齊之義也。言武王冒雨急進，豈真欲救膠鬲之死哉？非争其失期也，争其得時耳。鷹隼之衆，群集飛揚，問誰統率之，此非指武王，指尚父也。堂堂之師，必借謀於陰符、六韜之將畧，何與？

【眉批】

①高定問貞公鄲：武王既是順天應人，何以曰不用命，則孥戮汝？貞公鄲不能答。即其義也。

列擊紂躬，叔旦不嘉。何親揆發，定周之命以咨嗟？一無「之」、「以」字。

集注：武王至紂死所，射之三發，以黄鉞斬其頭，懸之太白之旗。此所謂「列擊紂躬」也。①

周拱辰曰：太白之懸亦太慘矣，曰「不嘉」、曰「咨嗟」，明乎旦雖佐發定命，非其心也。何也？旦心，文王之心者也。咨嗟，不安也。恐非厥考以服事殷之心耳，况親斬紂頭，比巢門之禽更甚乎？

【眉批】

①是尚書選語。

授殷天下，其位安施？反成乃亡，其罪伊何？施，叶所加反。何音奚。

周拱辰曰：殷之天下，殷自有之，何以曰「授殷天下」？三分有二，以服事殷。殷之天下，實周授之耳，猶三以天下讓意。「其位安施」，言文王全紂以位，紂宜知所善，保其位矣。而善保之術，又安施耶？成，全也。父委曲全之，子一旦廢之。夫始全而終奪之，是焚穀也，父全而子奪之，是子不終訑也。①「其罪伊何」，父以爲臣罪當誅，子以爲君罪不赦，恐爲人臣者，數其君之罪，而君不服也。

【眉批】

①覺昔日叩馬一諫，至今生色。

爭遣伐器，何以行之？並驅擊翼，何以將之？行，叶户郎反。

周拱辰曰：争遺伐器，言遺調戰伐之器也。戰伐之器，備太公六韜。其遺行之法，爲千古兵法之祖，可攷也。「並驅擊翼」，言進而擊其左右翼也。「何以將之」，將者尚父，善將將者武王耶？兩言「何以」，似隱語。言以仁伐不仁，何用許多陰謀權詭，爲後世疑乎？

昭后成遊，南土爰底。厥利維何，逢彼白雉？底音指。

周拱辰曰：昭王，成王孫瑕也。白雉事，舊以周公時越裳氏嘗獻之，昭王德不能致，而欲親往迎之。非也。按竹書紀年：「昭王末年，有星孛見光，五色，貫于紫微。荆人卑詞致于王，曰：『願獻白雉。』乃密使漢濱之人膠舟以待。王遂南巡狩，將抵海，天大曀。王至中流，膠液船解，王及祭公、辛餘靡皆溺。」言白雉不可得，而適取喪溺，爲天下笑，何利焉？王子年拾遺記曰：「周昭王以青鳳之毛爲二裘。」青鳳、白雉，所謂禽荒者亡與？

穆王巧梅，夫何周流？環理天下，夫何索求？梅，芒改反。

集注：梅，貪求也。穆天子傳：「天子鶩行，登陽紆之山，升崑崙之丘，憩玄池，上群玉，東遊皇澤，西至重璧之臺。」[一四]左傳：「穆王欲肆其心，周行天下，將必有車轍馬跡焉。」

周拱辰曰：栂説文訓「貪」，晦翁因訓「貪求」。則下句「夫何索求」句便贅。予謂當訓「貪樂」之「貪」爲是。言穆王挾造父，駕八駿，勞馮夷，銘玄圃，釣珠澤，射麗虎，過井公而縱博，謁西王而薦觴，荒遊肆樂。①既已爲天下君，而僕僕車塵馬足，抑似有求而弗獲者，何故乎？然而享年百五歲，享祚五十有五年，没于祇宮以善終，較之昭王之遊，巧拙何如也？雖然，昭王逢白雉，溺身陽侯，穆王逐青鳥，答歌王母，雖則遇有巧拙，畢竟病則一般。

【眉批】①勝讀穆天子傳。

妖夫曳衒，何號于市？周幽誰誅？焉得夫褒姒？①衒，熒絹反。

集注：夏后氏之衰也，有二龍止于夏庭，而言曰：「予，褒之二君也。」夏后布幣糈而告之，龍亡而漦在，櫝而藏之。傳二代，莫敢廢。至厲王之末，發而觀之，漦流于庭，化爲玄黿，入王後宮。後宮處妾，遭之而孕，懼而棄之。先時有童謡曰：「檿弧箕服，實亡周國。」後有夫婦相牽引，行賣是器于市者。以爲妖怪，執而戮之。夜得亡去，聞所棄女啼聲，哀而收之，遂奔褒。褒人有罪，乃入此女以贖罪，是爲褒姒。幽王惑而愛之，爲廢申后及太子宜臼，而立以爲后。遂爲申侯、犬戎所殺。

周拱辰曰：「妖夫」四語，讀之至今妖氣襲人。神化爲二龍，以言于王庭，妖矣。漦流化爲玄黿，以入于王府，妖矣。童妾遭之孕，不夫而育，妖矣。「檿弧箕服」之謡，聞于王府，妖矣。龍曰：「余，褒之二君。」今戮鬻是器者，而獲女適奔褒，更妖矣。②安知是夫婦者非褒之二神、陰陽變幻之爲亡周之兆耶？其後褒姁有獄，而以爲入，有寵，與虢石甫比而周亡。君子曰：「褒姒，妖孽也。幽王，妖主也。」申侯、犬戎，夫亦天厭妖德而假手焉者乎？

【眉批】

① 作鬼語讀。「誰誅」字可味，言幽王非申侯與犬戎殺之也，褒姒殺之也。

② 平妖傳無此幻。

天命反側，何罰何佑？齊桓九合，卒然身殺。佑，叶於忌反。殺音弑。

周拱辰曰：洪興祖以小白之死，諸子相攻，身不得殮，與見殺無異，故曰「卒然身殺」，甚之也。「何罰何佑」，言何以倏佑之而牛耳中原，倏罰之而腐尸楊門之扇也。任管氏則霸，信豎刁、易牙、開方則亂。九合之功，不能勝三佞之姦，天命何常哉？原曰何罰何佑？吾則曰亦自罰自佑。

彼王紂之躬，孰使惑亂？何惡輔弼，讒諂是服。惡，烏路反。

周拱辰曰：内惑於妲己，所云女戎也。外惑於飛廉、惡來諸人，猶之男戎也。彼王紂之躬哉，所稱資辯給捷，見聞甚敏，才力過人，以天下爲咸出己下者也。然無如惡忠良而服讒勿悛何？服如服藥之服。服苦口之藥者昌，服甘言之藥者亡。具曰予聖，誰知烏之雌雄？此語若爲商辛寫照。

比干何逆，而抑沉之？雷開何順，而賜封之？封，叶妥音反。

周拱辰曰：雷開阿紂，進諛言，紂賜金玉而封之，賞以夏田。或諫曰：非時也，君踐一日之苗，民失終歲之食，其可乎？殺之。

何聖人之一德，卒其異方？梅伯受醢，箕子詳狂。梅音涴。詳音佯。

周拱辰曰：箕子爲之奴，蓋囚之爲奴，如漢法髡鉗爲城旦舂、論爲鬼薪是也。一切直數諫，不避菹醢。一不瞽不聾，托之徉狂。迹似異方，而忠國愛主之心則一也。

稷維元子，帝何竺之？投之于冰上，鳥何燠之？竺，一作篤。燠，叶音郁。

周拱辰曰：姜嫄爲帝元妃，履巨人迹而生稷，事詳詩經、史傳。訓云：「竺，厚也，愛也。」按語氣，「稷維元子」，帝嚳若不愛之，而投之冰上，鳥若有知而覆翼之。愚謂「帝何竺之」，言上帝之篤生稷，實有意開周也。居冰上而鳥爲之覆翼，正天心之冥佑耳。何怪焉？

何馮弓挾矢，殊能將之？既驚帝切激，何逢長之？伯昌號衰，秉鞭作牧。何令徹彼岐社，命有殷國？①

集注：馮，耳弓持滿也。注以爲后稷，補以爲武王。伯昌，文王也。號衰，號令於殷世衰微之際也。秉鞭作牧，言服事殷而爲之執鞭，以作六州之牧也。徹，通也。武王既有天下，遂通岐周之社於天下以爲大社，猶漢初令民立漢社稷也。

周拱辰曰：「弓矢」事，王逸以爲后稷。固非。補注以爲武王，亦未必。大約不離周事者近是。竹史云：「王嘉季歷之功，錫之圭瓚巨鬯，彤弓旅矢，九命爲伯。」周之馮有弓矢也，舊矣，勢駸駸逼帝，亦云切急矣。②何以不疑忌之，信其殊能而長任之乎？號衰者，撫衰世而施號令以蘇之也。魴魚赤尾，窮民之仰父母久矣，秉鞭不止六州之牧。史編云：明年伐犬戎，明年伐密須，明年敗耆國，又明年伐邘，又明年伐崇侯虎而作豐邑。又王命西伯得專征伐。時三十三年也，周受天命自此年始，所以卒能大岐之社於天下。撫有殷國，又何疑乎？

【眉批】

① 古奥，似周逸書。

② 精核，悉本經傳。

遷藏就岐何能依？殷有惑婦何所譏？

周拱辰曰：避狄遷岐，不得已焉耳。是時皮幣珠玉，已飽狄人，而弘璧天球，赤刀大貝之屬，故府之藏，謹守勿失。逮至遷岐，而乃積乃倉。蓋藏與世寶俱遷矣。《益四爻曰「利用爲依遷國」，蓋周原膴膴，堇荼如飴，而作廟作土，立臯立應，一憑戎醜之攸行。曰「何能依依」，百姓樂從之心以基王，匪啻流泉夕陽，邠居允荒之勝而已。殷有惑婦，言妲己不能惑人也。用妲己者自惑耳。曰「何所譏」，譏惑婦乎？譏用惑婦者乎？①

【眉批】

①泓亮。

受賜兹醢，西伯上告。何親就上帝罰，殷之命以不救？

周拱辰曰：伯邑考爲文王長子，紂烹之以賜文王。文王食之而不敢言，所不敢以私怨懟君父也。醢梅伯以賜諸侯，獲罪于天矣。西伯受梅伯之醢，爲之心痛，而憂殷祚之將傾。于是上告帝而祝焉，曰：君德之勿淑，臣職之虧也。願殞微臣命，以贖君父之辜。是即「納土贖刑，臣罪當誅」心事。其曰「親就上帝罰」，言文王願親身代紂受上帝之降罰也。①卒以不救，帝怒而殷祀絶矣。况醢九侯、脯鄂侯，貫盈之惡，所必不赦乎？

【眉批】

①是當年以服事殷苦衷，惋摯泓亮。

師望在肆昌何識？鼓刀揚聲后何喜？識與志同。喜，叶許寄反。

周拱辰曰：散宜生、南宫适、閎夭學於太公，太公奇三子之爲人，遂酌酒切脯，結契焉。其後屠牛朝歌，又賣漿棘地，文王一見異之。鼓刀揚聲，即「下屠屠牛，上屠屠國」語也。「鼓刀」一語，開周家八百年靈運。大抵英雄在草澤，兩心期許，水乳相投，雖聖主識賢臣哉，英雄之自負，固不淺矣。①嗟乎！偶然屠釣，玄感風雲，君臣遇合之難，千古如斯。原所爲追述之，而不勝神往也。

【眉批】

①想見蘇髯豪飲，有如許下酒物。

武發殺殷何所悒？載尸集戰何所急？悒音邑。

周拱辰曰：湯之伐桀，放之而已，桀死，葬以天子之禮。是放伐中，猶存一綫揖讓之意焉。武則蕩然無復顧忌矣。弔伐同而放殺異，公憤乎？私憤乎？「載尸集戰」，王逸以爲載木主。是矣。味「何所急」語意，似與「父死不葬，爰及干戈」意同。大抵屈原千古狷忠也，其於商、周革命之際，扼腕久矣。①信讒齎怒，忍尤攘詬，一種美人遲慕之思，宛然大王聖明、首陽采薇心事。故於湯伐桀，則曰「終以滅喪」、曰「何條放致罰」。於武伐紂，則曰「叔旦不嘉」、曰「何所悒」、「何所急」。意原所以悼下土之紛攘，而願侶彭咸以自沉也。

【眉批】

①商周之際，真堪痛哭。

伯林雉經，維其何故？何感天抑墜，夫誰畏懼？

周拱辰曰：舊謂晋太子申生之事。未詳闕之。

皇天集命，惟何戒之？受禮天下，又使至代之？

周拱辰曰：此亦命不于常意，然非德后虐仇之迂説也。古來如舜之代堯、禹之代舜、湯之代夏、周之代商，命之正也。如羿與浞之代夏，命之變也。神器一耳，有德者居之以旌厥伐，有力者亦時攘之以逞其不肖之心。福善禍淫，正不必爾。此固造物之茫茫，未可以理叩也。或曰：以警君也。天下不大乎？「受禮天下」者，止一君而君懼矣。「受禮天下」者，非一君而君更懼矣。

初湯臣摯，後茲承輔。何卒官湯，尊食宗緒？

周拱辰曰：官，即官天下之官。卒官湯者，推湯於諸侯之上，爲天下君也。尊食者，推湯祖宗於群祀之上，郊天配地，與上帝同食也。

勳闔夢生，少離散亡。何壯武厲，能流厥嚴？嚴，叶五郎反。

周拱辰曰：「勳闔夢生」，闔廬何以勳？夷狄也而主中夏之盟，公羊所謂「吳子進」矣，故勳之也。闔廬，乃祖父壽夢所生。其父諸樊立而蚤夭，闔以長孫不得立，少小散亡在外。及其壯也，乃使專諸刺殺王僚，代爲吳王。後用伍員爲將，三戰入郢，碎鐘鞭尸，聲震隣國，是其壯而能發憤爲天下雄，奮其武厲，流厥威嚴也。屈原侈言之，以警楚乎？

彭鏗斟雉帝何饗？壽命永多夫何長？饗，叶虛良反。①

周拱辰曰：王逸訓鏗進雉羹於堯，堯享之而錫以壽考至八百歲。子厚答曰：「夫死自暮，又誰亨以俾壽？」言人之生死在旦暮，幸堯享其雉羹，俾以壽耳。皆誤也。語曰：「我生不有命在天。」若謂堯能錫鏗以壽，堯胡不自壽至八百乎？余謂二句平讀，便自躍然。言堯非嗜味者也，鏗斟雉而堯享之，爵之彭城，果僅味之薦乎？抑重其道德焉而庸之乎？壽有所受之者也，鏗之長年，何術之修？豈熊經鳥伸之術乎？抑別有修心鍊性之秘乎？家語宰我問帝德篇：「堯舉舜、彭祖兩人而任之。」②論語注：「老彭，商賢大夫，自堯至商，得八百歲。」莊子注：「彭祖隱雲母山，餌雲母，御女凡數十。」又，彭城有彭祖塚，或以爲尸解也。又，列仙傳：「彭祖有道術，商王忌之。西去流沙不返，不知所終。」

周拱辰又曰：堯俾彭壽，爲説已久。按彭與舜同舉，堯降二女，舜年纔四十，彭與舜年相若。

堯舉舜六十而陟，時彭與舜皆百歲耳。其後彭更歷壽七百，則皆放勳徂落後之年也。若云堯享斟雉於生前，而予以壽，則無其理。若云堯享斟雉於死後，而予以壽，則無其事。豈有七百歲已謝之亡王，尚作鬼猶求食之態，而私人以壽命乎？俗儒誤認帝字，所以疑義至今。愚謂問中「緣鵠飾玉，后帝是享」，「登立爲帝」，「帝乃降觀」，此三「帝」字，則帝王之帝也。「何獻蒸肉之膏，而后帝不若」，「彭鏗斟雉帝何享」，「厥嚴不奉帝何求」，此三「帝」字，則上帝之帝也。「斟雉帝享」與「何獻蒸肉之膏而后帝不若」句遥應，言均一享帝也。羿以穢德薦，帝卒吐之，俾促其祚。彭以德馨薦，帝享之，錫以難老。帝何心哉？仁者壽故爾，壽命永多復何疑？當時舜年百有十，鯀百有八十，至周太公百十四，周公、畢公百六十，召公百八十，其時元氣未漓，人多耆耇。特彭壽八百，較爲希遇。故屈原侈述之以榮世。細味語氣，亦只是夭壽不齊，天難致詰之意，非如漢世祠太乙求長生，僥倖神佑之誕説也。

【眉批】

①如讀赤虬版書。

②彭祖與舜，同爲堯臣。

中央共牧后何怒？蠭蛾微命力何固？

周拱辰曰：其義未詳，宜闕。

驚女采薇鹿何祐？北至回水萃何喜？祐，叶於忌反。

周拱辰曰：「驚女」句，指夷、齊事也。①文選辨命論：「夷、齊畢命於淑媛。」五臣注云：「夷、齊采薇首陽，一女子見而譏之，曰：『子義不食周粟，此亦周之毛也。』」又，夷、齊餓於首陽，白鹿乳之。按首陽誌：夷齊廟中像側，至今塑有白鹿。言采薇而驚來女子之譏，遂棄薇而餓，白鹿又何以祐之而薦之乳乎？北至回水，或另一事。未有考，闕之。

【眉批】

①兩餓夫、一女子、一白鹿，同一不朽。

兄有噬犬弟何欲？易之以百兩卒無禄？兩音亮。

周拱辰曰：王逸以爲秦公子鍼之事。然與左傳不同。闕之。

薄暮雷電歸何憂？厥嚴不奉帝何求？①

伏匿穴處爰何云？荆勳作師夫何長？自此至終篇，皆隔句叶韻。

悮過改更，我又何言？吴光争國，久余是勝。悮，一作寤。更音庚。言，叶音銀。勝，平聲。

何環穿自閭社丘陵，爰出子文。「環穿自閭社丘陵」七字，一作「環閭穿社以及丘陵是淫是蕩」十二字。

吾告堵敖以不長，何試上自予，忠名彌彰？試，一作議。予，上聲。

集注：「荆勳作師」，初，楚邊邑處女與吴邊邑處女争桑於境上，相傷，二家怒而相攻。於是楚爲此興師，攻滅吴之邊邑，而楚始有功。「吴光争國」，闔閭名。言吴與楚相伐，至於闔閭之時，吴兵入郢都，昭王出奔，吴大勝我也。子文，楚令尹。子文之母，鄖公之女，旋穿閭社，通於丘[一五]陵以淫，而生子文。棄之夢中，有虎乳之，以爲神異，乃取養焉。楚人謂乳爲鬬穀，謂虎爲於菟，故名鬬穀於菟。

洪興祖曰：「荆勳作師夫何長」，先言楚雖有功，吴復伐楚，非長久之策也。此楚平王時事。又曰：懷王與秦戰，爲秦所敗，亡其六郡。入秦不返。故屈原徵荆勳作師吴光争國之事諷之。

又曰：左傳：「楚子滅息，以息嬀歸，生堵敖及成王焉。」楚子，文王也。莊公十九年，杜敖生。二十三年，成王殺杜敖。即堵敖也。王逸注以堵敖爲賢人。大繆。柳宗元以堵敖爲文王兄。亦誤矣。（以上二段，集注未收，今補入。）

周拱辰曰：按左傳注，桓公十一年夏，楚子熊貲卒，子熊囏立，是爲堵敖。十五年，楚熊惲殺其君堵敖自立，是爲成王。考其世次，惟左注爲確也。「薄暮雷電」以下五段，舊訓瑣碎晦滯。朱晦翁又指爲不可曉。予熟讀數過，泓亮流暢，語脉一貫，解人自曉耳。若曰「雷填填兮雨冥冥」，此何時也？吾其歸兮。臣奉主爲嚴君，厥嚴欲奉而不得奉，或者忠未盡焉，豈帝心之責望我乎？澤畔行吟，退脩初服，伏匿穴處，余固甘之。夫荆而日尋師矣，豈靈長之道乎？倘先王有靈，大悔君心而光昭前業，我又何言？②然而隣敵日窺，忠臣欲盡，强侮多吳光之輩，而異才少子文之人。人之云亡，邦國殄瘁，吾蓋告堵敖以不長也。吳光、子文、堵敖，皆借語以諷，不敢顯斥君爾。若夫以所不必聽者，嘗試君而自予以忠名，余則何敢？夫捷徑窘步，而令臣以忠名彰，則君危矣。蘭邪椒佞，而我獨以忠名彰，則我又危矣。不忠不可，而忠又不可，何途之從而可乎？一段真懇痛哭之懷，最爲溢露，讀者自得之。

【眉批】

① 五段亦奥，亦茁怡，段段歸源。

②從無此注，蹲泥割蚌，顆顆皆珠，三閭亦應點頷。

陳深曰：天問發難，至千五百言，書契以來，未有此體，原創爲之。先儒謂文義不次，乃原雜書于壁，而楚人輯之。今讀其文，章句之短長，聲勢之佶崛，皆有法度，似作也，非輯也。顧之琦曰：孟侯先生天問注，附刻陸昭仲楚騷新疏中。吴、越、楚、豫、八閩，無不家讀新疏者，徒以有周先生之天問注在也。行世已三十年，今坊刻别本内，有一二條相類者，乃爲輯注射利之人所混，不足深訝。今除天問注外，餘注無一事一語相類，亦其一證。

【校勘記】

〔一〕「第八」，原作「入」，據玉芝堂談薈改。

〔二〕「惑」，原作「感」，據玉芝堂談薈改。

〔三〕「隅强」，原作「强隅」，據淮南子乙。

〔四〕「攝提」，原作「提攝」，據淮南子乙。

〔五〕「迥」，原作「洞」，據列子注改。

〔六〕「案」，原作「禹」，據天中記改。

〔七〕「丘」，原作「山」，據吕氏春秋改。

〔八〕「下」，原作「暇」，據吕氏春秋改。
〔九〕「西」，原作「大」，據格致鏡原改。
〔一〇〕「播」，原作「布」，據集注改。
〔一一〕「虛」，原脱，據集注補。
〔一二〕「舜服」以下四句，原脱，據集注補。
〔一三〕「壵」，原作「器」，據集注改。
〔一四〕集注未引穆天子傳，由陸疏竄入。
〔一五〕「丘」，原作「兵」，據嘉慶本改。

離騷草木史卷之四

古檇李周拱辰孟侯氏注
武林程光禋奕先氏參
男周宷較閲

九章

周拱辰叙曰：九章，屈原再被楚襄之放而作也。忠蔽而莫之白，故重著以自明。然而負重石矣，而癰君不昭，不乃章之彌以晦乎？則病者乎？曰有所不得已於此也。宗臣眷國，不得於其父而於其子。其如菉與菉之同轍乎哉？良藥苦口利於病，然厥父之所吐，而强其子食之，知其不能也已。故曰「父信讒而不好」，又曰「君可思而不可恃」。此古今來撰絶命辭者，不獨一湘纍，而傷宗社之蕪者，不獨一楚丘也。嗟乎！卞氏之泣玉也，兩斬足而寳乃論，靈均之被放也，九年而帝王之璞不售。匪啻不售也，且與玉同碎，君子以三閭之遭，不如荆民之遇之幸也。悲夫！

惜誦以致愍兮，發憤以抒情。所非忠而言之兮，指蒼天以爲正。令五帝以折中兮，戒六神與嚮服。俾山川以備御兮，命咎繇使聽直。愍音敏。正，平聲。令，平聲。

集注：惜者，愛而有忍之意。誦，言也。愍，憂也。五帝，五方之帝。六神，日、月、星、水旱、四時、寒暑也。嚮，對也。服，服罪也。書所謂「五刑有服」者。山川，名山大川之神。御，侍也。咎繇，舜士師，能明五刑者也。

周拱辰曰：「指蒼天以爲正」，匪啻正吾言，以正聽言者也。隱然與君訟矣。情訟之不聽，理訟之不聽，故以天訟之。寸心爲訟庭，而以天帝爲鞫讞之官，所以省君者至矣。

竭忠誠以事君兮，反離群而贅肬。志儇媚以背衆兮，待明君其知之。言與行其可迹[二]兮，情與貌其不變。故相臣莫若君兮，所以證之不遠。肬，叶於其反。儇，許緣反。背音佩。

集注：贅肬，肉外之餘肉。莊子「附贅懸肬」是也。

周拱辰曰：言行情貌之間，君之所以相臣也。於其言行情貌而按之，并與其言行情貌而竊之，奈何？則證之不遠，以爲不遠乃遠矣，然而非所以語朴忠者也。語曰：佞臣多深衷，直臣無餙貌。見一甲而知麟，覩一毛而識鳳。主聖臣直，此瞻言百里，詩人所以興思也。

吾誼先君而後身兮，羌衆人之所仇也。專惟君而無他兮，又衆兆之所讐也。壹心而不豫兮，羌不可保也。疾親君而無他兮，有招禍之道也。

周拱辰曰：疾，急也。自緩其身，圖急，乃公事也。或曰：疾，懟也。壹心苦口，有懟忿之意焉，恐君之齎怒而胎禍也。

思君其莫我忠兮，忽忘身之賤貧。事君而不貳兮，迷不知寵之門。忠何辜以遇罰兮，亦非余之所志也。行不群以顛越兮，又衆兆之所咍也。紛逢尤以離謗兮，謇不可釋也。情沉抑而不達兮，又蔽而莫之白也。志，叶音之。咍，叶音嗤。白，叶音弼。

集注：咍，調笑，楚語也。

心欝邑余侘傺兮，又莫察余之中情。固煩言不可結而詒兮，願陳志而無路。退靜嘿而莫余知兮，進號呼又莫余聞。申侘傺之煩惑兮，中悶瞀之忳忳。詒音怡。瞀音茂。忳，叶從昆反。

集注：煩言，謂煩亂之言。左傳「嘖有煩言」是也。騷經曰「解佩纕以結言」，思美人曰「言不可結而詒」。疑古者以言寄思於人，必以物結而致之，如結繩之爲也。忳忳，憂貌。

周拱辰曰：侘傺，失志也。

昔余夢登天兮，魂中道而無杭。吾使厲神[二]占之兮，曰有志極而無旁。終危獨以離異兮，曰君可思而不可恃。故衆口其鑠金兮，初若是而逢殆。殆，叶徒係反。

集注：杭通作航，方兩舟而並濟也。厲神，蓋殤鬼也。左傳：「晋侯夢大厲。」祭法有泰厲、公厲、族厲，主殺伐之神也。旁，輔也。

周拱辰曰：昔虞舜夢乘船至日月之傍，遂登庸。夢登天而無航，終於困矣。父可恃也，掩邁疑而市虎變。夫可恃也，啖棗棄而蒸梨逐。而况君乎？故曰「君可思而不可恃」。千古君臣之局如此。

懲熱羹而吹韲兮，何不變此志也。欲釋階而登天兮，猶有曩之態也。衆駭遽以離心兮，又何以爲此伴也。同極而異路兮，又何以爲此援也。態，叶音替。援，于願反。

集注：韲，凡醯醬所和細切爲韲。或曰：擣薑蒜辛物爲之者也。蓋羹熱而韲冷，有人歠羹而太熱，其心懲忿，後見冷韲，猶恐其熱而吹之也。

周拱辰曰：「懲羹」四句，乃原自調笑語。言傷彈之鳥，見星而懼，含鈎之魚，見月而驚。遭讒之人，寧不見弓影而避乎？傷熱而吹韲，戒心於前之熱也。庶幾變前志以狥之，或可療歟？媚竈靈於媚奥，因鬼便於見帝，欲登天而釋階，必無幸矣。

晉申生之孝子兮，父信讒而不好。行婞直而不豫兮，鮌功用而不就。吾聞作忠以造怨兮，忽謂之過言。九折臂而成醫兮，吾至今乃知其信然。好，叶呼鬭反。婞音幸。

周拱辰曰：申生祭其母夫人致胙，驪姬置毒焉以譖之。或勸自白，申生曰：「吾君老矣，且又不樂。」遂自縊。可謂孝矣。而不欲使人名其爲孝，以傷耄父之心，孝之至也。鮌治水九載，績用弗成。案堯有九年之水，而不損盛德，鮌與有功焉，特用之未就耳，亦豈有讒之者耶？其後禹禪而郊鮌以配天，亦以其功，固上帝之所愍也。曰「九折臂而成醫，今乃知其信然」，信折臂之成醫矣，何以不自醫乎？鵠頸雖長，截之則悲，亦天性然爾。

矰弋機而在上兮，罻羅張而在下。設張辟以娱君兮，願側身而無所。欲儃佪以干傺兮，恐重患以離尤，欲高飛以遠集兮，君罔謂女何之。欲横奔以失路兮，蓋堅志而不忍。背膺牉以交痛兮，心鬱結而紆軫。矰音曾。罻音尉。下，叶音户。辟，毗亦反。儃，知然反。牉音判。

集注：矰繳，射鳥短矢也。弋，繳[三]射也。機，張機以待發也。罻羅，掩鳥羂也。辟，開也，與闢同。或云：弩臂也。儃佪，不進貌。干傺，謂求住也。牉，半分也。禮傳曰：「夫妻牉合。」背胸一體而中分之，痛不可言也。一句結上三「欲」字。①

周拱辰曰：網羅高張，去將焉所？言欲進前則履危，欲乞身則君怒，欲喪節則不忍。讀三「欲」字，直是進退維谷。夫涉世人與己而已矣。舍己而人爲半人，舍人而己爲半己。半恃人而人則無半之可恃，半恃己而己則無半之可全。猶之胸背裂而兩傷，能無交痛乎？左傳曰：「爾我身也。」君臣一身，一身而中剖之，彼此皆受其傷矣。交剖之痛身受之，而中隔之痛心受之，故曰「心鬱結而紆軫」也。

【眉批】

①君之與臣，如蛩蛩蚷虚，舍半便不能行，是曰莫慘乎孀婦，莫苦于孤臣。

擣木蘭以矯蕙兮，虆申椒以爲糧。播江離以滋菊兮，願春日以爲糗芳。恐情質之不信兮，故重著以自明。撟兹媚以私處兮，願曾思而遠身。質音致。撟音矯。明音芒。身音商。

集注：擣，春也。矯，猶揉也。虆，精細米也。播，種也。糗，糒也，乾飯屑也。

周拱辰曰：蘭蕙椒菊，前以爲衣，今以爲糧。以此衣，以此食也。明者，明吾之芳也。媚者，自媚吾之芳也。曾思，再三籌度貌。别君遠舉，不能不割，而又不忍一割。身遠乎哉，心依然君側矣。

右惜誦

余幼好此奇服兮，年既老而不衰。帶長鋏之陵離兮，冠切雲之崔嵬。被明月兮佩寶璐。世溷濁而莫吾知兮，吾方高馳而不顧。駕青虬兮驂白螭，吾與重華遊兮瑶之圃，登崑崙兮食玉英，吾與天地兮比壽，與日月兮齊光。哀南夷之莫我知兮，旦余將濟乎江湘。冠，去聲。馳音馳。圃，去聲。英，叶于羌反。

集注：鋏，釖把。或曰：刀身釖鋒。切雲，言其高。晦翁以爲冠名。南夷，謂楚。明月，珠。璐，美玉也。

周拱辰曰：玉英，玉苗也。出鐘山。仙人採爲服食。嚴忌哀時命「至崑崙之懸圃，采鐘山之玉英」是也。

乘鄂渚而反顧兮，欸秋冬之緒風。步余馬兮山皐，邸余車兮方林。乘舲船余上沅兮，齊吴榜而擊汰。船容與而不進兮，淹回水而凝滯。朝發枉陼兮，夕宿辰陽。苟余心之端直兮，雖辟遠其何傷。入漵浦余儃佪兮，迷不知吾所如。深林杳以冥冥兮，乃猿狖之所居。山峻高以蔽日兮，下幽晦以多雨。霰雪紛其無垠兮，雲霏霏其承宇。欸音哀。風，叶孚金反。舲音零。榜，去聲。陼，一作渚。辟、僻同。漵，徐吕反。儃佪，一作邅迴。垠音銀。

集注：鄂渚，今鄂州也。欸，嘆聲。邸，至也。一作low。方林，地名。舲，船之有窻牖者。榜，櫂也。汰，水波也。船不進而凝滯，亦戀故鄉也。枉陼、辰陽，皆地名。水經云：「沅水東至辰陽縣東南，合辰水。沅水又東，歷小灣，謂之枉渚。」漵浦，亦地名。霰，雨凍如珠，將爲雪者也。宇，屋簷也。

周拱辰曰：舊以欸爲嘆聲。似矣。然非以緖風爲可傷嘆也。按欸即風聲。莊子：「大塊噫氣，其名爲風。」秋冬之風多愁慘，聽之似噫嘆之聲也。水經注：「舊縣治在辰水之陽，故曰辰陽。」枉陼，陼東有枉人山，故名。

哀吾生之無樂兮，幽獨處乎山中。吾不能變心以從俗兮，固將愁苦而終窮。接輿髡首兮，桑扈羸行。忠不必用兮，賢不必以。伍子逢殃兮，比干菹醢。與前世而皆然兮，吾又何怨乎今之人。余將董道而不豫兮，固將重昏而終身。醢，叶呼彼反。

集注：接輿，楚狂也。披髮佯狂，後乃自髡。桑扈，即莊子所謂「子桑戶」，家語所謂「不衣冠而處」者。羸行，赤體行也。伍子胥諫吳王伐越，不聽被殺，盛以鴟夷而浮之江。

周拱辰曰：甄烈湘中記：「屈潭之左有玉笥山，屈原棲放於此，而作九歌焉。」幽獨處乎山中，謂此山也。水經注：「接輿隱於方城。」比干剖心，此曰「菹醢」，豈剖之而復醢之與？

亂曰：鸞鳥鳳凰，日以遠兮。燕雀烏鵲，巢堂壇兮。露申辛夷，死林薄兮。腥臊並御，芳不得薄兮。陰陽易位，時不當兮。懷信侘傺，忽乎吾將行兮。壇，式衍反。薄音博。

集注：露申，未詳。草木交錯曰薄。

周拱辰曰：按花木考，露申，即瑞香花，一名錦薰籠，一名錦被堆。辛夷，葉似柿而長，正二月花開如木筆。又曰：辛夷花，即侯挑也。

右涉江

集注：此篇多以余、吾並稱，詳其文意，余平而吾倨也。

皇天之不純命兮，何百姓之震愆。民離散而相失兮，方仲春而東遷。去故鄉而就遠兮，遵江夏以流亡。出國門而軫懷兮，甲之鼂吾以行。發郢都以去閭[四]兮，怊荒忽其焉極。楫齊揚以容與兮，哀見君而不再得。望長楸而太息兮，涕淫淫其若霰。過夏首而西浮兮，顧龍門而不見。行，叶音杭。齊，一作𠫓。

集注：夏，水名，今名夏口，即詩所云「江有汜」也。軫，痛也。郢都，在漢南郡江陵縣。閭，里門也。𠫓揚，同舉也。楸，梓也。夏首，夏水口也。浮，榜不進而自流之意。龍門，楚都南關二門：一龍門，一脩門也。

周拱辰曰：仲春甲鼂，紀其時也。出門發郢，追其事也。楫齊揚以容與，哀見君而不再，所謂對此茫茫，百端交集，一鼓棹，一思君也。長楸，釋木云：「大而皵楸，小而皵榎。」楸梧蚤脱，故楸以秋。又，詩義疏：「有角爲角楸，生子爲子楸，黄色無子爲柳楸。」楚地猶多此木。周公三笞伯禽，商子使觀北山之陰，見梓而悟子道。又曰「維桑與梓，必恭敬止」。梓者，父所植以伐琴瑟，故見之而恭敬生焉。見長楸而太息，油然君父之思也。水經注：「江津豫章口東有中夏口，是水之首，江之汜也，是謂夏首。」又，杜預曰：「漢水曲入江，即爲夏口。」龍門，王叔師爲楚關名，果爾，則當出國門之日，關門之不見久矣。何待過夏首始不見乎？按龍門，山名。①水經注：「沅水又東，逕辰陽縣南，東合辰水，水出縣三山谷，東南流獨母水。水源南出龍門山是也。」又，劉向九歎「背龍門而入河」，亦指山也。

【眉批】

①龍門自是楚山名，太史公，龍門人，亦豈楚關耶？

心嬋媛而傷懷兮，渺不知其所蹠。順風波而流從兮，焉洋洋而爲客。凌陽侯之汜濫兮，忽翱翔之焉薄。心絓結而不解兮，思蹇産而不釋。將運舟而下浮兮，上洞庭而下江。去終古之所居兮，今逍遥而來東。羌靈魂之欲歸兮，何須臾而忘返。皆夏浦而西思兮，哀故都之日遠。登大墳以遠望兮，聊以舒吾憂心。哀州土之平樂兮，悲江介之遺風。當陵陽之焉至兮，淼南渡之焉如。曾不知夏之爲丘兮，孰兩東門之可蕪。蹠音隻。薄，叶音拍。絓音盡。江，叶音工。上，時掌反。風，叶孚金反。

集注： 蹠，踐也。時未過夏浦，故背之而回首西鄉以思郢也。水中高者曰墳。詩汝墳是也。淼，滉漾無涯貌。夏，大屋也。丘，荒墟也。兩東門，郢都東關有二門也。襄[五]王二十一年，秦拔郢而楚徙陳，不知在此後幾年也。

周拱辰曰： 氾濫，長波踔洶也。凡波濤之疾猛者，號陽侯之波。昔武王伐紂，登舟，陽侯波起。武王操黄鉞而麾之。澹臺子羽齎千金之璧，中流陽侯波起，子羽叱之，斬蛟而碎其璧。蓋陽侯乃伏羲六佐之一，主江海者。前紀時，此紀地。曰「來東」、曰「西思」、曰「南渡」，則洞庭在郢之東，江夏又在洞庭之東，陵陽又在洞庭、江夏之南矣。夏之爲丘，舊以夏爲大屋。非也。即夏浦之夏，謂古今遞閲，陵谷變遷，此一江夏不知幾變爲丘陵，又何知兩東門之鞠爲茂草乎？陵陽，楚地，即卞和所封處。

心不怡之長久兮，憂與憂其相接。惟郢路之遼遠兮，江與夏之不可涉。忽若去不信兮，至今九年而不復。慘鬱鬱而不通兮，蹇侘傺而含慼。慼，叶子六反。

洪興祖云：考原初被放，在懷王十六年。至十八年，復召用之。三十年，秦約懷王與會，原諫止之不從。懷王遂死于秦。頃襄王立，復放屈原。此云「九年不復」，不知的在何時也。

周拱辰曰：細繹章義，曰「何百姓之震愆，民離散而相失」，曰「孰兩東門之可蕪」，曰「哀見君而不再得」，曰「至今九年而不復」，似實有所指，非空言也。以義考之，蓋在頃襄復放之後無疑。百姓震愆，兩東門之蕪，是時秦、楚日尋於兵，人民仳離，城閭荒圮，往往而是，不必拘其必拔郢徙陳之年也。去不信，即易繫「來者信也」之「信」，言去而不來也。九年不復，所爲哀見君而不再得乎？懷王去秦不返，自悲亦以悲君也。亂曰「冀一返之何時」，深悲賜環之望絶，嗣是負重石，侶彭咸，亦其情之無可何矣。

外承懽之汋約兮，諶荏弱而難持。忠湛湛而願進兮，妬披離而鄣之。彼堯舜之抗行兮，瞭杳杳其薄天。衆讒人之嫉妒兮，被以不慈之僞名。憎愠惀之脩美兮，好夫人之忼慨。衆踥蹀而日進兮，美超遠而愈邁。汋音綽。諶音存。被，一作披。鄣音章。瞭音了。天，叶鐵因反。慨，叶苦蓋反。踥音雪。蹀音迭。

集注：汋約，即綽約，好貌。諶，誠也。荏，亦弱也。湛湛，重厚貌。被離，衆盛貌。愠，心之所蘊積也。惀，有所思而欲明之意。忼慨，亦激昂之意。補曰：君子之愠惀若可鄙者，小人之忼慨若可喜者，惟明者能察之。踥蹀，行貌。

亂曰：曼余目以流觀兮，冀一反之何時。鳥飛返故鄉兮，狐死必首丘。信非吾罪而棄逐兮，何日夜而忘之。曼音萬。首，式救反。丘，叶音欺。

集注：曼，遠意。禮曰：「大鳥獸喪其群匹，踰月踰時，則必返巡過其故鄉。」又曰：「狐死正首丘，仁也。」

周拱辰曰：「信非吾罪而棄逐兮」，非不知罪也。謂苟吾無罪也，而何以棄逐？① 正我罪伊何之意也。以罪歸己，乃所以戀君乎！

右哀郢

【眉批】①不失風人之厚。

心鬱鬱之憂思兮，獨永歎乎增傷。思蹇産之不釋兮，曼遭夜之方長。悲秋風之動容兮，何回極之浮浮。數惟蓀之多怒兮，傷余心之慢慢。數音索。慢音憂。

集注：秋風動容，謂秋風起而草木變色也。回極，指天極回旋之樞軸。浮浮，言運轉速而不常也。

周拱辰曰：有秋氣，有秋聲，有秋容。秋容者，橚槮萎黄、摇落變衰是也。回極浮浮，草木脱而天益高，仰望斗極，與霄漢同滉瀁也。蓀，蘭蓀，堯韭、菖蒲也。吕氏春秋：「冬至後五旬七日，菖蒲生。」蓋百草之先生者，又名昌九，又名蘭蓀。

願遥赴以横奔兮，覽民尤以自鎮。結微情以陳詞兮，矯以遺夫美人。昔君與我成言兮，曰黄昏以爲期。羌中道而回畔兮，反既有此他志。憍吾以其美好兮，覽余以其脩姱。與余言而不信兮，蓋爲余而造怒。鎮音珍。遺，去聲。志，叶音之。憍與驕同。姱音户。

集注：鎮，正也。矯，舉也。憍，矜也。

周拱辰曰：遥赴横奔，不屑左右爲先容。欲徑直自進，而謡諑善淫，尤我亦已甚矣，所以卒中止而不敢前也。「結微情以陳詞」，不借媒於他人，私自薦寵之詞也。曰初既成言，「曰黄昏爲期」，已隱許我以私婚矣。苟可偕老，不避多露之嫌，竟無如遵路摻袪，無魗之終棄也。俄而信誓，俄而造怒，畢嫁無望矣。而至不能邀一夕之懽，亦奈此自有美子者何哉？亦是棄婦閨怨，亦是逋臣離緒。

願承間而自察兮，心震悼而不敢。悲夷猶而冀進兮，心怛傷之憺憺。茲歷情以陳辭兮，蓀詳聾而不聞。固切人之不媚兮，衆果以我爲患。憺，叶徒敢反。詳，佯同。患音還。

集注：憺憺，安静意。欲承君之閒暇，以自察白於君前而不敢，欲進而心復悲慘，遂静嘿而不敢言也。詳，詐也。切人不媚。言切直之人不能軟媚君也。

周拱辰曰：藥性書：蓀能輔性治氣，益人聰慧，蓋衆藥中之君長。此曰「惟蓀之多怒」，又曰「蓀佯聾不聞」，比君於藥性爲君長也。言蓀既能治氣，則怒非所應，既能益聰，則聾非所宜爾。佯聾不聞，若知之，若弗知之，舉一切莊語、巽語、隱語，悉付之痛癢不知之内，寫出千古庸君拒諫情狀，亦啞然自笑。

初吾所陳之耿著兮，豈不至今其庸亡。何獨樂斯之謇謇兮，願蓀美之可完。望三五以爲像兮，指彭咸以爲儀。夫何極而不至兮，故遠聞而難窺。善不由外來兮，名不可以虛作。孰無施而有報兮，孰不實而有穫。完，叶胡光反。施，始豉反。實，當作殖。

集注：庸，猶言何用。蓀美，指君德。

周拱辰曰：上言蓀佯聾不聞，此追述歷情之陳也。庸亡，何庸亡也。何獨，應獨也。三五，爲明良之君。彭咸，爲死諫之臣。此只主聖臣直之思耳。①若以爲錯舉不倫，豈知原者乎？主惜簞豆則德施寡矣，田多蝨賊則禾無實矣，斧澤而希食報，縠敗而覬歲登，不可幾之事也。

【眉批】

①此三五、彭咸並舉，便知離騷「思彭咸」，非慕其死。宋儒謂其死志先定。繆矣。

少歌曰：與美人之抽思兮，并日夜而無正。憍吾以其美好兮，傲朕辭而不聽。

集注：少歌，樂章音節之名。

周拱辰曰：日夜無正，非晝夜不分，何時而且之説也，日不成旦，夜不成寢，即下文「晦明若歲」意。言抽思荒亂，無正日，無正夜也。大戴曰「有正春者無亂秋」，即此正字。

倡曰：有鳥自南兮，來集漢北。好姱佳麗兮，牉獨處此異域。既惸獨而不群兮，又無良媒在其側。道卓遠而日忘兮，願自申而不得。望北山而流涕兮，臨流水而太息。惸、煢同。卓，一作逴。

集注：倡，亦歌之音節，所謂發歌句者也。鳥蓋自喻。屈原生於夔峽，而仕於鄢郢，是自南集北也。

周拱辰曰：此段全作鳥語，羽毛自整，鳩媒冷寂，有遶樹三匝、無枝可栖之感。

望孟夏之短夜兮，何晦明之若歲。惟郢路之遼遠兮，魂一夕而九逝。曾不知路之曲直兮，南指月與列星。願徑逝而不得兮，魂識路之營營。何靈魂之信直兮，人之心不與吾心同。理弱而媒不通兮，尚不知余之從容。

集注：靈魂信直，言靈魂忠信而質直，不知人之心異於我，故雖得歸郢，亦無與左右而道達之者。

周拱辰曰：「曼遭夜之方長」，故冀夏夜之短以自息也。長夜而思短夜，夜益以長矣，以一夕而九逝故也。若歲，即度夜如年意。「曾不知路之曲直」，而又曰「魂識路」，以月與列星之可認也。然則何以「願徑逝而不得」？夢中之路路易迷，夢中之步步難前也。營營，搖曳紛逐貌。分明寫出夢中之路，夢中之步。理直爲壯，曲爲弱，此曰「理弱」，理直也而弱乎？與前求虙妃、留二姚異，以人心之不與吾心同也。黨人盈廷，而我之孤忠自效者止一人，衆者强，則寡者弱矣。

亂曰：長瀨湍流，泝江潭兮。狂顧南行，聊以娛心兮。軫石崴嵬，蹇吾願兮。超回志度，行隱進兮。低回夷猶，宿北姑兮。煩寃瞀容，實沛徂兮。愁嘆苦神，靈遥思兮。路遠處幽，又無行媒兮。道思作誦，聊以自救兮。憂心不遂，斯言誰告兮。

潭[六]，叶音尋。嵗音限。瞀[七]音茂。告，叶音訴。①

集注：瀨，水淺處。湍，急流也。逆流而上曰泝。狂顧，左右疾視也。軫，方也。超回，超越邪曲也。行隱進，獨寢獨行，不皎皎以示人。瞀容，瞀亂之容。北姑，地名。自救，自解也。

周拱辰曰：周禮注：「軫之方也，以象地也。」言己雖放棄，執忠履信，志如方石，終不可轉。詩：「我心匪石，不可轉也。」亦指方石言乎？

右抽思

【眉批】

①自救，妙。

滔滔孟夏兮，草木莽莽。傷懷永哀兮，汨徂南土[八]。眴兮杳杳，孔静幽默。鬱結紆軫兮，離愍而長鞠。撫情效志兮，寃屈而自抑。莽音姆。眴與瞬同。離音麗。鞠，叶音給。

集注：汨，行貌。南土，泝沅湘也。眴，目數摇動之貌。杳杳，深冥意。孔，甚也。紆，詰曲也。軫，痛也。愍，憂也。鞠，窮也。離，遭也。效，猶覆也。

周拱辰曰：「汨徂南土」，所謂懷沙也。「眴兮杳杳」，則若有一南土在目睫之際矣。眴，目摇驚睆之貌。莊子：「肫子見其死母，少焉眴若，棄之而走。」言驚惶不忍留目，棄之而去也。「孔静幽默」，直是神魂難際處，寃屈自抑之況。

刓方以爲圜兮，常度未替。易初本迪兮，君子所鄙。章畫志墨兮，前度未改。内厚質直兮，大人所晠。巧倕不斵兮，孰察其撥正。玄文處幽兮，矇瞍謂之不章。離婁微睇兮，瞽以爲無明。晠，史作盛。倕音垂。

集注：刓，圓削也。替，廢也。刓方爲圓，而常度未替，所謂性有純而不可爲也。易初，變易其初心。畫，猶是非畫然之畫。志墨，志意繩墨也。所晠，所盛美也。倕性巧，舜命以爲工正。有眸不見曰矇，無眸曰瞍。離婁，古之明目者。

變白以爲黑兮，倒上以爲下。鳳凰在笯兮，鷄鶩翔舞。同糅玉石兮，一概而相量。夫惟黨人之鄙固兮，羌不知余之所臧。笯音奴。鶩音木。糅，汝救反。

集注：笯，籠絡也。槩，平斗斛木也。

周拱辰曰：籠鶩笯鳳，鳳惜羽而不來。奬石夷玉，玉自愛而不進。又况鳳而埒之鶏，玉而題之石乎？涣群之所以昌，立黨之所以亡也。

任重載盛兮，陷滯而不濟。懷瑾握瑜兮，窮不知所示。邑犬群吠兮，吠所怪也。非俊疑桀兮，固庸態也。瑾音僅。

集注：盛，多也。陷，没。滯，留也。言車陷濘而不得渡。在衣爲懷，在手爲握。

周拱辰曰：任重陷滯，鮮有濟者。① 造父駕輕車，走康莊，一日而千里。匪騏驥之良，其勢便也。鹽車縛而走太行，造父爲之拭涕矣。窮不知所示，窮之爲害也。苕華之玉，延喜之璧，天下争艷焉。操卞和之璞以示人，有不刖者鮮矣。語曰：「富貴易爲容，貧賤難爲價。」自昔如斯，又况東郭之有狗嗺嗺也哉！

【眉批】

①千古痛語。

文質疏内兮，衆不知余之異采。材朴委積兮，莫知余之所有。重仁襲義兮，謹厚以爲豐。重華不可遌兮，孰知余之從容。疏，史一作踈。内音訥。采，叶此禮反。遌與迕同。

集注：文質，文不艶也。疏，濶畧也。内，木訥也。遌，逢也。從容，舉動自得之意。

古固有不並兮，豈知其何故。湯禹久遠兮，邈而不可慕。懲違改忿兮，抑心而自强。離慜而不遷兮，願志之有像。進路北次兮，日昧昧其將暮。舒憂娱哀兮，限之以大故。

集注：古有不並，言不並時而生。有像，言可爲法則。進路日暮，言將北歸郢都。而日暮不前，欲舒憂娱哀，而死期將至也。

周拱辰曰：湯禹忽焉没矣，而世患亦不足以喪吾存。「願志之有像」，言懷抱中自有素所想像之人，申徒、彭咸是也。「知死不可讓，吾將以爲類」。即此意。以憂爲舒，以哀爲樂，豈老將至而髦及之乎？以一死爲快，亦原肺腑内不可向楚人傾吐之質言與？

周拱辰又曰： 人生死於樂，亦死於哀。然而哀樂無常矣，有以樂爲哀者，樂不極則不哀，孟嘗聞琴之淚，漢高歌風之涕是也。①有以哀爲樂者，哀不極則不樂，夷齊之擷薇，鮑焦之立槁，申徒、彭咸之抱石是也。不以一國換吾一死，不以千秋名換吾一刻。譚友夏云：「伯兮之詩，願言思伯，甘心疾首，彼皆願在愁苦疾痛中求爲一快耳。」若并禁其愁苦疾痛，而不使之哀，哀而不使之死，死而不使之速，此其人真乃大苦矣。其曰「限之以大故」，人生至大故而事畢矣。原固以三閭魚腹之招魂，爲楚國南面王之樂也已。

【眉批】

①從嵇康聲無哀樂寫出。

亂曰：浩浩沅湘，分流汩兮。脩路幽閉，道遠忽兮。懷質抱情，獨無匹兮。伯樂既没，驥焉程兮。①民生稟命，各有所錯兮。定心廣志，余何畏懼兮。曾傷爰哀，永嘆喟兮。世溷濁莫我知，人心不可謂兮。知死不可讓，願勿愛兮，明告君子，吾將以爲類兮。曾音增。愛，叶於既反。

周拱辰曰：「知死不可讓」，千古痛心語，亦千古快心語。知死爲美德，而持以餉人，是猶髯美而讓之友，妻美而讓之兄也。若夫弟子讓死，迫戎夷於雪夜，羊哀讓死，驅桃伯於樹中，千古市道，滔滔皆是。② 魚腹之目，其不瞑至今矣。

右懷沙

集注： 言懷抱沙石以自沉也。

周拱辰曰： 懷沙也，非抱沙也，言抱石沉沙云爾。是章語肆而直，有獸死不暇擇音之意。君子以是悲其志之决也。腸斷矣，無復猿聲向人矣。

【眉批】

① 懷沙，衷之迫矣，無暇緩歌，依稀絶命詞，不堪多讀。

② 奇快摇魂，從非非想天拾得。

思美人兮，擥涕而竚眙。媒絶路阻兮，言不可結而詒。蹇蹇之煩寃兮，陷滯而不發。申旦以舒中情兮，志沉菀而莫達。願寄言於浮雲兮，遇豐隆而不將。因歸鳥而致辭兮，羌迅高而難當。昔高辛之靈晟兮，遭玄鳥而致詒。欲變節以從俗兮，媿易初而屈志。竚，直吕反。眙[九]，丑吏反。詒，叶音異。菀音鬱。晟，一作盛。

集注：擥，猶收也。竚，久立也。眙，直視也。申旦，達旦也。菀，積也。當，值也。

周拱辰曰：擥涕竚眙。擥，猶掬也。掬涕而凝望，欲望人爲我將之也。一滴之涕，君恩之思寓焉。乃欲寄之於浮雲，遇轟雷見阻，而不爲我將。欲寄之於歸鳥，歸鳥竟自高舉，而不爲我致。獨有攬蕙拭涕，倚徙無聊已耳。

獨歷年而離愍兮，羌馮心猶未化。寧隱閔而壽考兮，何變易之可爲。知前轍之不遂兮，未改此度。車既覆而馬顛兮，蹇獨懷此異路。勒騏驥而更駕兮，造父爲我操之。遷逡次而勿驅兮，聊假日以須時。指嶓冢之西隈兮，與纁黄以爲期。馮音憑。化，叶音嫣。嶓音波。纁音熏。

集注：馮，憤懣也。隱閔壽考，憂愁以終身也。造父，善御，周穆王時人。執轡曰操。逡次，逡巡也。纁黄，日將入色。嶓冢，山名。漢水所出。北即終南、熊華諸峰，南即蜀東諸峰。或謂蜀東諸峰，皆嶓冢，謂其崗嶺綿亘耳。[一〇]

周拱辰曰：車覆馬顛一段，舊訓太直。細味語氣，委宛纏綿，即「九折臂而成醫乃知信然」之説也。若曰覆轍可鑒矣，欲懷別路以進，于是勒驥更駕，加之善御，而無奈前脩未可棄，君亦未可忘也。①逡巡中止，容與須時，即遲暮冀有遇焉。西隈纁黄，天其或者啓諸？蓋己之遲暮不足惜，而恐美人之遲暮，所爲思美人也。山海經：「傅山之西，有林焉曰嶓冢，穀水出焉。東流注於洛。」纁，絳色，日色黄，則夜矣，故曰黄昏。周禮：「一染謂之縓，再染謂之赬，三染謂之纁。」

【眉批】

①泓亮。

開歲發春兮，白日出之悠悠。吾將蕩志而愉樂兮，遵江夏以娱憂。擥大薄之芳茝兮，搴長洲之宿莽。惜吾不及古之人兮，吾誰與玩此芳草。莽，叶莫古反。嶓音波。

草，叶七古反。

周拱辰曰：白日而出之開春，所以悠悠也，若秋冬之際則促矣。娱憂，即消愁意。惜吾不及古之人所爲恨，古人不見我也。芳草無與玩而付之鶗鴂，安得起古人而問之？

解篇薄與雜菜兮，備以爲交佩。佩繽紛以繚轉兮，遂萎絶而離異。吾儃佪以娱憂兮，觀南人之變態。竊快在其中心兮，揚厥憑而不竢。芳與澤其雜糅兮，羌芳華自中出。篇音匾，一作萹。繚音了。態，叶替。出，叶尺遂反。

集注：篇，篇蓄也，似小梨，赤莖節，好生道傍。薄，叢也。篇蓄雜菜，皆非芳草，故解去之，而以上文之茝莽爲左右佩也。繽紛繚轉，形所佩之美，快在其中。揚厥憑而不竢，樂其所得於中者，以舒憤懣而無待外求也。

周拱辰曰：舊訓解爲解散，因認篇與菜爲賤草耳。夫既解去矣，又何以備之而交佩乎？且既非芳草，昔何以佩之？必待今日始解去乎？按考工記：「工人茭解接中也。」取接續積中之義。草木考：「篇，小梨，味酸而澁，勝苦李，可以救飢。」菜有多種，謂之雜菜，有圃中之菜，有石上之菜，有水中之菜，有仙人服食之菜。一種清苦香澁之味，何至不能與揭車、江離等？備者，蘭、茝、宿莽而外，此皆羅備之不遺，猶勿以小善不爲意也。奈盛餙而知者希乎，過時不採，作道傍之萎矣。然而遇之屯，不以易吾中心之慊，何也？芳華自中出，芳固未始沬也。

紛郁郁其遠烝兮，滿内而外揚。情與質信可保兮，羌居蔽而聞章。令荔薜以爲理兮，憚舉趾而緣木。因芙蓉以爲媒兮，憚褰裳而濡足。登高吾不説兮，入下吾不能。固朕形之不服兮，然容與而狐疑。聞，去聲。説音悦。能，叶音疑。

周拱辰曰：蒸，舊訓進。非。言芳馨瀰滿遠布也。居蔽聞章，只闇然日章意，如閉門伐鼓，聲在外之説。九歌云：「搴薜荔於水中，採芙蓉於木末。」薜荔在木而搴之水，芙蓉在水而采之木，兩違其宜矣。今令薜荔於木，因芙蓉於水，亦甚便矣。而一則曰「憚緣木」，一則曰「憚濡足」，何也？以緣木必須登高，而登高懼墜，濡足必須入下，而入下懼溺故也。求通而奴顔薦引，猶衒嫁而密囑行媒，古恥呈身之寒士，而乃有干進之正人，亦屈原之所恥矣。

廣遂前畫兮，未改此度也。命則處幽，吾將罷兮，願及白日之未暮也。獨煢煢而南行兮，思彭咸之故也。罷音疲。

右思美人

周拱辰曰： 此章思美人，而卒章曰「思彭咸之故」，何言之悖也？思美人，而美人不我思，其爲思也胖矣。然則思彭咸，正以思美人乎？曰古有生不用，而以尸諫者，託湘魚之骨，以致其思君之極思，所爲摯於思美人焉爾。

惜往日之曾信兮，受命詔以昭時。① 奉先功以照下兮，明法度之嫌疑。國富强而法立兮，屬貞臣而日娭。秘密事之載心兮，雖過失猶弗治。心純厖而不泄兮，遭讒人而嫉之。君含怒以待臣兮，不清澂其然否。蔽晦君之聰明兮，虚惑誤又以欺。弗參驗以考實兮，遠遷臣而弗思。信讒諛之溷濁兮，盛志氣而過之。治，平聲。否音非。

集注： 屬，付也。娭，逸于得人也。泄，漏也。謂不敢泄漏其密事也。清澂，猶審察也。史記：「懷王使屈平爲憲令，屬草稿未定，上官大夫見而欲奪之。原不與，因讒之曰：『王使屈平爲令，衆莫不知，平伐其功，曰：非我莫能爲也。』王怒而疏屈平。」過之，督過之也。

周拱辰曰：「惜往日之曾信」，昔也信，今也疑，而往日之信爲可惜也。「受命詔以昭時」，受君王之命，制詔令以昭告當時也。②「雖過失猶弗治」，言雖制令之未盡善，君切用之勿我責，正見往日之曾信也。上官大夫讒原曰：「非我莫能爲。」亦何曾輕洩此言乎？無奈讒人之嫉妬何？而君又不參驗其然否，由是遷跡於江潭，而君怒未怠，回思往日之我信，竟付之流水。射工含沙，影遭之亦斃。噫！彼譖人者，亦已太甚矣。

【眉批】

① 一篇主腦。

② 温妥。

何貞臣之無辠兮，被讒謗而見尤。慙光景之誠信兮，身幽隱而備之。臨沅湘之玄淵兮，遂自忍而沉流。卒没身而絶名兮，惜廱君之不昭。君無度而弗察兮，使芳草爲藪幽。焉舒情而抽信兮，恬死亡而不聊。獨鄣廱而蔽隱兮，使貞臣而無由。廱，古壅字。聊，叶音留。鄣音章。

集注：無度弗察，謂上無撿柙以知下也。蘭委於澤，謂之藪幽。聊，苟且也。謂苟且以求生。

周拱辰曰：「塹光景之誠信」，所謂白日不照吾精誠，對之生塹爾。「身幽隱而備之」，所謂蘭生幽谷，不以無人不芳，言不以窮約廢好脩也。無度弗察，工無繩墨，則曲直淆矣。君無璿尺，則賢奸溷矣。無陽春以發其馥，藪幽不章，聖賢所以嘆「猗蘭」乎！

聞百里之爲虜兮，伊尹烹於庖厨。呂望屠於朝歌兮，甯戚歌而飯牛。不逢湯武與桓繆兮，世孰云而知之。吳信讒而弗味兮，子胥死而後憂。介子忠而立枯兮，文君寤而追求。封介山而爲之禁兮，報大德之優游。思久故之親身兮，因縞素而哭之。厨，叶音稠。之，叶音嗤尤反。

集注：晉獻公虜虞君與其大夫百里奚，以百里奚爲秦穆公夫人媵。百里奚亡走宛，楚鄙人執之。繆公聞其賢，以五羊皮贖之。釋其囚，與語國事，大悦，授以政，號曰五羖大夫。伊尹、甯戚、子胥事見前。晉文公爲公子時，遭驪姬之譖出奔，介子推從行。道乏食，子推割股肉以食之。文公得國，賞從行者，不及子推。推入綿上山中。文公寤而求之，子推不出，因燒其山。子推抱樹自焚而死。遂封原上之田，號曰介山，使奉祀以報其德。又縞素而哭之。親身，謂割股也。

周拱辰曰：死而後憂，竆而追求，知亦晚矣。何則？死而後憂，何益於死？竆而追求，不猶之弗竆乎？謂夫不畢詞以沉湘，而靡君弗悟也，其爲死也，亦辱矣。此原所以撫洪波而未忍也。

或忠信而死節兮，或訑謾而不疑。弗省察而按實兮，聽讒人之虚辭。芳與澤其雜糅兮，孰申旦而别之？何芳草之蚤殀兮，微霜降而不戒。諒聰不明而蔽靡兮，使讒諛而日得。自前世之嫉賢兮，謂蕙若其不可佩。妒佳冶之芬芳兮，嫫母姣而自好。雖有西施之美容兮，讒妒入以自代。願陳情以白行兮，得罪過之不意。情寃見之日明兮，如列宿之錯置。訑音移。戒，叶居得反。嫫音謨。好，叶虚既反。代，叶徒計反。宿音秀。

集注：若，杜若。嫫母，黄帝妻，貌甚醜。西施，越之美女，勾踐得之，以獻吴王。情寃，謂情實與寃枉。列宿錯置，言較著明白也。

周拱辰曰：吾讀騷「聽讒人之虚辭」一語，而竊有疑於晋文也。晋文遠賢於夫差，亦剛愎猜忌主耳。①親莫如子犯[一一]，尚須沉璧之盟，豈其有讒之者耶？舟之僑棄虞而從，備歷艱辛，亦與子推同棄。嗟乎！欒[一二]書慘矣，封介山，以奚齊[一三]爲耆蛇，寃哉！拭縞涕而何益？「自前世之嫉賢兮」，「謂蕙若其不可佩。」古昔已然，獨一文公哉！

【眉批】

①與原同痛。

棄騏驥以馳騁兮，無轡銜而自載。乘氾泭以下流兮，無舟楫而自備。背法度而心治兮，辟與此其無異。寧溘死而流亡兮，恐禍殃之有再。不畢辭以赴淵兮，惜廱君之不識。載，叶子賜反。氾音汎。泭音敷。辟，讀作譬。再，叶子賜反。識音志。

集注：轡，馬韁。銜，馬勒也。氾泭，編竹木以度水者。騏驥，王逸作駑馬。既無騏驥，但乘駑馬，又無轡銜與御者，而但自乘載。既無舟航，但乘氾泭，又無舟人與維楫，而但自備禦，其危亦甚矣。禍殃有再，恐不死，則邦其淪喪，而罔爲臣僕是也。

周拱辰曰：明言「乘騏驥」，王逸謂無騏驥但乘駑馬。無舟楫而曰無維楫與舟人，何其悞也！語意謂騏驥本踶蹶，難馭之物。馳騁而無轡銜，則顛蹶也。倍速矣。氾泭，僅小水渡涉之物。迅流而無舟楫，則風波也倍可虞矣。①夫法度，固騏驥之轡銜，迅流之舟楫也。棄先王之道而心治，則顛覆也，更立至矣。大抵人君之患，莫大於剛察自用，而庸暗次之。辛受聰明給捷，材力過人，而亡也忽焉，謂此也。明指懷王服讒棄忠，爲秦所虜，自遭顛蹶，罹當世笑辱。如往日之信臣豈至是哉？爾雅：「泭，舫也，水中簰。」

右惜往日

【眉批】①妥而確，漢儒口吃。

后皇嘉樹，橘徠服兮。受命不遷，生南國兮。深固難徙，更壹志兮。緑葉素榮，紛其可喜兮。曾枝剡棘，圓果摶兮。青黄雜糅，文章爛兮。精色内白，類任道兮。紛緼宜脩，姱而不醜兮。徠，古來字。服，叶蒲比反。國音域。喜，叶居例反。曾音層。剡，以冉反。圓果，一作圓實。

集注：漢書：「江陵千樹橘。」正楚地。受命不遷，記所謂「橘踰淮而化爲枳」也。曾，重纍也。剡，利刺也。精色，外色精明。内白，内懷潔白。紛緼，盛貌。

嗟爾幼志，有以異兮。獨立不遷，豈不可喜兮。深固難徙，廓其無求兮。蘇世獨立，橫而不流兮。閉心自慎，終不過失兮。秉德無私，參天地兮。願歲并謝，與長友兮。淑離不淫，梗其有理兮。年歲雖少，可師長兮。行比伯夷，置以爲像兮。蘇，當作踈。失，叶，音試[一四]。友，叶羊里反。比音鼻。長、像，上聲。

集注：此下申前意以明己志。并謝，猶永[一五]謝也。離，孤持。梗，强也。周拱辰曰篇中曰「嗟爾幼志」、曰「年歲雖少」，蓋穉橘也，而不遷之節，夙已性成，故頌之。頌橘，所以自頌也。雖然，伯夷抗忠，卒以餓死。嘉橘壹志，卒以憂生。愛忠者，所以惡讒黨；愛橘者，所以惡物蠹與。昔季武子庭有嘉樹，韓宣子譽之。武子曰：「敢不封植此樹以無忘角弓。」吾曰：尚當封植此橘，以無忘食薇。

右橘頌

悲回風之摇蕙兮，心寃結而内傷。物有微而隕性兮，聲有隱而先倡。夫何彭咸之造思兮，暨志介而不忘。萬變其情豈可蓋兮，孰虚僞之可長。

周拱辰曰：「物有微而隕性」，愁苦之來，最微渺而中人不覺，所謂憂能傷人也。秋不覺而聲侻之，亦復如是。微而隕性，微之不可蓋也。隱而先倡，隱之不可蓋也。質實者不磨，虛誕者終滅，故曰情不可蓋，僞不可長。亦自旌其介志與！

鳥獸鳴以號群兮，草苴比而不芳。魚葺鱗以自別兮，蛟龍隱其文章。故荼薺不同畝兮，蘭茝幽而獨芳。苴，子呂反。比音鼻。

集注：苴，枯草也。荼，苦菜也。薺，甘菜也。魚整治其鱗以自別異，則蛟龍亦隱其文章以避之。

周拱辰曰：鳥獸號群，芳草被其蹂躪，凡魚餙鱗，蛟龍避其遥妬，所以荼薺不同畝而甘者先殘，蘭茝獨芳而幽香萎於道傍也。六句一串意，分解非是。

惟佳人之永都兮，更統世以自貺。眇遠志之所及兮，憐浮雲之相羊。介眇志之所感兮，竊賦詩之所明。更，平聲。貺叶荒。

集注：佳人，原自謂也。統世，統承先世。自貺，自襲其寵貺也。浮雲無依，中心徊徊，託與之俱。相羊，浮遊貌。

周拱辰曰：統世，言統領衆美，爲好脩之領袖也。自貺，自珍寵也。「竊賦詩之所明」，虫至秋而皆聲，心至愁而皆鳴。詩之自明，非求人之代爲我明也。

惟佳人之獨懷兮，折芳椒以自處。曾歔欷之嗟嗟兮，獨隱伏而思慮。涕泣交而凄凄兮，思不眠以至曙。終長夜之曼曼兮，掩此哀而不去。寤從容以周流兮，聊逍遥以自恃。傷太息之愍憐兮，氣於邑而不可止。曾音增。於音烏。邑，烏合反。恃，叶上聲。糺心思以爲纕兮，編愁苦以爲膺。折若木以蔽光兮，隨飄風之所仍。①存髣髴而不見兮，心踴躍其若湯。撫珮衽以案志兮，超惘惘而遂行。糺，吉酉反。行音杭。

集注：糺，戾也。編，結也。膺，胸也。衽，裳際也。

周拱辰曰：腸曰愁腸，非别有腸可貯愁，愁即其腸爾。思纕苦膺，即此意，言渾身是思，渾身是怨也。老子：「飄風不終朝。」詩：「飄風發發。」飄風，大風也。「存髣髴而不見」，言不見，猶依稀見之也。「超惘惘而遂行」，去志浩然，其如「慷慨絶兮不得」，何哉！

【眉批】①雕琢之祖，復歸自然。

歲曶曶其若頹兮，旹亦冉冉而將至。蘋蘅槁而節離兮，芳已歇而不比。憐心思之不可懲兮，證此言之不可聊。寧溘死而流亡兮，不忍此心之常愁。孤子唫而抆淚兮，放子出而不還。孰能思而不隱兮，昭彭咸之所聞。曶音忽。比音鼻。聊，叶音留。唫，古吟字。抆音吻。還，叶胡昆反。

集注：時，謂衰老之期也。節離，蓋草枯則節處斷落也。比，合也。隱，痛也。

周拱辰曰：此身之死，不以易此心之愁，蓋愁苦而生，不如無生。①謂天蓋高，不能寄憂，謂地蓋厚，不能埋愁。人至一死而天地不能愁我矣，死可忍而愁不可忍也。任重石以自沉，愁固重於石耶？

【眉批】①所謂借速死，求爲一快也。古來忠臣烈婦，皆如此矣。

登石巒以遠望兮，路眇眇之默默。入景響之無應兮，聞省想而不可得。愁鬱鬱之無快兮，居戚戚而不可解。心韡羈而不開兮，氣繚轉而自締。穆眇眇之無垠兮，莽芒芒之無儀。聲有隱而相感兮，物有純而不可爲。邈漫漫之不可量兮，縹綿綿之不可紆。愁悄悄之常悲兮，翩冥冥之不可娛。凌大波而流風兮，託彭咸之所居。景，古影字。解，叶居豈反。締音帝。

集注：小山而鋭曰巒。繚，紾戾也。締，結也。儀，象也。縹，微細也。翩，飛貌。冥冥，遠去也。流，隨也。

周拱辰曰：上云「不忍此心之常愁」，此曰「入影響之無應，聞省想而不可得」，又曰「聲有隱而相感，物有純而不可爲」。皆指愁緒言。愁緒微杳，故曰眇眇。愁緒吐不出，故曰嘿嘿。愁緒佶曲不申，故曰鬱鬱。愁緒危苦，故曰戚戚。愁緒拴鎖不開，故曰韡羈。愁緒如軸轤，故曰繚轉。愁緒難倪，故曰芒芒。愁緒長，故曰曼曼。愁緒不可斷，故曰綿綿。愁緒削厲自凜，故曰悄悄。愁緒幽僻而難白，故曰冥冥。呼之不應，省之不得，聲者此聲，物者此物，不能不愁，而又不忍常愁之意，凄然言外。

上高巖之峭岸兮，處雌蜺之標顛。據青冥而攄虹兮，遂儵忽而捫天。吸湛露之浮凉兮，漱凝霜之雰雰。依風穴以自息兮，忽傾寤以嬋媛。馮崑崙以瞰霧兮，隱岷山以清江。憚涌湍之磕磕兮，聽波聲之洶洶。紛容容之無經兮，罔芒芒之無紀。軋洋洋之無從兮，馳委移之焉止。漂翻翻其上下兮，翼遥遥其左右。氾潏潏其前後兮，伴張弛之信期。儵音叔。捫音門。雰，叶孚袞反。馮，皮冰反。磕，古蓋反。洶音凶。右，叶羽已反。潏音決。期，叶上聲。

集注：湛，厚也。雰雰，分散貌。風穴，張華博物志：「風山之首，方高三百里，風穴如電，突深三十里，春風從此出入。」又，荆州佷山有穴，口大數尺，名風井。夏則風出，冬則風入。岷與崏同。江水所出。磕磕，水石聲。容容無經，芒芒無紀，謂愁思之紛紜。翻翻上下，遥遥左右，言此身之無所泊也。〔一六〕

周拱辰曰：上言「不忍常愁」，此正借狂遊以解愁也。上極無天，下臨無地，樂極欲狂，幾於忘死，所謂遺世而肆志也。水經注：「故城西十里有風山，有穴如輪，當其衝飄，畧無生草，衆風之門故也。」又，神異經：「南方有炎山，山有火井，有東西谷，南岸下有風穴。雖三伏盛暑，猶煩襲裘。」

觀炎氣之相仍兮，窺煙液之所積。悲霜雪之俱下兮，聽潮水之相擊。借光景以往來兮，施黄棘之枉[一七]策。求介子之所存兮，見伯夷之放迹。心調度而弗去兮，刻著志之無適。曰吾怨往昔之所冀兮，悼來者之愁愁。浮江淮而入海兮，從子胥而自適。望大河之洲渚兮，悲申徒之抗迹。①驟諫君而不聽兮，任重石之何益。心絓結而不解兮，思蹇産而不釋。愁音逖。

集注： 煙液者，炎氣成煙，烟又凝而爲液也。潮，海水以月加子午之時，一日而再至者也。朝曰潮，夕曰汐。黄棘，棘也。枉，曲也。以棘爲策，既有芒[一八]刺，而又枉曲，則馬傷深而行速。王逸以爲願借神光電景，飛注往來，施黄棘之刺以爲策，以求伯夷、子推之故迹也。愁愁，憂貌。往昔所冀，欲有爲於當時。來者愁愁，將赴河而死也。調度，二子之法度也。申徒狄諫紂不聽，抱石自沉於河。

周拱辰曰： 欲借光景，故施枉策。鞭日馭而令其迂轡，即揮戈駐日之説也。遠遊「撰余轡而正策」，即此意。黄棘枉策，王逸以爲木帶刺而枉曲。非是。洪興祖以黄棘爲地名，而以黄棘之會解之。亦繆。按山海經：「有木焉，名曰黄棘，黄華而葉圓，其實如蘭，服之不字。」欲邇日光而施不祥之策，知其不效也已。即夢夫不孕，夢君不侯之苦語也。讀至「任重石之何益」一語，凄斷。始謂一抱石足以釋吾愁，乃抱石之後而吾愁轉劇也，諫君不聽，愁付之石，任石無益，② 愁又付之何所乎？傷哉！

右悲回風

【眉批】

① 寫南天風景，尺幅千里。

② 足訂從前瘝繆。

焦竑曰：九章有淚無聲，有首無尾，灑一腔之熱血，而究無所補。原真難瞑目於汨羅也。

【校勘記】

〔一〕「迹」，原作「即」，據集注改。

〔二〕「神」，原作「人」，據嘉慶本改。

〔三〕「繳」，原作「𨒶」，據集注改。

〔四〕「閶」，原作「廬」，據集注改。

〔五〕「襄」，原作「懷」，據史記楚世家改。
〔六〕「潭」，原作「瞀」，據嘉慶本改。
〔七〕「瞀」，原作「潭」，據嘉慶本改。
〔八〕「土」，原作「征」，據集注改，注同。
〔九〕「眙」，原作「昭」，據嘉慶本改。
〔一〇〕「北即」以下非出集注，未知其所出。
〔一一〕「犯」，原作「反」，據左傳改。
〔一二〕「欒」，原作「懸」，據左傳改。
〔一三〕「齊」，原脱，據左傳補。
〔一四〕「試」，原作「誠」，據集注改。
〔一五〕「永」，原脱，據集注補。
〔一六〕自「風穴」以下注文，皆未見于集注，由陸疏竄入於此也。
〔一七〕「枉」，原作「狂」，據集注改。
〔一八〕「芒」，原作「芳」，據集注改。

離騷草木史卷之五

古檇李周拱辰孟侯氏注
錢塘程光禋奕先參権
同男周　寀校

遠遊

周拱辰曰：遠遊何？以尋仙也；尋仙何？以侑愁也。夫無愁即仙，而借無愁以侑愁，其爲愁也逾矣。何則？必避愁而覓仙，必仙而始可免愁，則王喬、赤松其思纕苦膺也，不至今乎！太史公有云：「使王母皜首戴勝而穴處兮，雖濟萬世不足以喜。」真胸臆之言也。吾請以兩東門之蕪與神山之滄桑遞換，遥贈皓首之王母與九年不復之遷客，澆酒而問之，曰：對此茫茫，那得不百端交集？

悲時俗之迫阨兮，願輕舉而遠遊。質菲薄而無因兮，焉託乘而上浮。遭沉濁而汙穢兮，獨欝結其誰語。夜耿耿而不寐兮，魂營營而至曙。惟天地之無窮兮，哀人生之長勤。往者余弗及兮，來者吾不聞。

周拱辰曰：「質非薄而無因，焉托乘而上浮」，自歎蒲柳之姿，而欲希騎鶴冲舉，恐非其質也。天地無窮，人生長勤，言造物之變遷不測，人生之樂少而苦多也。莊子盜跖篇曰：人處世間，風雨晦明，憂愁困苦，以至於老。其間開口而笑者，不過數日而已。欝結誰語，人生長勤，即此意。往者弗及，來者弗聞，是俯仰古今語。前不見古人，後不見來者，俯天地之悠悠，獨愴然而淚下。可作一語補注。

步倚徙而遥思兮，怊惝怳而永懷。意荒忽而流蕩兮，心愁悽而增悲。神儵忽而不返兮，形枯槁而獨留。内惟省以端操兮，求正氣之所由。漠虚静以恬愉兮，澹無爲而自得。聞赤松之清塵兮，願承風乎遺則。貴真人之休德兮，美往世之登仙。與化去而不見兮，聲名著而日延。奇傅説之託星辰兮，羡韓衆之得一。形穆穆以寖遠兮，離人群而遁逸。怊音超。惝，昌兩反。怳，于往反。懷，叶胡威反。

集注：列仙傳：「赤松子，神農時爲雨師，服冰玉，能入火自燒。至崑崙山上，常止西王母石室，隨風雨上下。炎帝少女追之，亦得仙俱去。」傅説，武丁之相。辰星，東方蒼龍之體，心、尾、箕之星，所謂大辰也。莊子：「傅説得之，以相武丁，奄有天下，乘東維，騎箕、尾，而比於列星。」音義云：「今尾上有傅説星是也。」

周拱辰曰：虚静恬淡，端求正氣，乃仙家真汞也。朱虋儀靈異篇：「韓衆服菖蒲十三年，舉體生毛，日誦萬言。」又，韓衆採藥詩：「闇河紫桂，實大如棗。得而食之，後天而老。」常乘白鹿，往來華山，劉根曾遇之。

因氣變而遂曾舉兮，忽神奔而鬼怪。時髣髴以遥見兮，精皎皎以往來。超氛埃而淑郵兮，終不返其故都。免衆患而不懼兮，世莫知其所如。恐天時之代序兮，耀靈曅而西征。微霜降而下淪兮，悼芳草之先蘦。聊仿佯而逍遥兮，永歷年而無成。誰可與玩斯遺芳兮，長鄉風而舒情。高陽邈以遠兮，余將焉所程。郵，一作尤。曅音饁[一]。蘦，今作零。仿音旁。鄉，一作向。

集注：淑郵，言善之絶尤。耀靈，日也。曅，閃光貌。

周拱辰曰：髣髴遥見，如韓衆鹿行，來劉根之稽首，赤松乘雨，致少女之追隨是也。免衆患而不懼，洞靈之宫無謡詠耶。高陽邈以遠，余將焉所程，繩先德以自勉，庶幾亢宗，而徽音日遥，苦衷莫鑒，自撫遺芳，知我者希矣。

重曰：春秋忽其不淹兮，奚又留此故居。軒轅不可攀援兮，吾將從王喬而娱戲。餐六氣而飲沆瀣兮，漱正陽而含朝霞。保神明之清澄兮，精氣入而麤穢除。重，直用反。沆，胡朗反。瀣音械。霞，叶音胡。

集注：軒轅，黄帝名。王喬，周靈王太子晋也。好吹笙作鳳鳴，遇浮丘公，接之仙去。六氣者，淩陽子明經言：「春食朝霞，日始欲出，赤黄氣也。秋食淪陰，日没以後，赤黄氣也。冬飲沆瀣，北方夜半氣也。夏食正陽，南方日中氣也。并天地玄黄之氣，爲六氣。」

周拱辰曰：按甘石星經以日、月、星、辰、晦、明爲六氣，若云「春食朝霞」，則「漱正陽而食朝霞」，不重出乎？

順凱風以從遊兮，至南巢而壹息。見王子而宿之兮，審壹氣之和德。曰：「道可受兮，而不可傳。其小無内兮，其大無垠。毋滑而魂兮，彼將自然。壹氣孔神兮，於中夜存。虛以待之兮，無爲之先。庶類以成兮，此德之門。」

周拱辰曰：「曰」字，指王子言。蓋止宿王子，而王子授以要訣如此。道家傳道，裁雲羅，割白鷄以盟，乃授口訣。此其可傳者也。至於坎離真汞，精氣神已所自具，故曰「可受不可傳」。受矣何以不可傳？能爲可受已傳矣，以不可傳者傳也。

聞至貴而遂徂兮，忽乎吾將行。仍羽人於丹丘兮，留不死之舊鄉。朝濯髮於湯谷兮，夕晞余目於九陽。吸飛泉之微液兮，懷琬琰之華英。玉色頩以脕顔兮，精醇粹而始壯。質銷鑠以汋約兮，神要眇以淫放。行，户即反。湯音陽。英，叶於姜反。頩，普名反。脱音晚。汋音綽。

集注：丹丘，晝夜常明，即丹山。中有丹穴，鳳凰所自出也。語云：「丹丘燒而仙人出。」湯谷上有扶木，九日居下枝，一日居上枝。飛泉，日入之氣也。山海經：「稷澤多白玉，名玉膏，黄帝是食是饗。」所謂「懷琬琰之華英」，類此。[二]莊子：「藐姑射之山，有神人焉，綽約若處子。」

綽約，柔弱貌。頩，斂容貌。脕，澤也。

周拱辰曰：「聞至貴」者，谷神不死，后天而老，道無與並，故云至貴。水經注：「丹丘千年一燒，黄河千年一清。」濯髮晞目等語，與他處異，彼放浪之遊，此采真之實也。「留不死之舊鄉」，庶幾羽人蓬閬之遊乎？然而一身固有不死之鄉矣。濯髮湯谷，澄太元也。晞目九陽，濬玄英也。吸飛泉，飲琅膏也。懷琬琰，飡玉苗也。伐髓還童，比於處女，又何疑焉。「質銷鑠以綽約，神要眇以淫放。」銷鑠，瘦削也。淫放，充裕自得貌。食肉者肥，食氣者癯，所謂鍊得身形似鶴形，形瘦而神腴也。

嘉南州之炎德兮，麗桂樹之冬榮。山蕭條而無獸兮，野寂寞其無人。載營魄而登遐兮，淹浮雲而上征。命天閽其開關兮，排閶闔而望予。召豐隆使先導兮，問太微之所居。集重陽入帝宮兮，造旬始而觀清都。朝發軔於太儀兮，夕始臨乎於微閭。

家與寂同，霞，古遐字借用。

集注：太微宫垣十星，在翼、軫北。天有九重，故云重陽。旬始，星名。清都，列子以爲帝之所居也。太儀，天帝之都也。於微閭，周禮：「東北曰幽州，其山鎮曰於無閭。」

周拱辰曰：重陽，即純陽。「集重陽」而曰「入帝宫」，言集聚真陽之人，偕入帝宫以朝帝也。

旬始，司馬相如大人賦「垂旬始以爲幓」。旬始，氣如雄鷄，見北斗傍者是也。

屯余車之萬乘兮，紛容與而並馳。駕八龍之蜿蜿兮，載雲旗之逶蛇。建雄虹之采旄兮，五色雜而炫燿。服偃蹇以低昂兮，驂連蜷以驕驁。①騎膠葛以雜亂兮，班曼衍而方行，撰余轡而正策兮，吾將過乎句芒。歷太皞以右轉兮，前飛廉以啓路，陽杲杲其未光兮，淩天地以徑度。風伯爲余先驅兮，氛埃辟而清涼。鳳凰翼其承旂兮，遇蓐收乎西皇。攬彗星以爲旍兮，舉斗柄以爲麾。叛陸離其上下兮，遊驚霧之流波。旹曖曃其曭莽兮，召玄武而奔屬。後文昌使掌行兮，選署衆神以並轂。路曼曼其脩遠兮，徐弭節而高厲。左雨師使徑待兮，右雷公而爲衛。蜿音宛。蜷音拳。衍，戈戰反。句音勾。旍，即旌字。叛音泮。波，叶補基反。曖，烏感反。曃音逮。曭音黨。屬音燭。

集注：溶，水盛也。服，衡下夾轅兩馬。驂，衡外挽靷兩馬。連蜷，句踡也。驕驁，行縱恣也。膠葛，猶交加。曼衍，言無極。句芒，木神。月令：「東方甲乙，其帝太皞，其神句芒。」太皓，即庖羲氏。西方庚辛[三]，其帝少皞，其神蓐收。斗柄，北斗之柄，所謂杓也。麾，旗屬。玄武，北方七宿，龜蛇也，位在北方，故曰玄。身有鱗甲，故曰武。文昌在紫薇宮，北方魁前六星，如匡形。

周拱辰曰：駕八龍，言八馬驂乘，詩「兩驂如舞」，四馬爲驂，四驂爲八。馬高八尺爲龍也。彗星，即攙搶，其光如帚，其所指之地則有兵。自「命閽開關」至此，所謂「因氣變以曾舉，遂神奔而鬼怪」也。揖群真，朝上帝，鞭虬駕螭，揮役萬靈，自是沖舉後實事，作大言讀之便誤。

【眉批】

①遠遊至此，兩腋習習風舉。

欲度世以忘歸兮，意恣睢以担撟。内欣欣以自美兮，聊媮娛以淫樂。涉青雲以汜濫遊兮，忽臨睨夫舊鄉。僕夫懷予心悲兮，邊馬顧而不行。①思故鄉以相像兮，長太息而掩涕。汜容與而遐舉兮，聊抑志而自弭。担音桀。撟音矯。樂，叶五教反。汎、汜同。

集注：度世，越塵世而仙去也。担撟，矯舉也。淫樂，樂之深也。邊，傍也，謂兩驂也。

周拱辰曰：前曰「終不反其故鄉」，此曰「思故鄉以想像」，何以介介然者？此懟君而逃，與他人之揮手厭世者異也。雲端遥視。鄂渚茫茫，而兩東門之蕪如故，能無泫然乎？僕夫邊馬，亦緘予愁，未免有情，何能堪此？嗟乎！遼東鶴返，悼人民之已非；幔亭張宴，悵子孫之空聚。仙人多涕，自昔然與？

【眉批】

①此非度世語，知其深于託沓。

指炎帝而直馳兮，吾將往乎南疑。①覽方外之荒忽兮，沛罔瀁而自浮。祝融戒而蹕御兮，騰告鸞鳥迎虙妃。張咸池奏承雲兮，二女御九韶歌。使湘靈鼓瑟兮，令海若舞馮夷。②玄螭蟲象並出進兮，形蟉虯而委蛇。雌蜺便娟以增撓兮，鸞鳥軒翥而翔飛。音樂博衍無終極兮，焉乃逝以徘徊。③浮，叶扶毗反。歌，叶居支切。蟉，于九反。虯，巨九反。蜺，五結反。便，皮連反。娟，于緣反。撓，而照反。

集注：南方丙丁，其帝炎帝，其神祝融。南疑，即九疑。罔瀁，謂元氣鴻濛也。蹕，止行人。咸池，黄帝樂。中春之月，乙卯之辰，日在奎奏之，命曰咸池。堯脩用之，世遂謂堯樂。顓頊命飛龍氏，會八風之音，爲圭水之曲，浮金效珍，於是鑄之爲鐘，作五基六英之樂，名曰承雲。馮夷，即河伯。莊子云：「馮夷得之以遊大川。」蟉虯，盤曲貌。撓，曲也。

周拱辰曰：山海經：「中極之淵，惟馮夷都焉。」穆天子傳：「天子西征至陽紆之山，河伯馮夷之所都居。河伯乃與天子披圖視典，以觀天下之寶器。」按海若、馮夷，一海神，一河神，而曰「令海若舞馮夷者」何？言張咸池奏承雲，又命湘靈鼓瑟，海若供令，馮夷起舞也。行厨鈞天，一時雲集，豈不勝故鄉之涕也？而借此自誘乎？然而一種愁緒，猶怦怦也。「焉乃逝以徘徊」，形影自弔，更聞韶心痛，戛瑟涕流矣。一枕遊仙，固不知千年魚腹足自了耶？

【眉批】

①乾坤情字裏，江海淚花成。

②此當與西王母宴穆天子，瑶池盡出寶器者，並爲一觀。鈞天之樂，不屬人間矣。

③曲終人不見，〔四〕江上數峰青。讀「焉逝徘徊」句，吾欲易「青」字爲「愁」字矣。

舒并節以馳騖兮，逴絶垠乎寒門。軼迅風於清源兮，從顓頊乎層冰。歷玄冥以邪徑兮，乘間維以反顧。召黔嬴而見之兮，爲余先乎平路。經營四方兮，周流六漠。上至列缺兮，降望大壑。下峥嶸而無地兮，上寥廓而無天。①視儵忽而無見兮，聽惝怳而無聞。超無爲以至清兮，與泰初而爲鄰。逴，勑角反。門，叶音冥。黔，其炎反。天，叶他因反。嶸音宏。

集注：逴，遠也。天之邊際，九陰之地爲寒門，五寒所自出。北方其帝顓頊，其神玄冥。間維者，天有六間，地有四維也。淮南子：「東北爲報德之維，西南爲背陽之維，東南爲常羊之維，西北爲號通之維。」黔嬴，水神。列缺，電隙也。又謂天門、大壑，山海經：「東海之外有大壑。顓頊於此棄其琴瑟。」又，淮南子：「南遊罔㝗之野，北息沉墨之鄉，西窮窅冥之黨，東開鴻濛之先。」下無地而上無天，聽焉無聞，視焉無矚，此其外尚有汏沃之氾。泰初，天地未分之始也。[五]

周拱辰曰：無地無天，無見無聞，寓意更遠，蓋欲逃之天地之外，付時事於不見不聞，較前「涉青雲以泛濫遊」，抑又眇矣。今而後栖神寥天，故鄉念斷，始不再飄墮愁國耶？「與泰初而爲隣」，俯視兩東門，不啻瀛洲之一夢矣。

【眉批】

①長卿大人賦語多出此。

【校勘記】

［一］「鑑」，原作「盍」，據集注改。

［二］「飛泉」注及引山海經之文皆不見于集注，由陸疏竄亂。

［三］「辛」，原作「金」，據集注改。

［四］「見」，原脱，據嘉慶本補。

［五］注自「又謂天門」以下至終，皆未見于集注，由陸疏竄入於此。

離騷草木史卷之六

古檇李　周拱辰　孟侯氏注
錢塘　李世俊　聖脩參権
男　周　寀校閲

卜居

周拱辰叙曰：古人登廟而卜，歸其智於祖也。明德之不惜，而失身以爲先人辱，鬼之所弗許，亦原之所不敢出也。且夫國有老成，以其身備國之蓍龜，而假蓍龜以免乎君聽之謂，何使其進退之谷也？宜岸宜獄，君子以是悲握粟之窮矣。

屈原既放，三年不得復見。竭志盡忠，而蔽鄣於讒，心煩慮亂，不知所從。①乃往見太卜鄭詹尹曰：「余有所疑，願因先生決之。」詹尹乃端策拂龜，曰：「君將何以教之？」屈原曰：「吾寧悃悃欵欵，朴以忠乎？②將送往勞來，斯無窮乎？寧誅鋤草茅以力耕乎？將游大人以成名乎？寧正言不諱以危身乎？將從俗富貴以媮生乎？寧超然高舉以保貞乎？將哫訾栗斯，喔咿儒兒，以事婦人乎？寧廉潔正直以自清乎？將突梯滑稽，如脂如韋，以潔楹乎？寧昂昂若千里之駒乎？將氾氾若水中之鳧，與波上下，媮以全吾軀乎？寧與騏驥亢軛乎？③將隨駑馬之迹乎？寧與黄鵠比翼乎？將與鷄鶩争食乎？此孰吉孰凶？何去何從？世溷濁而不清，蟬翼爲重，千金爲輕。黄鐘毁棄，瓦釜雷鳴。讒人高張，賢士無名。④吁嗟默默兮，誰知吾之廉貞！」詹尹乃釋策而對曰：「夫尺有所短，寸有所長。物有所不足，智有所不明。數有所不逮，神有所不通。用君之心，行君之意，龜策誠不能知此事。」勞，去聲。媮音偷。哫音足。訾音貲。喔音握。咿音伊。儒兒，一作嚅唲。明，叶音芒。通，叶音湯。

集注：送往勞來，將迎物情也。哫訾，心欲言而口若吃也。栗斯，身欲動而膽若怯也。喔咿，柔聲。儒兒，媚態，事婦人者，非此不可。所謂婦人，丈夫而女子者也。突梯，滑澾貌。滑稽，圓轉貌。脂，亦滑澤。韋，則柔韌也。楹，屋柱，亦圓物。以脂灌韋而潔之，益圓轉而無所止矣。軛，車前衡也。黄鍾，謂鍾之律中黄鍾者，器極大而聲閎。瓦釜，無聲之物，以妖怪而作鳴。

周拱辰曰： 屈原懷忠抱亮，障蔽於讒，一腔憤激，無所告語，俗澆不可問；問之天，天高不可問；問之鬼，即「令五帝以折中，戒六神使嚮服」之意，借以鳴其不平也，非卜也。若云卜，原之自審定矣。「吾寧悃欵」以下八段，乃對神伸問之詞，非對鄭詹尹言之也。即蘇髯一肚皮不合時宜，一番舒洩爾。⑤詹尹曰「龜策誠不能知此事」，亦非詹尹自歉以爲不知也。言世態至此，即聰明正直如神，亦不能爲汝謀。正兩相嗟嘆傷心語。若作實語讀之，何異説夢？

【眉批】 ①「蔽讒」二字，一篇主意。

②十六「乎」字，須看其逐句伸縮變化之妙。○「乎」字上逐句叶韵。東坡蓮花漏銘偷此法也。

③此處換韵。

④應前讒人。

⑤屈大夫一肚皮憤懑，今日和盤拓出。

王弇州曰： 今人以賦作有韵之文，爲阿房、赤壁累固耳，然長卿子虚，已極曼衍。卜居、漁父，實開其端。

周拱辰曰：正直不可，不正直又不可，何途之從而可乎？直是悲岐問路之感，句句詰問，却句句恢諧。此與曼倩割肉，帝令自責，乃反自譽，當令楚鬼亦粲然而笑。

離騷草木史卷之七

古檇李周拱辰孟侯氏注
錢塘李世俊聖脩參権
男周　宷校閲

漁父

周拱辰叙曰：善涉世者，自予以寬然有餘之地，而後可出世入世。唯吾所之而無碍，故夫醉醒清濁之間，君子之所以藏身也。矯之以爲潔，標之以爲名，而有物敗之矣。語曰：「飲牛洗耳亦多事，更向巢由頂上行。」夫巢由頂上者何物？漁父知之矣。吾將以漁父爲教父。

屈原既放，游於江潭，行吟澤畔，顔色憔悴，形容枯槁。漁父見而問之曰：「子非三閭大夫與？何故至於斯？」屈原曰：「舉世皆濁我獨清，衆人皆醉我獨醒，是以見放。」漁父曰：「聖人不疑滯於物，而能與世推移。世人皆濁，何不淈其泥而揚其波？

衆人皆醉，何不餔其糟而歠其釃？何故深思高舉，自令放爲？」屈原曰：「吾聞之：新沐者必彈冠，新浴者必振衣。安能以身之察察而受物之汶汶者乎？寧赴湘流，葬於江魚之腹中。安能以皓皓之白，而蒙世俗之塵埃乎？」①漁父莞爾而笑，鼓枻而去。乃歌曰：「滄浪之水清兮，可以濯吾纓。滄浪之水濁兮，可以濯吾足。」遂去，不復與言。淈，古没反。波，叶補悲反。餔音波。歠，昌悅反。汶，去聲。枻音曳。②

集注：歠，飲也。糟、釃，皆酒滓。以水曆糟曰釃。鼓枻，扣船舷也。禹貢：「嶓嵱導漾爲漢。又東爲滄浪水。」

周拱辰曰：醑，首酒也。釃，尾酒也，其味最薄。楚地志：漢水，武當縣西北四十里，漢水中有洲，名滄浪。又，地説曰：本出荆山，東西流爲滄浪水。是近楚都，故漁父歌之也。按此歌與孺子之歌歌同，而取意各異。孺歌取一清一濁，纓、足皆水之自取。漁歌取濯纓、濯足，清濁一任之無心。畢前衆濁獨清之語，而以調笑出之也。然則原之終焉抱石，畢竟投之清流乎？濁流乎？自清自濁，魚腹何知焉，則謂即以謝鼓枻之一歌可也。嗟乎！首陽采薇，爰畢命於淑媛；湘纍沉淵，乃引意於漁父。可爲一嘅。③

周拱辰又曰：漁父未可槩謂託言也。天下儘有抱高尚而隱於漁者，太卜著其姓名，惜漁父不著姓名耳。乃往往有問伊姓名而不答者。觀其莞爾一笑，不肯以姓名落人世久矣。莊子緇林之漁，恥剥利名。屈原江潭之漁，彈射名節。並是奇人，令人神邈。

桑悦曰：卜居與漁父，皆僞立主客，然體格較卜居又變矣。卜居末句用「乎」字，「乎」字上必叶韵成文。漁父則以傳記體行之。格須辨也。

【眉批】

①兩「安能」，隔句對法。

②結甚韵，有「桃花流水杳然去」之致。

③此意千古未有人知。

離騷草木史卷之八

古檇李周拱辰孟侯氏注
金式玉藍珂甫參評
男周宷校閱

九辨

周拱辰叙曰：九辨，宋玉爲師貢憤而作也。夫老猿啼秋，衆雛益之淚何益？曰：以止之也。人有泣者，沮之勿止也，助之泣而泣者衰止焉，則以其勸之者止之云爾。然而悲哉秋氣，難乎爲失職之士矣。或曰：玉爲楚大夫，何不代白之君，而爲此唧唧者乎？衆犬狺狺，關梁不通，無救於讒而深其忌，玉之所不敢出也。「賴皇天之厚德兮，還及君之無恙。」所以慰師者至矣，所以祝君者至矣。

悲哉！秋之爲氣也。蕭瑟兮，草木摇落而變衰，憭慄兮，若在遠行。① 登山臨水兮，送將歸。泬寥兮，天高而氣清。宋𡨦兮，收潦而水清。憯悽增欷兮，寒薄之中人。愴怳懭悢兮，去故而就新。坎廩兮，貧士失職而志不平。廓落兮，羈旅而無友生。惆悵兮，而私自憐。憭音流。坎音血。宋、寂同。𡨦音寥。憯音慘。中，去聲。愴，初亮反。怳，許昉反。懭，古廣反。悢音朗。廩，力敢反。憐，叶音隣。

集注：泬寥，曠蕩貌。𡨦，虛空也。憯悽，悲痛貌。欷，嘆泣貌。愴怳懭悢，皆失志貌。去故就新，別離也。坎廩，不平也。廓落，空寂也。氣清之清，還宜依古本作静字，叶平聲。不宜二句，皆以「清」爲韻也。

周拱辰曰：「寒薄之中人」，此「中」字，即中風、中酒之中。寒薄中人，秋氣中之也。亦人之秋氣多者，自中之耳。「貧士失職」句最慘。貴人有貴人之職，貧士亦自有貧士之職。昌榮鮮好，乘時建功貴，人之職也。履道坦坦，安閑自得，貧士之職也。士貧矣而重以憂讒畏譏，其爲失職也愈矣。而更無如友生之聊落何？莫貧于無知己，而遇之坎廩次之。貧士而得友生，固不貧耶！

【眉批】

① 首篇攢簇景物最警策遒緊，悲凉動人。

步轄反。

燕翩翩其辭歸兮，蟬宋寞而無聲。鴈廱廱而南遊兮，鵾鷄啁哳而悲鳴。獨申旦而不寐兮，哀蟋蟀之宵征。時亹亹而過中兮，蹇淹留而無成。廱音邕。啁，行交反。哳，步轄反。

集注：鵾鷄，似鶴，黄白色。啁哳，聲繁細貌。亹亹，進貌。過中，謂漸衰也。

周拱辰曰：淮南：「鉗旦、大丙之御，軼鵾鷄於姑餘。」許叔仲曰：「鵾鷄，鳳凰之别名。」穆天子傳：「鶤鷄飛八百里。」郭璞曰：「即鵾鷄也。」

右一

悲憂窮戚兮獨處廓，有美一人兮心不繹。去鄉離家兮遠來客，超逍遥兮今焉薄。繹，叶以睪反。客，叶苦各反。

集注：繹，解也。補云：「抽絲也。」或作懌。薄，止也。

專思君兮不可化，君不知兮可奈何。蓄怨兮積思，心煩寃兮忘食事。願一見兮道余意，君之心兮與余異。車既駕兮朅而歸，不得見兮心傷悲。倚結軨兮長太息，涕潺湲兮下霑軾。忼慷絶兮不得，中瞀亂兮迷惑。私自憐兮何極，中怦怦兮諒直。化，叶苦瓜反。思，去聲。朅，丘桀反。怦，普耕反。

集注：朅，去也。軨，車軾下縱横木。軾，所憑者。怦怦，心急貌。

周拱辰曰：呂氏春秋：膠鬲見武王於鮪水，曰：「西伯朅去？」又曰：「西伯朅至？」朅之爲言盍也。謂車既駕矣，盍而歸乎？「忼慷絶」三字，最毅而惋。言一往繾綣故國之思，庶幾借利刃割之，無如遺而復來何也？思君怨君，一語悽斷。

右二

皇天平分四時兮，竊獨悲此廪秋。白露既下百草兮，奄離披此梧楸。去白日之昭昭兮，襲長夜之悠悠。離芳藹之方壯兮，余萎約而悲秋。廪，一〔二〕作凛。

集注：離披，分散貌。梧，桐。楸，梓。皆蚤凋。

秋既先戒以白露兮，冬又申之以嚴霜。收恢台之孟夏兮，然欿傺而沉臧。葉菸邑而無色兮，枝煩挐而交横。顔淫溢而將罷兮，柯彷彿而萎黄。萷櫹槮之可哀兮，形銷鑠而瘀傷。①惟其紛糅而將落兮，恨其失時而無當。欿與坎同。菸音於。挐音如。横，叶音黄。罷音疲。萷音梢。櫹槮，即蕭摻。瘀，於去反。糅，女救反。

集注：恢台，廣大貌。欿陷，傺止也。萷，木枝竦也。櫹槮，樹之欝然長貌。血敗曰瘀。紛糅，散亂貌。

周拱辰曰：恢台，黄山谷謂「台」爲「養」。言孟夏長養萬物，至是弘茂也。萷櫹槮，花葉落貌。言花葉凋落，樹形長瘦也。

【眉批】

①字字凋落之景。

擥騑轡而下節兮，聊逍遥以相佯。歲忽忽而遒盡兮，恐余壽之弗將。悼余生之不時兮，逢此世之俇攘。澹容與而獨倚兮，蟋蟀鳴此西堂。心怵惕而震盪兮，何所憂之多方。①卬明月而太息兮，步列星而極明。擥，力敢。侹，一作㑂，又音匡。攘，一作躟。卬音仰。明，叶音芒。

集注：下節，猶案節也。遒，迫也。侹攘，狂遽貌。

右三

【眉批】①此皆失職不平中語意，徘徊欷歔。

竊悲夫蕙華之曾敷兮，紛旖旎乎都房。何曾華之無實兮，從風雨而飛颺。以爲君獨服此蕙兮，羌無以異於衆芳。閔奇思之不通兮，將去君而高翔。心閔憐之慘悽兮，願一見而有明。重無怨而生離兮，中結軫而增傷。旖音倚。旎音擬。明，叶音芒。

集注：旖旎，盛貌。曾，重也。都，大也。房，北房也。即詩所云[二]「背」，蓋古人植花草之處也。

周拱辰曰：楊升庵云：旖旎，即詩「猗儺」二字。特今之於古字形有異耳。今以「倚儺」爲平，「旖旎」爲仄。誤矣。

豈不鬱陶而思君兮，君之門以九重。①猛犬狺狺而迎吠兮，關梁閉而不通。皇天淫溢而秋霖兮，后土何時而得漧。塊獨守此無澤兮，仰浮雲而永歎。狺音銀。歎，平聲。

集注：天子有九門，謂關門、遠郊門、近郊門、城門、臯門、庫門、雉門、應門、路門也。狺狺，犬爭吠聲。

周拱辰曰：九章云：「邑犬群吠兮，吠所怪也。」「關門閉而不通」又何尤？韓非云：「東鄰有酒，瘈狗噬人而酤不售。」九重有國狗，賢畏却而不敢進，況又重以嗾嫯之主哉？宜覆亡之相踵矣。

右四

【眉批】

①□□而□。

何時俗之工巧兮，背繩墨而改錯。卻騏驥而不乘兮，策駑駘而取路。①當世豈無騏驥兮，誠莫之能善御。見執轡者非其人兮，故跼跳而遠去。鳧鴈皆唼夫粱藻兮，鳳愈飄翔而高舉。圜鑿而方枘兮，吾固知其鉏鋙而難入。衆鳥皆有所登棲兮，鳳獨遑遑而無所集。願銜枚而無言兮，常被君之渥洽。太公九十乃顯榮兮，誠未遇其匹合。

唼音翣。鋙音語。

集注：馬立不常謂之跼。唼，喋也。粱，米名。藻，水草。鑿、枘，本相入之物，惟方枘圓鑿，則不相入。鉏鋙，相距貌。銜枚，所以止言者。枚狀如箸，横銜之，兩頭有繣，結於項後。

周拱辰曰：此章驥鳳，一意纏綿到底。「卻騏驥策駑駘」，失真驥，而收僞驥，其可言乎？凡鳥賀廈，鳳無一枝之棲，傷如何矣？太公九十乃顯榮。吕氏春秋：「吕望行年五十，賣食於棘津。行年七十，屠牛於朝歌。行年九十爲天子師。」②記：西伯得吕尚爲師，年八十。又二十年而紂亡。又五年，而武王陟。又三年，而成王陟。康王六年，而太公薨，壽一百十四。此曰「九十顯榮」，蓋指武王受命時也。

【眉批】①通章驥鳳搏滚不别，立意文中，另一格也。

②太公年譜。

謂騏驥兮安歸，謂鳳凰兮安棲。變古易俗兮世衰，今之相者兮舉肥。騏驥伏匿而不見兮，鳳凰高飛而不下。鳥獸猶知褱德兮，何云賢士之不處。驥不驟進而求服兮，鳳亦不貪餧而妄食。君棄遠而不察兮，雖願忠其焉得。欲宗寞而絶端兮，竊不敢忘初之厚德。獨悲愁其傷人兮，馮欝欝其何極。

周拱辰曰：猶知懷德，與下「不敢忘初之厚德」句相應。懷德有兩意。一則懷主之德，不敢忘報。一則懷己之德，不敢失身。懷主德，愛君也。不敢失身以辱君，亦以愛君也。驥匿不求服，鳳飛不妄食，同此意爾。然而驥心千里，曾受鹽坂之知，鳳輝千仞，未酬阿閣之拜，亦奈之何哉？句句指驥鳳弔原，句句指驥鳳慟哭，驥鳳亦應墮淚。

右五

霜露慘悽而交下兮，心尚㚔其弗濟。霰[三]雪雰糅其交加兮，乃知遭命之將至。願徼幸而有待兮，泊莽莽與壄草同死。願自直而徑往兮，路壅絶而不通。欲循道而平驅兮，又未知其所從。然中路而迷惑兮，自厭按而學誦。性愚陋以褊淺兮，信未達乎從容。竊美申包胥之氣晟兮，恐時勢之不固。㚔，一作幸。厭音壓。誦，平聲。同，叶音通。

集注：學誦，述古道以自寬也。厭按，皆拍止之意。欲速則不達，欲緩則無門，惟有追諷古蹟，聊舒愁嘆耳。申包胥，楚大夫。伍子胥得罪于楚，奔吴，爲吴王闔閭臣。興兵而伐楚，破郢。昭王出奔。于是申包胥乃之秦請救兵，鶴立于秦庭，啼呼悲泣，七日七夜不絶聲，勺飲不入于口。秦伯哀之，爲發救兵。楚昭王復國。

周拱辰曰：氣晟，晟，滿也。言申胥秦庭七日之哭，一腔忠義，天地亦爲哀憤，况秦伯乎？秦之爲德于楚厚矣。又曰「恐時勢之不固」，何也？是時秦雖救楚，豈能一日忘楚者哉？其後誑楚絶齊，合齊伐楚，既又割漢中和楚，又約婚誘楚。秦伯與張儀日夜謀楚，視楚直几上肉耳。時勢故岌岌，而楚君臣泄泄不悟。原曾遺書諫懷王曰：「何不殺張儀？」而悔已無及。原直以三年澤畔之愁吟，當申胥秦庭七日之哭。復楚者秦，而滅楚者亦秦。原師弟已窺之蚤已，可知天上霰雪，即原之命，真千古苦語也。

何時俗之工巧兮，滅規榘而改鑿。獨耿介而不隨兮，願慕先聖之遺教[四]。處濁世而顯榮兮，非余心之所樂。與其無義而有名兮，寧窮處而守高。食不媮而爲飽兮，衣不苟而爲温，竊慕詩人之遺風兮，願託志乎素飡。蹇充倔而無端兮，泊莽莽而無垠。無衣裘以禦冬兮，恐溘死而不得見乎陽春。鑿，叶音造。覺音教。樂、高，並去聲。媮音偷。倔音屈。

集注：充倔，記作「充詘」，注謂「喜失節貌」。

周拱辰曰：食以瓊靡故飽，衣以秋蘭故温。不媮不苟，其爲桓懸也多矣。以原慕伐檀，知原哉！

右六

靚杪秋之遥夜兮，心繚悷而有哀。春秋逴逴而日高兮，然惆悵而自悲。四時遞來而卒歲兮，陰陽不可與儷偕。白日晼晚其將入兮，明月銷鑠而減毁。①歲忽忽而遒盡兮，老冉冉而愈弛。心搖悦而日幸兮，然怊悵而無冀。中憯惻之悽愴兮，長太息而增欷。年洋洋以日往兮，老嵺廓而無處。事亹亹而覬進兮，蹇淹留而躊躇。繚音了。悷音列。逴，竹角反。晼音宛。冀、欷，並叶上聲。

集注：靚與静同。杪，末也。繚，繳繞也。悷，悲結也。逴，遠也。陰陽不可儷而與之偕，言彼去而我留。或云：我去而彼留也。晼晚，景昳[五]也。嵺廓，空也。

右七

【眉批】①月瘦。

何氾濫之浮雲兮，猋廱蔽此明月。忠昭昭而願見兮，然露曀而莫達。願皓日之顯行兮，雲蒙蒙而蔽之。竊不自料而願忠兮，或黕點而汙之。堯舜之抗行兮，瞭冥冥而薄天。何險巇之嫉妬兮，被以不慈之僞名。彼日月之昭明兮，尚黯黮而有瑕。何況一國之事兮，亦多端而交加。猋，卑遥反。露音陰。黕，丁感反。汙，去聲。黮，徒感反。

集注：猋，疾貌。露，雲蔽日也。曀，陰風也。黯黮有瑕，雲黑點日月如有瑕也。

被荷裯之晏晏兮，然潢洋而不可帶。既驕美而伐武兮，負左右之耿介。憎愠惀之脩美兮，好夫人之慷慨。衆踥蹀而日進兮，美超遠而愈邁。農夫輟耕而容與兮，恐田野之蕪穢。事緜緜而多私兮，竊悼後之危敗。世雷同而炫曜兮，何毀譽之昧昧。今脩飾而窺鏡兮，後尚可以竄藏。願寄言夫流星兮，羌儵忽而難當。卒廱蔽此浮雲兮，下暗漠而無光。被，平聲。裯，音刀。穢，叶烏怪反。廱，去聲。

集注：荷裯，言有美名而無實用。伐武，自誇其武也。脩飾窺鏡，謂考往事以自鑑。尚可竄藏，謂潛伏不至於亡。寄言，欲附此言于君，流星既不可值，卒爲壅蔽而不能明矣。浮雲，當作明月。[六]

周拱辰曰：諺云：懶婦缺中裙，惰農缺瓦盆。然而見霜藝黍，猶勝於中春之棄稼也。以鏡照知前醜，以賢照知昔非。君子可以兢其末路矣。浮雲，舊改作明月。非也。詞家拗句法，往往有此。言我寄言於流星，流星倏忽徂逝，而不爲我將，我欲驅浮雲，一見天日，而苦此浮雲爲之壅蔽。壅蔽此浮雲，言壅蔽者此浮雲也。與杜詩「香稻啄餘鸚鵡粒」句法相似。若改作「明月」，意便索然。

右八

堯舜皆有所舉任兮，故高枕而自適。諒無怨於天下兮，心焉取此怵惕。棄騏驥之瀏瀏兮，馭安用夫强策。諒城郭之不足恃兮，雖重介之何益。邅翼翼而無終兮，忳惛惛而愁約。生天地之若過兮，功不成而無效。願沉滯而不見兮，尚欲名布乎天下。然潢洋而不遇兮，直怐愗而自苦。莽洋洋而無極兮，忽翱翔之焉薄。國有驥而不知乘兮，焉遑遑而更索。甯戚謳于車下兮，桓公聞而知之。無伯樂之善相兮，今誰使乎譽之。罔流涕以聊慮兮，惟着意而得之。紛忳忳之願忠兮，妬被離而鄣之。瀏音流。約，叶音要。下，叶音户。怐音姤。愗音茂。忳，一作純。

集注：瀏瀏，如水之流。若過，古詩云：「人生天地間，忽如遠行客。」怐愗，愚昧也。忳忳，專一貌。

願賜不肖之軀而别離兮，放遊志乎雲中。乘精氣之摶摶兮，騖諸神之湛湛。驂白霓之習習兮，歷群靈之豐豐。左朱雀之茇茇兮，右蒼龍之躍躍。屬雷師之闐闐兮，通飛廉之衙衙。前輕輬之鏘鏘兮，後輜乘之從從。載雲旗之委蛇兮，扈屯騎之容容。計專專之不可化兮，願遂推而爲臧。賴皇天之厚德兮，還及君之無恙。①湛，羊戎反。茇音旆。衙，叶五乎反。從，叶楚紅反。恙音羊。

集注：精氣，謂日月。摶與團同。湛湛，厚集貌。習習，飛動貌。豐豐，多也。芟芟，飛揚貌。躍躍，行貌。闐闐，鼓聲。衙衙，亦行貌。輕輬，車之輕而有窓者。鏘鏘、從從，皆其鸞聲也。輜軿，車前衣車後者也。恙，憂也。一曰：虫入腹，食人心。古者草居，多被此毒。

周拱辰曰：專專，猶硜硜，即「匪石不可轉」之意。專一不變，堅持此志，欲以化君，豈更爲君化乎？賴天厚德，君心或回，旭日依然無恙爾。恙，不止毒虫。楚志有獡獸，食人，與豻相似。大而檮杌，小而獡獸，凶惡一也。食人心者，涿壺氏驅之，或有衰止，食君心者，不第剪逐無人，抑且群爲保奸，奈何哉？皇天或者大啓君心而俾之蚤悟，楚祚尚有賴乎？玉之所以善頌其君與師也。

右九

【眉批】

①是痛、是祝、是規。

楊慎曰：古人言數之多止於九。逸周書曰：「左儒九諫于王。」

孫武子：「善攻者，動於九天之上，善守者，伏于九地之下。」此豈實數耶？楚辭九歌乃十一篇，九辨亦十一篇，宋儒不曉古人虚用九字之義，强合九辨二章爲一章，以協九數，玆又可笑。

周拱辰曰：宋玉賦手，亦千古絶才。觀其登徒、襄王諸賦，已可知也。九辨視騷，不無乳水，豈所云智與師齊，減師半德者耶？然鬆快清峭，如滄綘雪，如拭劍齒，故自獨擅。

【校勘記】

〔一〕「一」，原脱，據集注補。

〔二〕「云」下原有「樹」字，據集注删。

〔三〕「霰」，原作「霽」，據集注改。

〔四〕「教」，原作「覺」，據集注改。

〔五〕「昳」，原作「佚」，據集注改。

〔六〕「浮雲當作明月」，集注未見，其注所斥，亦非朱子也，由陸疏竄入。

離騷草木史卷之九

古檇李　周拱辰　孟侯氏注
錢塘　程光禋　奕先參榷
男周　寀　展臣校閲

招魂

周拱辰叙曰：招魂者何？弟子宋玉閔師之懷忠被放，魂魄凋謝，而假上帝之命以招之。即原「指九天以爲正」之極思，而上帝不忍之答也。夫鬼猶求食，恃德馨而飽爾。選聲貢色之不已，而淫獵之娱，不亦狹乎？於薦氣達志爲已疎矣。帝高陽之苗裔哉，原戚屬而親之，懷隔膜而擯之。上帝曰復汝魂魄，盍而歸兮。楚懷曰有成言矣，願無相見。魂而有知，終於魚腹而已。噫！親臣之不卹，而徒費弟子大聲之號。此與兄則死，而子臯綠，相去幾何也？楚之不亡僅矣。

朕幼清以廉潔兮，身服義而未沬。主此盛德兮，牽於俗而蕪穢。上無所考此盛德兮，長離殃而愁苦。

集注：此宋玉代爲屈原之詞。沬，猶昧。

周拱辰曰：未沬，所謂「芳至今猶未沬」也。牽俗蕪穢，謂申椒其不芳也。無所考，即所云「高陽日以邈，余將焉所程」也。

帝告巫陽曰：「有人在下，我欲輔之，魂魄離散，汝筮予之。」巫陽對曰：「掌夢，上帝其命難從。若必筮予之，恐後之謝，不能復用巫陽焉。」夢，古夢字。

集注曰：此段立天帝及巫陽以爲辭。予，與同。上帝之命，欲筮其所在而與之招。巫陽以爲招魂本掌夢者所主之事，不必筮，若必筮而後招之。則將有恐後之謝，雖巫陽無所用之耳。

周拱辰曰：「汝筮予之」一段，諸説皆悮。按周禮筮人：「掌三易以辨九筮之名。凡國之大事，先筮而後卜。」筮不吉則不卜，言先用筮後用招，而予以魂魄也。掌夢，即占夢，以日月星辰占六夢之吉凶者。其命難從，非巫陽之敢方帝命也。禮經：天子不筮，諸侯守筮，難從者，即天子不用筮之義也。言上帝命我掌夢，只須以帝命招之，魂自復矣。天命之尊，何假筮乎？若必假筮而予之魂魄，即筮之而不吉奈何？是任其魂魄之離謝矣，不若竟招之爲得也。

乃下招曰：魂兮歸來，去君之恒幹，何爲乎四方些。舍君之樂處，而離彼不祥些。些，蘇賀反。

集注：些，語詞。今夔峽湖湘及南北江獠人，凡禁呪句尾，皆稱些，乃楚人舊俗。

魂兮歸來，東方不可以託些。長人千仞，惟魂是索些。十日代出，流金鑠石些。彼皆習之，魂往必釋些。歸來歸來，不可以託些。

集注：八尺曰仞。東方有扶桑之國，十日並在其上，以次更行，其熱酷烈。彼皆，謂彼處居人。釋，解爛也。

周拱辰曰：大荒經：「有神名曰尺郭，長百丈，腹圍如鼓，赤蛇繞其項，好食鬼，朝吞三千，暮吞三百。」又，神異經：「東方有食鬼之父。」

魂兮歸來，南方不可以止些。雕題黑齒，得人肉以祀，以其骨爲醢些。蝮蛇蓁蓁，封狐千里些。雄虺九首，往來倏忽，吞人以益其心些。歸來歸來，不可以久淫些。

蝮音福。

集注：題，額也。雕刻其肌，以丹青涅之也。南人常食蠃蜯。得人之肉，則用以祭神，復以其骨爲醬而食之。今湖南北有殺人祭鬼者。蝮，大蛇也。蓁蓁，積聚貌。山海經：「蝮蛇，色如綬紋。大者百餘斤，一名反鼻蛇。」封狐，大狐也。徤走千里求食也。

周拱辰曰：雕題黑齒，凡湖、湘、廣、貴獞獠猺獞皆有之。俗多魘魅之術，念呪禁之。其人即變獸畜，或貨爲人耕服，或宰割充豕肉賣，或烹剥即用以祭魅神，皆是也。蝮蛇，短形，反鼻，錦文。衆蛇之中，此獨胎産，最毒殺人。封狐，大狐，亦老狐也。千歲之狐，能易形魅人。往來倏忽，莫可踪跡，愚民往往遭其蠹害。羿射封狐，以其往來神速，羿能射殺之，稱神射也。山海經：「畢方人面，雄虺九首。」

魂兮歸來，西方之害，流沙千里些。旋入雷淵，靡散而不可止些。幸而得脱，其外曠宇些。赤蝗若象，玄蠭若壺些。五穀不生，藂菅是食些。其土爛人，求水無所得些。彷徨無所倚，廣大無所極些。歸來歸來，恐自遺賊些。①旋，去聲。壺，叶行古反。蘩、叢同。菅音奸。

集注：靡，碎也。螘蜉，蝣也。壺，乾瓠也。菅，茅屬，高者至丈餘，可以飼牛。言西方之土，温暑而熱，燋爛人肉，渴飲求水，不可得之。今環靈之間有旱海，六七百里無水泉，即其證也。

周拱辰曰：雷淵，水經注：「崑崙河水又南，入葱嶺山，又西逕罽賓、月氏、安息諸國，河水與蜺羅跂禘水同注雷翥海。」斯乃西方流沙之雷淵也。泰山之與丘垤，趙岐曰：「垤，蟻封。」今朔地蟻封，其高大有如塚者，所謂蟻塚，蓋出此。明萬曆小西洋進貢，税官查貢物，有赤蟻一軀，以朱紅匣藏之。長尺有三寸，日食朱砂二兩，即此類也。蠭有赤黄數種。玄蠭，土蠭也。黑色，似木蠭而大，地中作房。最大者螫人至死。壺形圓大，故蠭似之。

【眉批】

①三句一韵變體。

魂兮歸來，北方不可以止些。增冰峨峨，飛雪千里些。歸來歸來，不可以久些。

周拱辰曰：言炎天皆冰，四時皆雪也。

魂兮歸來，君無上天些。虎豹九關，啄害下人些。一夫九首，拔木九千些。豺狼從目，往來侁侁些。懸人以娭，投之深淵些。致命於帝，然後得瞑些。歸來歸來，往恐危身些。上，時掌反。天，叶銕因反。從音縱。侁音莘。娭音嬉。淵，叶一音反。瞑，平聲。

集注：言天門九[一]重，虎豹守之。侁侁，衆貌。從，竪也。

魂兮歸來，君無下此幽都些。土伯九約，其角觺觺些。敦脄血拇，逐人駓駓些。參目虎首，其身若牛些。此皆甘人，歸來歸來，恐自遺災些。都，叶丁奚反。觺音宜。脄，一作脢。拇，一作母。駓音丕。參，一作三，蘇甘反。牛，叶魚奇反。遺，去聲。災，叶子私反。

集注：土伯，后土之伯。約，屈也。言其身九屈。觺觺，角鋭貌。敦，厚也。脄，背也。足大指曰拇。駓駓，走貌。甘人，此物食人以爲甘美。

周拱辰曰：土伯，土神也。其神牛身。土，屬牛也，猶東方木神爲勾芒，其神龍身，西方金神爲蓐收，其神虎身是也。九約，約，尾也。吕氏春秋：「肉之美者，旄象之約。」九約，言九尾也。①敦脄血拇，背厚而足指多血，以利爪攫人，常多血也。曰「參目」、曰「九尾」、曰「虎首」，寫牛身怪狀若此。甘人，噉人若飴也。

【眉批】

①前曰「九首」，又曰「三目」，此言九尾。解九曲者，謬。

魂兮歸來，入脩門些。工祝招君，背行先些。秦篝齊縷，鄭綿絡些。招具該備，永嘯呼些。魂兮歸來，反故居些。門，叶莫連反。背音倍。篝音溝。絡，叶力户反。呼，叶胡故反。

集注：脩門，郢城門也。男巫曰祝。巫背反走，則面向魂，而先爲引導者，以致敬。篝，籠也。縷，綫也。綿絡，纏縛之具。魂行乘空，故設篝縷爲綫，綿絡爲笮，若世之所爲浮度是也。[二]嘯呼，即所謂「臯」也。

周拱辰曰：舊訓篝縷爲綫，綿絡爲笮，若世之所爲浮度。非是。蓋浮度起於浮屠氏，人死有魂幡度橋，異端之説。古無此制也。按：篝，籠箸也，以竹爲之，蹲於靈筵，覆之以栖魂者。縷，即組縷，用五色彩線，結縷於靈筵是也。水經注「齊阿邑出繒組」所云「阿裼」之類，故曰「齊縷」。綿絡，靈幡也，即鄭僑所贈「縞紵」之屬。周禮：「夏采掌復之官。」復，謂始死招魂復魂也。古者人死，使人以其上服，升屋而號，遂以其衣三招之。乃下以覆尸，冀其復生也。又以乘車建綏，復于四郊，綏以牛毛尾爲之，綴於橦上，象太常之旗，冀神魂識之也。①綿絡，即此遺制。

【眉批】①覆箸栖魂，建縷覆魂，皆周禮古制。

天地四方，多賊奸些。像設君室，静間安些。間音閑。

集注：像，楚俗人死，則設其形貌於室而祠之。

周拱辰曰：孝子不忍忘親，繪像以藏之，歲時則展壁而拜奠焉。以妥神明，謂之壽宫，以設靈几，謂之影堂。

高堂邃宇，檻層軒些。層臺累榭，臨高山些。①網户朱綴，刻方連些。冬有穾厦，夏室寒些。川谷徑復，流潺湲些。光風轉蕙，氾崇蘭些。經堂入奥，朱塵筵些。累，上聲。穾，於叫反。

集注：檻，楯也。從曰檻，横曰楯。軒，樓板也。層、累，皆重也。無木謂之臺，有木謂之榭。又曰：凡臺無室曰榭。網户者，以木爲門扉，而刻爲方目，如羅網之狀，即漢所謂「罘罳」，程泰之以爲今之隔亮也。朱綴者，以丹朱餙其交綴之處，使其所刻之方相連屬也。穾，深也。爾雅：「東南隅謂之穾。」厦，大屋也，謂温室也。盛夏暑熱，則有洞達陰堂，其内寒凉也。源流爲川，注谿爲谷。徑，過也。復，反也。言所居之舍，激導川水，徑過園庭，回通反覆，其流急疾又潔净也。光風，謂雨止日出而風草木有光也。轉，摇也。氾，猶氾氾，摇動貌。西南隅謂之奥。塵，承塵也。筵，竹筵也。言風自蘭蕙之間，經由堂中，以入於奥與塵筵之間也。鋪陳曰筵。藉之曰席。

周拱辰曰：軒，非樓板，即軒敞之軒。言堂宇既高邃，則檻亦因之層疊軒敞也。此正與下伏檻異。王弇州曰：「穾厦，複屋也。」逸雅曰：「水直波曰涇。涇，徑也。」言流泉一道，而勢則回溯也。光風轉蕙，正是春景。爾雅：「水决之澤爲汧，决復入爲氾。」氾，水去復還也。言風往摇蕙，還復旋而吹蘭也。朱塵筵，舊朱子無訓，以其礙耳。愚謂朱塵，猶紅塵，春時落紅滿地，風吹起而拂筵也。

【眉批】①此段皆山景。

砥室翠翹，挂曲瓊些。翡翠珠被，爛齊光些。①蒻阿拂壁，羅幬張些。纂組綺縞，結琦璜些。室中之觀，多珍怪些。瓊，叶渠揚反。幬音儔。

集注：砥，礪石也。穀梁云：「天子之桷，斲之礱之，加密石焉。」注云：「以細石磨之。」翹，鳥尾長毛也。曲瓊，玉鈎也。翡，赤羽雀。翠，青羽雀。蒻，蒻席也。阿，曲隅也。拂，薄也。以蒻席替壁之曲也。幬，禪帳也。纂、組，綬類也。纂似組而赤。綺，文繒也。縞，細繒也。言幬帳皆用綺縞，又以纂組結束玉璜爲餙也。

周拱辰曰：被在窗牖之隅，所以遮日光者。翡翠綴之，而又餙以珠也。蒻阿，蒻草軟細，而有曲痕之貌，拂四壁使之瑩净，而后張設羅幬也。室中之觀多珍怪，言室制既華且美矣，而室中陳設，尤多奇麗之觀，凡寶玉珠貝，圖畫彝鼎，前代法物，以至異域奇産，無不畢羅也。今高門供客，盛設玩器以爲觀美，往往有之。

【眉批】

①爛若披錦，無處不善。

蘭膏明燭，華容備些。二八侍宿，射遞代些。九侯淑女，多迅衆些。盛鬋不同制，實滿宮些。容態好比，順彌代些。弱顔固植，謇其有意些。姱容備態，絙洞房些。①蛾眉曼睩，目騰光些。靡顔膩理，遺視矊些。離榭脩幕，侍君之閒些。備，叶步介反。射音亦。衆，叶直弓反。鬋音剪。代，叶徒系反。絙、亘同。曼音萬。矊音綿。間音閑。

集注：蘭膏明燭，以蘭練膏而漑以爲燭，則馨從燭出也。二八，二列也。大夫有二列之樂，故晉悼公賜魏絳女樂二八，歌鐘二肆也。射，厭也。遞，更也。九侯淑女，設言商九侯之女，入之紂而不喜淫者。絙，竟也。睩，目睞謹[三]也。遺視，竊視也。矊，脉也。方言：「驢瞳之子謂之矊。」注云：「矊，邈也。」離，别也。脩，長也。幕，大帳也。間，閑暇也。鬋，鬢也。不同制，即後世所云靈蛇之髻，墮馬之髻，種種不同也[四]。

周拱辰曰：蘭膏，非以蘭煉燭也。楊升庵云：「凡蘭皆有露珠一滴，含在花蓝間，此謂蘭膏，甘香倍於常蓝。」蓋取蘭露以爲膏，猶美人取蘇蘗露以掠鬢是也。髻，鬢也，非髻也。不同制，即今所云翹尾鬢、掩耳鬢、半月鬢、蟬鬢、鴉翎鬢之類。漢魏六朝間有眉譜、鬢譜，即此意。弱顔，體態温柔。固植，端立不動。謇其有意，言不作妖冶，含情無盡也。曼睩，言目色溜人，所云「鶻老眼」也。視矊，矊，脉也，猶脉脉不得語意。古稱眉語者，此以目語也。離榭，即「彼黍離離」之離。前曰「累榭」，重疊也。此云「離榭」，陸離相間也。

【眉批】

①清臚一耳，侍間則曰騰光，既醉則曰層波。文心静眇，真作賦手。

翡帷翠帳，飾高堂些。①紅壁沙版，玄玉之梁些。仰觀刻桷，畫龍蛇些。坐堂伏檻，臨曲池些。芙蓉始發，雜芰荷些。紫莖屏風，文緣波些。文異豹飾，侍陂陁些。軒輬既低，步騎羅些。蘭薄户樹，瓊木籬些。魂兮歸來，何遠爲些。蛇、池，並叶徒河反。陂音頗。陁音駞。籬，叶音羅。爲，叶音訛。

集注：紅壁，以丹砂塗壁。沙版，沙棠之版。桷，椽也。畫，刻畫也。春秋「刻桓宮[五]桷。」此蓋刻龍蛇而彩畫之也。坐堂伏檻，言池中小閣，堂可容坐，而檻可憑伏也。芰，菱也。秦人謂之薢茩。屏風，水葵也，又名凫葵，又名防風。即荇菜，生水中，莖紫色。文緑波，言芙蓉屏風，花葉雜色，風蹙水動，緑波爛若也。陂陁，長堤也。文異豹飾，言侍從人皆衣虎豹之文，異采之色也。軒，曲輈藩車。低，俛也。凡車待駕，方低而未昂，詩所謂「如輊如軒」者也。瓊木，猶言玉樹。

周拱辰曰：紅壁沙版，説文：「紅，帛赤白色。」即今俗稱桃紅也。木之卧土，久而堅者，通稱沙版。言以桃紅塗壁版，又堅固而净也。刻桷畫龍蛇，即考工記「深其爪，出其目，作其鱗之而」也。坐堂伏檻，坐非坐立之坐，伏亦非憑伏之伏，皆卑隉下垂之意。前云「高堂邃宇檻層軒」，此則堂不高而矮，如蹲踞然，檻不軒而俯，如僂伏然。前臨高山，此臨曲池，一襲山之爽，一襲水之幽。山高敞，堂檻亦與之俱敞，水低伏，堂檻亦與之俱伏。雖曰各有規制，亦因其勢爾。武陵記：「兩角曰菱，三角、四角曰芰。」屏風，非草名。楊升庵謂「葉障風」。屏音丙，正與緑波爲對。宋吴感詩「緑波春漾紫莖風」是也。軒輬既低，非低昂之低，猶詩「曠野天低」之説也。薄户，逼户也。語曰「氣薄雲天」。言芳蘭逼舍而種。

【眉批】

① 此段皆水景。

家室遂宗，食多方些。稻粢穱麥，挐黃粱些。大苦鹹酸，辛甘行些。肥牛之腱，臑若芳些。和酸若苦，陳和羹些。胹鼈炮羔，有柘漿些。鵠酸臇鳧，煎鴻鶬些。露鷄臛蠵，厲而不爽些。穱音卓。挐，女居反。行音航。腱，居延反。臑音儒。羹，叶音郎。胹音而。柘、蔗同。臇，於兖反。臛音霍。蠵音奚。爽音霜。

集注：稻，今秔、粳二米也。粢，稷也，亦名穄。穱，擇也。穱麥，稻處種麥，而擇取其先熟者。挐，揉也。黃粱出蜀漢，兩[六]浙亦種之。美而香，逾於諸粱，號爲竹根黃。大苦，豉也。腱，筋頭也。臑，爛也。若，杜若，用以煮肉，則去腥而芳也。「若苦」之「若」作及。胹，煮也。羔，羊子。炮，合毛裹物而燒之。柘，藷蔗也。言取藷蔗之汁爲漿飲也。鵠酸，以酢烹鵠也。臛之少汁曰臇。露鷄，露栖之鷄。有菜曰羹，無菜曰臛。蠵，龜屬。厲，洌也。爽，敗也。楚人名羹敗曰爽。

周拱辰曰：稷爲五穀長，以其中央之穀；或爲粢或爲穄。穆天子傳：「赤烏之人獻穄百載。」月令：「中央土，食稷與牛。」穱，説文謂「蚤熟穱麥」，蓋麥之蚤熟者。①粱有青粱、黃粱、白粱三種。黃粱，穗大毛長粒麄，收子少，不耐水旱，食之香味，倍於諸粱。辛甘行，言取豉汁，調以鹹酸，椒薑飴蜜，則辛甘之味皆發而行。豉爲大苦，即爾雅以「甘草爲苦草」是也。肥牛美而牛筋更美，故曰「肥牛之腱」。柘漿，所以飲者，此則以烹鼈與羔也。今人欲烹美味，以甜酒澆之，即此意。周禮「四飲」之物，三曰[七]漿。石氏星經：「酒醪五齊之物，天文酒旗星主之。漿水六清之屬，天文天乳星主之。」內則所云「酒與漿」，本自兩物。漿有以米作者。粟米新熟，煎味甘酸，微温無毒，主調中引氣是也。有以菓作者，唐宴士有三勅漿、訶梨勒、菴摩勒、烏攬勒是也。有以柘作者，漢泰樽柘漿，唐大庖還有柘漿寒是也。鶬酸，以酢治鶬。臇鳧，小腊也。鶬，鴰也。又鶬鷹爲鴰。玄鶬，長足群飛，鳴則霜下是也。

【眉批】

① 種種精細，如郇廚庖師和羹妙手。

粔籹蜜餌，有餦餭些。瑶漿蠠勺，實羽觴些。挫糟凍飲，酎清涼些。華酌既陳，有瓊漿些。歸反故室，敬而無妨些。①粔音巨。籹音汝。餦音張。餭音皇。蠠音蜜。勺音酌。酎，值又反。

集注：粔籹，環餅也。吴謂之環膏。以蜜和米麪，煎熬作之。餌，擣黍爲之。方言謂之糕。餦餭，餳也。以糵熬米爲之，亦謂之飴。瑶漿，漿色如玉者。蠠，見禮經，通作冪，以疏布蓋尊者。勺，挹酒器也。羽觴，酌酒之器，爲生爵形，似有頭尾羽翼也。言舉冪用勺，酌酒而實爵也。挫，捉也。凍，冰也。酎，醇酒也。言盛夏則爲覆甕乾釀，捉去其糟，取其清醇，居之冰上，然後飲之，酒寒涼又長味好飲也。酌，酒斗也。

周拱辰曰：孔子食先黍，以黍爲五穀之先。黍又擣以爲餳，謂之粻餭。及原死，楚人以菰葉裹黍祠之，謂之角黍。可山林氏曰：「此自是三品。粔籹乃蜜麵之乾者，蜜餌乃蜜麵之少潤者，粻餭乃寒食具也。」禮經「疏布」，以祭天地用，至祀宗廟，則以畫布矣。此靈勺，必以玉繡爲之。觀下句「華酌瓊漿」，必不以布覆也。篇中曰「光風轉蕙」、曰「芙蓉始發」、曰「綠蘋齊葉」、曰「獻歲發春」，又曰「目極千里傷春心」，皆指春時言。哀郢曰「方仲春而東遷」，蓋屈原遷國以春，故招魂亦以春。而晦翁以盛夏居酒冰上，豈非背語乎？「挫糟凍飲」，謂以篘壓醅，除去糟而冷飲也。酒宜溫服，惟新醅宜於涼飲。熱服之，反悶人。上云「有瑶漿」，此曰「有瓊漿」，非複也。瑶漿，白玉色。此「頳玉色」，所云「黄流」是也。②

【眉批】①説物知味，盡態得神。
②既曰「盛夏」，又曰「居之冰上」，其繆自見。且此時招以春。豈夏時之用招乎？

肴羞未通，女樂羅些。敶鐘按鼓，造新歌些。涉江采菱，發揚荷些。美人既醉，朱顏酡些。①娭光眇視，目曾波些。被文服纖，麗而不奇些。長髮曼鬋，艷陸離些。揚荷，一作陽阿。酡，叶徒何反。曾，一作層。離，叶戈反。

集注：肴，骨體，又葅也。致滋味爲羞。按，猶擊也。荷，當作阿。涉江、采菱、揚荷，皆楚曲名。不奇，奇也。

周拱辰曰：「陳鐘按鼓造新歌」，是鐘乃歌鐘，鼓乃應鼓也。鐘小而各應呂律，同在一簴，上下皆八。春秋言「歌鐘二肆」是也。爾雅：「小鼓謂之應。」縣鼓在西，應鼓在東。周禮「登歌令奏擊拊，應鼓輮以應之」是也。②

【眉批】

① 情事妖麗，寫出一幅醉姬圖。

② 確詳如許。

二八齊容，起鄭舞些。衽若交竿，撫案下些。竽瑟狂會，搷鳴鼓些。宮庭震驚，發激楚些。吳歈蔡謳，奏大呂些。下，叶音户。搷，一作填。歈音俞。

集注：衽，衣襟也。言舞身迴轉。歛身鶻落，衣不蹈揚，所以衽若交竿。撫案下者，按節徐行，如推若曳者也。搷，急擊也。激楚，歌舞名。

周拱辰曰：二八，兩列十六人。或曰：二八，艾齡也。齊容，言妝飾一般。衽若交竿，即世所云「斂衽」。案，非摩案，即舉案齊眉之案，食具也。周禮：案十有二寸，天子用之。卿大夫亦有彩飾者。撫，盤旋也。言舞者纖束如竿之植，回轉如竿之交，而盤旋於案下也。吳歈慘，蔡謳淫。吳歈蔡謳矣而曰「奏大呂」，以艷曲始，以雅歌終也。

士女雜坐，亂而不分些。放歌組纓，班其相紛些。鄭衛妖玩，來雜陳些。激楚之結，獨秀先些。結，古詣反。先，叶蘇津反。

集注：組，綬也。纓，冠系也。結，頭髻也。激楚之結，蓋歌舞此曲者之飾。秀先，秀異而先進於衆也。

周拱辰曰：士女雜坐，既歌舞相紛矣，又曰「鄭衛妖玩」，何物也？此非另有美人，亦非别有歌舞之謂也。凡宴飲豪盛者，歌舞小停，另行劇戲，如吞刀吐火，盤鈴磈壘，魚龍犓牴之類，各以其土之妖幻相兢，然後終場歌舞是也。激楚之結，淮南言「鄭舞者髮若結旌」，許氏曰：「屈而復舒也。」①詩云：「匪伊卷之，髮則有旟。」結旌，「則旟」之義。又曰「卷髮如蠆」，言首鬋整然矣。秀先，言不太揚，不太縮，秀雅獨擅其先也。

【眉批】

① 結字義確，訓頭髻者非。

箟蔽象棊，有六簙些。分曹並進，遒相迫些。成梟而牟，呼五白些。晉制犀比，費白日些。鏗鐘搖簴，揳梓瑟些。箟音昆。蔽音潎。簙、愽同。迫，叶補各反。日，叶音若。揳音戛。瑟，叶音朔。

集注：箟，竹名。簙，愽齒也。箟簙作箸，象牙作棊。愽雅云：「投六箸，行六棊，故爲六簙也。」曹，偶也。遒，亦迫也。投箸行棊，轉相遒迫，使不得擇行也。倍勝爲牟。五白，即簙齒。言己棊已梟，當成牟勝，故呼五白，以助投也。晉制犀比，謂晉國工作簙棊箸，[八]比集犀角以爲雕餙。鏗，撞也。簴，懸鐘格。揳，轢也。

周拱辰曰：按六簙，用十二棊，白黑相等，所擲頭謂之瓊。瓊，有五采。或曰六簙，即今骰子。用六隻骰，故名。又云：以五木爲骰，有梟盧雉犢塞，爲勝負之采。必刻一頭如梟鳥形，得之爲最勝，故爲呼盧。前曰「陳鐘按鼓」、曰「竽瑟狂會」，此又云「鏗鐘搖簴」，言擊鐘無已，紐亦搖曳而不定。又曰「揳梓瑟」，言戛瑟不已，絃亦轢而幾斷也。

娛酒不廢，沉日夜些。①蘭膏明燭，華鐙錯些。結撰至思，蘭芳假些。人有所極，同心賦些。酎飲盡懽，樂先故些。魂兮歸來，反故居些。②鐙音燈。錯，七故反。假，叶音故，一音格。居，叶舉慮反。

集注：鐙，錠也。錠中置燭，故謂華燈。言其刻畫爲鳥獸之形也。極，傾倒也。先故，舊事也。陳嬰母曰「汝家先故未曾貴」是也。又曰：先代典故也。

周拱辰曰：沉非沉湎，即沉没之沉。言無數白日良夜，都向酒中沉没，不但白日費，夜亦費也。假，即「奏假無言」之假，言幽思濬發，淑如芳蘭也。先故，先輩故舊也，即「室家遂宗」等人。

【眉批】

① 非結撰一段，衹成豪飲傖父。

② 一句総收。

亂曰：獻歲發春兮，汩吾南征。① 菉蘋齊葉兮，白芷生。路貫廬江兮，左長薄。倚沼畦瀛兮，遥望博。青驪結駟兮，齊千乘。懸火延起兮，玄顔烝。步及驟處兮，誘騁先，抑鶩若通兮，引車右還。與王趨夢兮，課後先，君王親發兮，憚青兕。朱明承夜兮，時不可淹。皋蘭被徑兮，斯路漸。湛湛江水兮，上有楓。目極千里兮，傷春心，魂兮歸來哀江南。乘，叶平聲。還音旋。先，叶音私。栢梁詩入時韵。兕，叶音詞。漸音尖。楓，叶孚金反。南，叶尼金反。②

集注： 廬江、長薄，皆地名。左者，行出其右也。畦，猶區也，瀛池中也。楚人名池澤中曰瀛。純黑爲驪。結，連也。懸火玄顔，言夜獵懸〔九〕燈林中，其火延及燒於野澤，上烝玄天而赤也。步及驟處，步行而及驟馬所至之處，言走之疾也。誘，蓋爲前導而馳騁，以先誘獵衆，若儀禮射儀之有「誘射」也。若，順也。止馳鶩者，使順通獵事，引車右轉，以射獸之左也。夢，澤名。楚有雲夢澤，方八九百里，跨江兩岸。雲在江北，今玉沙、監利、景陵等縣是也。夢在江南，今公安、石首、建寧等縣是也。兕，似牛，一角，青色，重千斤。朱明，日也。皐，澤也。漸，没也。春深則草盛，水深而路没也。楓，似白楊，葉圓而岐，有脂而香，厚葉弱枝，至霜後，丹葉可愛，故騷人多稱之。目極千里，言湖澤博平，春時草短，望見千里，令人愁思也。玉意欲原復歸郢都，故言江南之地，可哀如此，不宜久留也。

周拱辰曰：春獵，故駕青驪。月令：「孟春之月，天子居青陽左个，乘鸞輅，駕蒼龍。」蒼龍，即青驪也。四馬総轡曰驅。與楚君同車驅馳獵，故曰「齊千乘」。懸火，楊用脩謂即今之紗提，火起而綿延不斷。言夜獵而雜火之多也。玄顔，即獵者之顔，夜色，故曰玄顔。火光映射，故曰烝也。趨夢，按春秋魯昭公三年，鄭伯如楚，子産備田具以田江南之夢。郭景純言，華容縣東南丘湖地是也。課後先，臣非敢先君也，言獵騎縱横馳突，或先之，或後之，課所獲之多寡爲飲至也。兕，有赤兕、青兕。詩美宣王「殪此大兕」，唐叔虞射兕於徒林，殪以爲大甲，以享晋封。其後世之臣，相與傳頌之，以愧其君。此曰「君王親發兮憚青兕」，以服猛，歸美其君，而臣亦有榮施，庶幾可以娱魂而來之云爾。漸，即漸濡。言夜深露零，草沾路滑，宜知息也。楓葉經霜，丹紅可愛，故愁人多稱之以起思。當春時，既已菉蘋齊葉，皐蘭被徑，則楓葉亦既離離而青矣。此時物色潔茂，千里可愛，春心何以傷乎？悲哉秋氣，而不知春心之更可悲也。何則？以仲春東遷，遇春而知放臣無聊之不自已也。世之言閨情者，曰「春愁」、曰「春思」、曰「傷春」，謂此也。目極千里，殆引領兩東門乎？嗟乎！有女懷春，含情遲吉士之誘。有士怨春，何時來明主之憐？無限哀怨，無限冀幸，道意言情，黯然魂折。③

【眉批】

①篇中無獵事，故此足之，寫得生動。

②蘭徑、江楓，皆因及時爲樂，至目及傷心，則筆端窈然矣。

③該博精玅。

桑悦曰：招魂體極奇，詞極麗，亦玉之翃格也。昔人云：天不生屈原，不見離騷。予云：天不生宋玉，不見招魂。

王世貞曰：楊用脩言：招魂遠勝大招，足破宋人眼耳。宋玉深致不如屈原，宏麗不如司馬，而兼撮二家之勝。

周拱辰曰：招魂精麗刻畫，幾于自然，可謂繪人能語，畫龍欲飛，人巧天工，兩臻其至。〇又曰：招魂如太真肌豐善舞，大招妍麗不如，而一種淡欲無言，番有天寒翠袖之致，優此劣彼，皆目論也。

【校勘記】

〔一〕「九」，原作「加」，據集注改。
〔二〕自「故設」以下至「浮度是也」，不見于集注，由陸疏竄亂於此。
〔三〕「謹」，原作「緊」，據集注改。
〔四〕「不同制」至「不同也」，不見于集注，由陸疏竄入於此。
〔五〕「官」，原作「公」，據集注改。
〔六〕「兩」，原作「商」，據嘉慶本改。
〔七〕「曰」原作「月」，據嘉慶本改。
〔八〕「箸」，原作「制」，據集注改。
〔九〕「懸」，原作「延」，據集注改。

離騷草木史卷之十[一]

古檇李周拱辰孟侯注

錢塘程光禋奕先
吳江顧樵樵水
參閱

六世孫踴潛、以清
七世孫東、枲、椅、楨、桂、材、楚、榮、相、榦重校刊

大招

周拱辰叙曰：大招，嗣招魂而作也。宋玉、景差，皆原弟子，而同其聲以號之，均之不能已於此也。「既莫足與爲美政兮，吾將從彭咸之所居」。玉以種種之娛獵侑之，而差以三王侑之以是耶？夫固曰侑之以種種之娛獵，不如侑之以三王之饌之飽也云爾。不然者，三閭之魂餒而，抑玉與差大其聲以號之，而師弗聞，猶之原大其聲以號之，而君弗聞也者。則奈何？不乃陳尸者，而徒飯以貝、飯以珠乎？然則飲以豐爵，饌以三王，而珍糊之種種也，不以食道用美焉爾，則吾不知之矣。

青春受謝，白日昭只。①春氣奮發，萬物遽只。冥凌浹行，魂無逃只。魂魄歸徠，無遠遥只。只音止。遽，叶渠驕反。

集注：青春受謝，言玄冬謝去而青春受之也。遽，猶競也。言春氣奮發，而萬物忽遽，競起而生出也。②冥，幽暗也。凌，冰凍也。浹，周洽也。言春氣既發幽暗，冰凍之地，無不周洽而流行，故魂魄之已散而未盡者，亦隨時感動而無所逃。於是極此時而招之，欲其無遠去而歸來也。

【眉批】

①孫曠曰：極純正，却不迂腐。謂是宋儒一派未然。

②宋玉招以春，景差亦招以春。

魂乎歸徠，無東無西，無南無北只。

東有大海，弱水浟浟只。螭龍並流，上下悠悠只。霧雨淫淫，白皓膠只。魂乎無東，湯谷寂寥只。按下章例，此章上當有「魂乎無東」四字。浟音悠。皓，一作浩。膠，叶居幽反。

寥，叶力求反。

集注： 悠悠，螭龍行貌。皓膠，冰凍貌。湯谷，日之所出，其地無人也。

周拱辰曰： 崑崙之西，弱水出焉。東海何以有弱水？按水經注「東海方丈亦有崑崙之稱」，東海有崑崙，則東海當亦有弱水也。①湯谷，即暘谷。尚書「宅嵎夷曰暘谷」是也。

【眉批】

① 東海外亦有崑崙，前此未聞。

魂乎無南，南有炎火千里，蝮蛇蜒只。山林險隘，虎豹蜿只。鰅鱅短狐，王虺騫只。魂乎無南，蜮傷躬只。

蜒音延。林，一作陵。騫，讀作褰。蜿音鴛。鰅，魚躬反。鱅，以恭反。蜮音域。躬，叶居延反。①

集注： 蜒，長貌。蜿，虎行貌。鰅，魚名，皮有文。鱅魚，音如彘鳴。短狐，蜮也。說文曰：「蜮似鼈，三足。」陸機曰：「一名射影。人在岸上，影在水中，投人影則射之。」或謂含毒沙射人，名射工。蟜，舉頭貌。

周拱辰曰：蝮蛇，宋玉招魂亦用之。或曰：炎火千里，蝮蛇蜒只。乃火蛇也。蛇有火蛇，龍有火龍，鼠有火鼠，蓋物之食火者。王虺，蟒額有王字。文始經：「蜮射影而斃，我無不在也。」師曠禽經：「鵝飛則蜮沈。」蓋蜮畏鵝也。又補禽經：「鸂鶒好食短狐。」

【眉批】

①屈原專畏含沙之物。

魂乎無西，西方流沙，漭洋洋只。豕首縱目，被髮鬤只。長爪踞牙，誒笑狂只。魂乎無西，多傷害只。漭，母[二]朗反。縱，將容反。鬤，而羊反。踞，當作鋸。誒音嬉。

集注：縱，直豎也。鬤，髮亂貌。踞牙，言其牙如鋸也。誒，強笑也。其西方有神，其狀如此。

周拱辰曰：按五行秘籙：「流沙亥垣，其神豕首。」

魂乎無北，北有寒山。逴龍赩只，代水不可涉，深不可測只。天白顥顥，寒凝凝只。魂乎無往，盈北極只。赩，許力反。代，一作伐。顥音浩。凝，一作嶷，魚力反。

集注：赩，赤也。顥顥，光貌。凝凝，冰凍貌。盈北極，言此冰凍盈北極也。逴龍，燭龍也。[三]

魂魄歸徠，閒以靜只。自恣荆楚，安以定只。逞志究欲，心意安只。窮身永樂，年壽延只。魂乎歸徠，樂不可言只。安，叶一先反。

五穀六仞，設菰粱只。鼎臑盈望，和致芳只。内鶬鴿鵠，味豺羹只。魂乎歸徠，恣所嘗只。臑，仁珠反。羹，叶力當反。

集注：五穀，稻、稷、麥、豆、麻也。仞，伸臂一尋八尺也。言積穀之多。設，施也。菰粱[四]，將實，一名雕菰。臑，熟也。致，致醎酸也。芳，謂椒、薑也。内與肭同，肥也。鶬，即倉鴰也。鴿似鳩而小，青白。鵠有白、黄兩種。豺，似狗。

周拱辰曰：豺羹，臛豺爲羹也。古有猴羹、狗羹、豹羹、紫駝羹，即此類。

鮮蠵甘雞，和楚酪只。醢豚苦狗，膾苴蓴只。吴酸蒿蔞，不沾薄只。魂乎歸徠，恣所擇只。苴，即魚反。蓴，普各反。擇，叶徒各反。

集注：生潔爲鮮。蠵，大龜也。酪，乳漿也。醢，肉醬也。苦，以胆和醬，世所謂膽和者也。苴蓴，一名蘘荷。本草云：「葉似初生甘蔗，根似薑牙。」蓋切以爲香也。蒿，白蒿。春生，秋乃香美可食。蔞，蒿也。葉似艾，生水中，脆美可食。沾，多汁也。薄，無味也。言吴人工調鹹酸，爚蒿蔞以爲苴，其味不濃不薄，適甘美也。

周拱辰曰：前篇柘漿亯羔鼈，此楚酪以亯蠵雞也。犬有田犬、山犬、守犬、食犬，此苦狗，食犬也。白蒿，白於衆蒿，亦似細艾，最先諸草而生。爾雅謂「蘩，皤蒿」是也。蔞多生於吴，江東用魚羹。則吴人善能調和之，如後世千里蓴羹，未下鹽豉之比。酸最薦齒，濃則沾牙，淡則寡味，惟濃淡適中者得之，故曰「吴酸不沾薄」也。

炙鴰烝鳧，煔鶉陳只。煎鰿臛雀，遽爽存只。魂乎歸徠，麗以先只。鴰，古活反。煔音潛。臛音霍。存，叶祖陳反。先，叶桑津反。

集注：炙，燔肉也。鴰，麋鴰也。煔，爚也。鶉，鴽也。鰿，小魚也。

周拱辰曰：麗味類，言其腆而華腴，獨先衆味也。與招魂「秀先」同。彼以色，此以味也。

四酎并孰，不歰嗌只。清香凍歙，不歠役只。吴醴白蘗，和楚瀝只。魂乎歸來，不遽惕止。歰，一作澀。嗌，叶音弋。歙，一作飲。

集注：酎，三重釀酒。秦月令云：「春釀之，孟夏始成。」漢亦以春釀，八月乃成。此云「四酎」，則是四重釀矣。并，俱也。歰，不滑也。嗌，咽喉也。言不澁人之咽喉也。凍，猶寒也。再宿爲釀。蘗，米麯也。瀝，清酒也。言使吴人釀醴，和白麯以作楚瀝也。

周拱辰曰：酎，左氏爲「再釀」，漢爲三重釀。此四酎，以左氏「重釀」爲是。酒味太厚，則味苦喉歰。此不歰嗌，味厚而甘滑也。凍歙，即前「挫糟凍飲，酎清涼」意。歙與窨同，宿酒也。蓋酒味新煮，則煩澁而不甘，宿則冷窨而味全，香洌倍於新煮也。此凍歙，晦翁止釋猶寒，則前釋居之冰上。其誤自見。

代秦鄭衛，鳴竽張只。伏戲駕辯，楚勞商只。謳和揚阿，趙簫唱只。魂乎歸徠，定空桑只。代，一作岱。

集注：代、秦、鄭、衛，當世之樂。伏戲之駕辨、楚之勞商，疑皆古曲名。或謂伏戲始作瑟也。徒歌曰謳。揚阿，即陽阿。趙簫，趙國之簫也。以趙簫奏陽阿，先唱而謳以和之也。空桑，琴瑟名。

周拱辰曰：按異木攷：「空桑生大野山中，爲琴瑟之最。」又，吕覽云：「顓頊生自弱水，寔處空桑。」蓋美木，因以名地也。

二八接武，投詩賦只。叩鐘調磬，娱人亂只。四上競氣，極聲變只。魂乎歸徠，聽歌譔只。

集注：投，合也。詩賦，雅樂，關雎、鹿鳴之類是也。叩，擊也。金曰鐘，石曰磬。四上，未詳。譔，具也。

周拱辰曰：四上競氣，按焦弱侯類林：古者樂三上乃止，此云「四上」，四奏樂，以宣四時之氣也。

朱脣皓齒，嫭以姱只。比德好閒，習以都只。豐肉微骨，調以娛只。魂乎歸徠，安以舒只。嫭音户。姱，叶苦胡反。比，必寐反。閒音閑。

集注：嫭，姱好貌。好閒，謂美好而閑暇。習，謂習於禮節。都，謂容態之美也。

嫮目宜笑，蛾眉曼只。容則秀雅，穉朱顔只。魂乎歸徠，靜以安只。嫮與嫭同。

集注：曼，長而輕細也。則，法也。穉，幼也。

周拱辰曰：穉非幼，言顔色嫩紅也。

姱修滂浩，麗以佳只。曾頰倚耳，曲眉規只。滂心綽態，姣麗施只。①小腰秀頸，若鮮卑只。魂乎歸徠，思怨移只。佳，叶居宜反。滂，一作漫。思怨，一作怨思。

集注：鮮卑，衮帶頭也。言腰肢細小，頸鋭秀長，若以鮮卑之帶，約而束之也。補曰：鮮卑之帶。匈奴傳所謂「黄金犀毗」，孟康以爲要中大帶，張晏以爲鮮卑郭洛帶，瑞獸名，東胡好服之者也。魏書曰：「鮮卑東胡之餘。別保鮮卑山，因號焉。」②

周拱辰曰：倚耳，耳輪貼肉也。滂心，心歡洽也。小腰，腰細削如弱柳。所謂楚王好細腰，習俗成風也。

【眉批】

① 他人纚纚處，着一二言，如含苞微拆。

② 此注無謂，意鮮卑人纖束，故云然耳。

易中和心，以動作只。粉白黛黑，施芳澤只。長袂拂面，善留客只。魂乎歸徠，以娛昔只。易，以豉反。澤，叶待洛反。客，叶苦各反。昔，叶先約反，一作夕。

集注：芳澤，芳香之膏澤也。昔，夜也。

周拱辰曰：古樂府有昔昔鹽。鹽，樂也，言夜夜樂也。

青色直眉，美目婳只。靨輔奇牙，宜笑嘕只。豐肉微骨，體便娟只。魂乎歸徠，恣所便只。嫲音緜。靨，於牒反。輔，一作酺，扶羽反。嗎，虛延反。便，平聲。

集注：青色，謂眉也。嫲，美白貌。輔，頰車也。左傳「輔車相依」。嗎，笑貌。

周拱辰曰：青色，色如螺黛也。前曰曲眉，此曰直眉。前新月眉，此一字眉也。靨，即笑容，頰有嫣痕也。奇牙，所謂齒如編貝，齒如瓠犀也。豐肉微骨，所謂豐若有餘，捫若無骨也。

夏屋廣大，沙堂秀只。南房小壇，觀絶霤只。曲屋步櫩，宜擾畜只。騰駕步遊，獵春囿只。壇音善。觀音貫。櫩，一作檐。畜音嗅[五]。

集注：沙，丹沙也。壇，猶堂也。觀，猶樓也。霤，屋宇也。曲屋，周閣也。步櫩，長砌也。上林賦作步櫩，李善云：「長廊也。」

瓊轂錯衡，英華假只。茝蘭桂樹，鬱彌路只。魂乎歸徠，恣志慮只。假，古路反。

集注：假，大也。言所乘之車，以玉飾轂，以金錯衡，英華照耀，大有光明也。彌，竟也。

孔雀盈園，畜鸞皇只。鵾鴻羣晨，雜鶖鶬只，鴻鵠代遊，曼鷫鷞只，魂乎歸徠，鳳皇翔只。鷫音肅。鷞音霜。

集注：鵾，鵾雞。鴻，鴻鶴也。晨旦鳴也。書曰「牝雞無晨」。鶖鶬，鶖鶬也。鷫鷞，長頸綠身，似雁。

周拱辰曰：歸藏有鳧鴛鴦、有雁鷫鷞。鷞，又作鸘。禽經曰：「鷙好風，鷫好雨，鸘好霜。」

曼澤怡面，血氣盛只。永宜厥身，保壽命只。室家盈庭，爵禄盛只。魂乎歸徠，居室定只。

集注：怡，澤貌。室家，謂宗族。盈庭，盈滿朝廷也。

接徑千里，出若雲只。①三圭重侯，聽類神只。察篤夭隱，孤寡存只。魂乎歸徠，正始昆只。

集注：接徑，猶言通路也。出若雲，言人民衆多，其出如雲也。三圭，謂公、侯、伯也。公執桓圭，侯執信圭，伯執躬圭，故曰三圭也。重侯，猶曰陪臣，謂子、男也。蓋楚王僭號，其縣宰皆號曰公，如申公、葉公之類。其小者應亦比子、男也。聽類神者，言其聽察精審如神明也。

周拱辰曰：接徑千里，指衆諸侯言。言諸侯壤地相接，各延袤千里。出而會盟，出而田獵，扈蹕屯騎，衛從如雲也。聽類神，周禮訟有五聽，此則天高聽卑。天聽自民聽之説也。察篤夭隱，所謂凡民有喪，匍匐救之也。

【眉批】

①不必尖秀，古意自莽莽。

田邑千畛，人阜昌只。美冒衆流，德澤章只。先威後文，善美明只。魂乎歸徠，賞罰當只。明，叶謨郎反。當，叶平聲。

集注：周禮九夫爲井，四井爲邑。畛，田上道也。

名譽若日，照四海只。德譽配天，萬民理只，北至幽陵，南交阯只。西薄羊腸，東窮海只。魂乎歸徠，尚賢士只。照，一作昭。海，叶呼消反。士，鉏里反。

集注：幽陵，幽州也。交阯，南夷。其人足大指開析，兩足並立，指則相交。羊腸，山名。山形屈辟，狀如羊腸，今在太原晉陽之西北。

發政獻行，禁苛暴只。舉傑壓陛，誅譏罷只。直贏在位，近禹麾只。豪傑執政，澤流施只。魂乎歸徠，國家爲只。行，下孟反。暴，不叶下韻，未詳，疑亦有皮[六]音也。壓，於甲反。罷與疲同。贏音盈。

集注：獻行，令百官上其行治，如周禮令羣吏致事，漢法令郡國上計也。舉傑壓陛，延[七]登俊傑，使在高位，以壓堦陛也。直贏，謂理直而才有餘者。禹麾，未詳。國家爲，言如此則國家可爲。

雄雄赫赫，天德明只。①三公穆穆，登降堂只。諸侯畢極，立九卿只。昭質既設，大侯張只。執弓挾矢，揖辭讓只。魂乎歸徠，尚三王只。明，叶謨郎反。降，一作上。卿，叶乞郎反。讓，如羊反。

集注：諸侯立次三公，其班既絶，乃使九卿立其下也。昭質，謂射侯所畫之地，即言白質、赤質之類也。大侯，謂所射之布，言虎侯、豹侯之類也。上手延登曰揖，壓手退避曰讓。致語以讓爲辭。古者大射、燕射、鄉射之禮，將射者皆執弓挾矢以相揖，又相辭讓，而後升射。

【眉批】

①曲終之奏，大射揖讓，猶雅絶。

劉辰翁曰：大招雅澹有古致，較之招魂，如初唐之元和，彼態愈華妙，氣自暗離耳。

周拱辰曰：大招閒静婉素，如湘竹初苞，淚痕已具，而無其點漬狼藉之態。所謂文有君子之心，宋人所以取之也。

【校勘記】

［一］原缺此卷，據嘉慶本補。

［二］「母」，原作「居」，據集注改。

〔三〕「燭龍」，集注作「山名」。
〔四〕「粱」，原作「葉」，據集注改。
〔五〕「嗅」，原作「嗅」，據集注改。
〔六〕「皮」，原作「反」，據集注改。
〔七〕「延」，原作「遥」，據集注改。

附：離騷拾細

古檇李周拱辰孟侯氏注
金式玉藍珂參訂
男周宷校閲

周拱辰曰：予撰離騷草木史訖，吟泳數四，復多觸發，間有剩義，不忍棄也。聊筆之以備嗜騷耽僻者，漫拾云爾。

正則、靈均，舊訓各釋其義以爲美稱。若謂美稱則近之，以爲各釋其義則非也。篇中曰「佳人」、曰「媺人」、曰「靈脩」、曰「蓀」、曰「荃」，皆此意。謂各釋其義，則「佳人」、「靈脩」等語，僉以比君也。豈臣不敢稱君名，而借以釋其義乎？亦難通矣。

孔子有猗蘭之操，蓋見蘭生深林，不爲人采，故傷之，且重其爲王者香也。禮經内則：「女子有賜蘭者，獻諸舅姑。」又，左傳：「燕姞生子，曰敢徵蘭乎？」又，華夷草木攷：「蜂采百花釀蜜，皆濡其股切之，采蘭則以背馱之，以獻于王。貴其爲王者香，不敢以褻承之也。」離騷云「紉秋蘭以爲佩」，曰「滋蘭之九畹」，又曰「覽椒蘭其若兹」，又「况揭車與江蘺」。原之尊蘭至矣。故曰「結幽蘭而延佇」，又曰「謂幽蘭其不可佩」。蘭曰幽蘭，其蘭可知也，即知希我貴之意也。晦翁所稱蘭草耳，其引補注與本草所言之蘭，云「似澤蘭，今處處有之」。又言「所云香草，必皆花葉俱香，故可刈而爲佩。今所謂蘭蕙，花雖香，葉乃無氣，質弱易萎，非可刈而爲佩」。然則所云「紉秋蘭以爲佩」，豈徒以其葉香而佩之耶？則秋菊薜荔之葉，未始香也。芙蓉之葉，亦未始香也。九歌曰「集芙蓉以爲裳」，又何也？既曰「處處有之」，則人皆耳而目之，何以稱曰「幽蘭」也？愚謂紉蘭爲佩，特懷芳抱潔之寓言耳。素王栖栖，撫國香而自惜。靈均見放，佩幽蘭以自旌，故曰知我者希，則我貴矣。

「哀高丘之無女」。高丘，無考。按楊雄反騷：「乘雲蜺之旖旎兮，望崑崙以樛流。覽四荒而懷顧兮，奚必云女彼高丘？」似崑崙遠而高丘近[一]也。劉向九嘆曰：「搴薜荔於山野兮，采撚枝於中州。望高丘而涕嘆兮，悲吸吸而長懷。」又東方七諫曰：「戲疾瀨之素水兮，望高山之蹇産。哀高丘之赤岸兮，遂没身而不返。」原固没身楚境耳，似皆指楚山也。且搴薜荔，采撚枝，戲疾瀨，望高山，皆不出楚境。其曰高丘赤岸，或指黄崗之赤嶼與武昌之赤壁乎？

「昔三后之純粹兮，固衆芳之所在。雜申椒與菌桂兮，豈惟紉夫蘭茝。彼堯舜之耿介兮，既遵道而得路。何桀紂之昌被兮，夫惟捷徑以窘步。」王弇州謂：「搆法全亂，此段尤甚。不可謂似亂非亂，然別是一格調。中間突然陡説處，了不具原委，只是苦難氣人，東説兩句，西説兩句，只道自己心事，不管人省不省。」吾謂此矮人觀場之説也。即如「昔三后之純粹」至「桀紂窘步」八句，言三后純粹之德，爲衆芳之所在，「雜申椒與菌桂，豈惟紉夫蕙茝」。即以明三后衆芳之所在也。言三后純粹之德，纖悉備美，豈惟大體之馨聞已乎？堯舜之耿介，先三后而立極，誠千古作君之大路也。其如桀紂之昌被，自窘厥步，何哉？章法句法，一線貫串。其曰「搆法全亂」，又曰「東説兩句，西説兩句」，吾不知其如何全亂？如何兩句是東説，兩句是西説也。

女嬃之申申，以女嬃爲原姊，舊矣。按易歸妹三爻曰：「歸妹以須。」注：「須，女之賤者。」似因其不愛原以大道，徒爲申申之詈，而賤稱之，未必原姊也。雜説「秭歸鄉有女須廟，擣衣石猶存。」大屬附會。後人因攙入水經注，更可笑。按漢書廣陵王胥傳：「胥迎李巫女須，使下神祝詛。」則須乃女巫之稱，與靈氛之詹卜，同一流人。以爲原姊，繆矣。

「吾令蹇脩以爲理。」王逸以爲堯臣。無攷。晦翁泛謂人名。亦非，猶「亡是公」、「烏有先生」之類。九章云：「命薜荔以爲理。」謂薜荔亦人名，可乎？

「何所獨無芳草兮，爾何懷乎故宇。」不曰「何所獨無鶗鴂乎，吾誰與玩此芳草也。」「恐鶗鴂之先鳴兮，使夫百草爲不芳。」亦以遥答靈氛爾。王逸：「鶗鴂，一名買鵤，常以春分日鳴。」「恐鶗鴂之先鳴」，孟子「南蠻鴂舌」。以理度之，本非秋鳥。漢儒去原未遠，皆以鶗鴂爲春鳥，當亦有據也。陶弘景最博物，尋山志曰：「函皀蘭而被蕙，及春，鴂之未鳴。」則鴂爲春鳥無疑。宋儒以秋草始衰，故斷以爲鵙。不知候至秋，即鵙不鳴，芳草寧不變耶？道學先生，往往膠執如此。

「揚雲霓之晻藹，鳴玉鸞之啾啾。」晦翁曰：「雲霓，旗旍也。鸞，鈴之著于衡者。亦有虞氏之路，謂之鸞車。蔡雍稱以金爲鸞鳥，懸鈴其中，施於衡，爲遲速之節。亦有玉爲之者。」愚按：揚旍旗而鳴玉鸞，則此鸞乃旗旍之鸞也。如詩庭燎之鸞，謂旂之鈴。蓋旌旗之有旍者爲旂。晦翁以鸞屬車。似誤。

「精瓊爢以爲粻」，楊升庵以爲米餬羹。非也。若瓊爢爲米餬羹，則「折瓊枝以爲羞」，又何物耶？蓋屑玉爲炊，古有此玄霜之擣，與瓊枝之羞，同一仙厨，且同一芳馨之寓意也。

「極勞心兮懰懰」，晦翁謂心動貌。非是。王逸謂憂心貌。是也。从心从虫，虫能食心，即所謂恙也。

「蹇誰留兮中洲，吹參差兮誰思。」「誰思」與「誰留」句相應，曰「誰留」，恐湘君自有眷注之人，而勿必屬意於我也。曰「誰思」，言湘君雖未來，我則舍湘君無思耳。參差，雖簫屬，亦取不齊之義。我之思湘君未能必湘君之顧我也。

東君一章，余注自謂得情，尚未直捷。按此是昧爽朝日之儀，時尚屬夜分而未旦，故曰「將出」、曰「將上」。既明而曰夜皎皎，照吾檻，撫余馬，主祭者特想像日出時光景耳，未即真也。於是駕輈建旗，考鐘鳴簴，陳詩合舞，恍惚神之來臨。然而仰視天，而天狼天弧猶在矣，北斗猶懸矣，于是舉矢射之，操弧而使天狼、天弧之淪，援斗酌之而速日之出。東君方撰轡高翔夜之冥冥者，始恍然而東出乎？冥冥東行，言夜皎皎者始東行而曉也。此皆一日内情事。王逸、晦翁咸謂乘馬以迎之，而夜既明，是第一日矣。反淪降，又言日下而入太陰之中，冥冥東行，又言日下太陰東行而復上出。本日之日，尚屬未出，而又筭計第二日，抑何支離也。總是膠認「夜既明」三字，疑義至今。詩曰：「鷄既鳴矣，朝既盈矣。匪鷄則鳴，蒼蠅之聲。」若無「匪鷄則鳴」句，則鷄鳴而曰「既鳴」，朝盈而曰「既盈」，宋儒必堅執以爲真鳴、真盈矣。豈不繆乎！

「窈冥冥兮以東行。」「東行」二字最妙。天左行，日亦隨之左行，非入地也。千一疏云：「日月代明，分晝夜也，非分天地而晝行天上，夜入地中之謂也。」邵子以日入地中爲搆精之象，先儒已議其褻。夫明夷之象，即大畜之象也，無真有天在山中之理，豈真有日入地中之理乎？又東有啓明，西有長庚，一星也，隨日運行。日將東出爲啓明，日將西没爲長庚。若日果入地，長庚、啓明亦同入地乎？抑日獨入地，而長庚，啓明獨在天乎？子於天問「曜靈安藏」注發之。今復於「東行」二字闡之。總之，日不藏地，而隨天運轉，非豎儒所識也。

「駕龍輈兮乘雷」，亦似有取義。沙弼茶國，日没聲若雷霆，國人吹角鳴金擊鼓，混雜日聲。不然，則小人驚仆。蓋日之出入皆有聲，故乘雷以敵之也。

「雷填填」，輕雷不斷貌。即詩所云「殷其雷」也。招魂「搷鳴鼓」，晦翁謂搷即填也。鼓淵淵，雷聲似之。雷填填，鼓聲似之。

天問

天問有可解者，有可解不可解者，有必不可解者。或事遠不彰，或書佚無攷，或字訛不真。若憑臆解之，反爲本文害。舊訓具在，聊舉一二，其繆畢露。如「出自湯谷，次于蒙汜。自明及晦，所行幾里」。問日馭所歷山川道路之近遠，如章亥氏之步是也。以天之躔度答之，不幾弄虛脾乎？如「鴟龜曳銜，鯀何聽焉」。以鯀死而聽鴟龜之食。陋矣。謂鯀聽鴟龜曳銜之計，而敗其事，鴟龜之計策何如乎？如「洪泉極深，何以寘之。地方九則，何以墳之」。寘之、墳之，明有大幹謀、大工役在。蓋聖人當水未平時，宵旰經營，正自費手。而曰水既下流，則平土自高，將子輿行所無事解之，何異三家村説清平話乎？如「崑崙縣圃，其尻安在」。尻，尾脊骨。山身如人身一般，有頭面手足腹背臀脊等項，蓋縣圃之尾骨，在西北大活井，承淵谷之間，故屈原遥問之，乃曰尻，居也。言崑崙所居安在？又解崑崙爲王母所居，不大可笑乎？如「胡爲嗜不同味，而快鼂飽」。言何特與衆人同嗜欲，苟快一朝之飽，明言「嗜不同味」，而曰與衆人同嗜欲，可乎？如「天式縱橫，陽離爰死」。天式而曰天法，縱橫而曰陰陽，陽離爰死，而曰人失陽氣則死，抑何支離杜撰乎？如「釋舟陵行，何以遷之。」以鰲負山釋舟而陵行，反爲人所負。夫五山廣萬里，計負山之鰲，大者身千里，小者身百里，又小者身數十里，人豈能負之？舟亦豈能載之乎？且鰲何以釋舟乎？如「登立爲帝，孰道尚之。女媧有體，孰制匠之。」登立爲帝，分明指女媧説。女子而登帝，怪之也。而曰「伏羲始畫八卦，萬民登以爲帝」。爲帝獨一伏羲乎？如「恒秉季德，焉得夫朴牛。」以成湯出獵，得大牛之瑞，抑何空揑誣人乎？如「厥利維何，逢彼白雉。」以越裳曾獻白雉，昭王德不能致，而欲親迎之。越裳在交趾南，相去不知幾萬里，而曰「親往迎之」，豈昭王真欲至越裳迎之乎？摭周公白雉事，影響附會，有何交涉乎？如「伯林雉經，惟其何故。」以伯者長也，林者君也，遂以太子申生之事實之。抑何牽强乎？如「中央共牧」，以岐首之蛇，争共食牧。則「后何怒」，何以解乎？「蜂蟻微命力何固」，子厚答「細腰群螯，夫何足病」。明曰「力何固」，而曰「何足病」，不幾問馬答牛乎？求其説而不得，又以中央蠢蟻，譬中國夷狄，以爲中國牧九州而無外，夷狄恃微命而不固。若作譬喻解，又何不可解乎？如「驚女采薇鹿何祐，北至回水萃何喜。」以女子采薇，北至回水之上，止而得鹿祐之喜，劈空造揑，不更可嗤乎？如此種種，難以盡述。吾謂善讀騷者，考訂須確。又融釋立言之意，仍以必不可解者，存千古之疑，亦尚論一快也。

「夜光何德，死則又育。」世儒謂月不自有其光，借日之光以爲光。此亦懸度語耳。易曰：「日月之道，貞明者也。」豈月不自有明，借日爲明之理？又曰「背日則死，向日則育。」日月同行天地間，何處相背？不曰道並行而不相背乎？若以遠近爲相背，則更非矣。若以前後爲相背，則近之。大抵日月猶夫婦也，婦居夫前則爲逆，而光反晦，婦居夫後則爲順，而光乃昭。日月之前後亦然。嘗攷内典黑半白半說，甚精核有據。其言曰：「云何黑半？云何白半？由日黑半，由日白半。日恒逐月而行，一一日相遠四萬八千由旬，日日相離，亦復如是。若相近時，日日居月後相近也。月圓被覆三由旬，又一由旬三分之一，以是事故，十五日之月彼覆則晝，是日黑半圓滿。日日離月，亦四萬八千由旬，月日日開三由旬，又一由旬三分之一，月離日遠，則月在日後，而日乃在前矣。以是事故，十五日之月，則開净圓滿，世間則名曰白半圓滿。日日若最相離行，是時圓月，世間則說白半圓滿。日月若共一處，是名合行，世間則說黑半圓滿。若日隨月後行，日光照月光，月光麁，故被照生影，此月影還自翳月，是故見月後分不圓。以是事故，漸漸掩覆。至十五日，覆月都盡，隨後行時，是名黑半。若日在月前行，日月開净，亦復如是。至十五日，具足圓滿。在前行時，是名白半。」此說非漢宋諸儒所聞，頗足發明至理，不可廢也。

自「不任汩鴻」至「康回馮怒」，凡十二段，皆鯀禹事，娓娓言之不休。上自「邃古之初」至「曜靈安藏」，單指宇宙開闢事。此首問人物而特選鯀禹。帝高陽之苗裔，顓頊五代生鯀，鯀生禹，侈祖德也。篇中問鯀而曰「順欲成功」，又曰「纂就前緒，遂成考功。」鯀豈無功者哉？程子曰：「鯀雖九年而功弗成，然其治非他人可及也。惟其功有緒，故其自任益强，咈類圮族，公議隔而人心離矣。」又史編云：「傳稱禹能修鯀之功，則九載之間，非盡無功也，但無成耳。」僉之舉鯀也，方命圮族，帝預知之矣。帝將戒其所短，以用其所長，則曰：「欽哉！」以勉之。然則帝固將全鯀之才，而鯀則棄帝之命。天下之以才自負，傲浪不馴，祇以取敗者，寧獨一鯀哉？仲尼稱之於禮經，宋儒稱之於史鑑，功過並存，筆削斯在。聖賢豈私一鯀？而爲之推原，爲之矜惜如此，蓋深悲九載之運未夷，即才如鯀，而善用之亦無奈之何耳。況乎鯀不殛則禹不用，禹不用則四百七十年之夏祚，孰從而啓之？天蓋敗鯀以爲禪禹地，天且不能違，況人乎？抑高陽有才子八人，蒼舒、隤敳、檮戭、大臨、尨降、庭堅、仲容、叔達，天下稱之八愷。舜臣堯，舉八愷，使主后土，以揆百事，莫不時叙，地平天成。師之舉鯀也，在舜舉八愷之前，則鯀之才踰八人可知矣。其後人稱高陽八愷而鯀不與，成敗論人，自古以然耶？且鯀自高陽，實爲王父，則舜於鯀爲五世祖，而殛之不少貸，即曰其罪固然。然能容於先帝而不能容於同祖之貴人，不太忍乎！「康回憑怒，地何故以東南傾。」似正語，似結語。東流地陷，不竟康回之怒，水流不返，莫洗崇伯之冤。屈原比而言之，憑弔深矣。

「雄虺九首」，未有實攷。昔有蒼兕水獸，一身九頭，善覆舟。師尚父渡孟津，號其令速涉，雖王充有辨，然天地之間，何所不有？崑崙之丘，有天帝之神曰陸吾。又曰：堅吾，其狀虎身人面九首。山海經：開明九首。抱朴子：石脩九首。岣嶁山祝融塚崩，得營丘九首圖。又，梟麗山有獸曰蠪蛭，狀如狐而九首。又，夫子與子夏所見，稱「毛鵖九首」。雄虺，意即此類。

「羿焉彃日。」按汲郡竹書：胤甲即位，居西河，有妖孽，十日並出。海外經云：「湯谷上有扶桑，九日居下枝，一日居上枝。」自使以次第迭出，而今俱見，爲天下妖災，故羿禀堯之命，洞其靈誠，仰天控弦，而九日潛退也。假令器用可以激水烈火，精爽可以降霜回景，則羿之鑠明離而斃陽烏，未足爲難矣。此即叩心風襲，揮戈日退之說。論亦正，兩存之。

「浞娶純狐，眩妻爰謀。」按羿請無死之藥於西王母，嫦娥竊之。緯書曰：「嫦娥小字純狐。」然則純狐氏乃羿妻，浞殺羿而娶之，故足訝也。舊訓浞娶於純狐氏女，眩惑愛之。誣及其女，而失其母。且人之惑愛妻者亦大尋常，何足異乎？「何羿之射革，而交吞揆之？」舊訓貫革之射。革者，皮也，故曰射不主皮。夫羿神射也，可以射河伯，射封豨，何難貫革而稱之？然則「后羿作革，革孽夏民」，豈皆貫革之革乎？亦難通矣。愚謂革，即鼎革之革，言羿以奇射爲浞所革除也。「交吞揆之」，浞殺羿，而浞又爲夏康所誅殺也。羿死不能保其妻，浞娶之，而究亦爲人所殺，眩妻之遺禍，可勝道哉！爰謀者，只言純狐與浞同心營度耳，非必指其所謀者，必滅夏之計也。楚文王滅息，以息爲婦，未言曰「吾一婦人而事二夫」。縱弗能死，其又奚言？純狐事二夫，又與之謀，是德讎而幸其夫之死也。可以事羿，亦可以事浞，可以事浞，亦可以事他人矣。與夏姬徵舒事六夫何異？羿有淫婦人若此，宜其亡也。

「覆舟斟鄩」，按應劭曰：「壽光縣有灌亭。」杜預曰：「在縣東南，斟鄩國也。」又按地理志：「北海有斟縣。」京相璠曰：「故斟鄩國也。」郡國志曰：「平壽縣有斟亭、有寒亭。」薛瓚漢書注云：「按汲冢古文，相居斟鄩，東郡灌是也。明帝以封周後，改曰衛。斟鄩在河南，非平壽也。」又云：「太康居斟鄩，羿亦居之，桀亦居之。尚書序曰：『太康失國，兄弟五人徯于洛汭。』即此太康之居爲近洛也。」又曰：「夏相徙南丘，依同姓之諸侯于斟灌、斟鄩氏。」即汲冢書「相居斟鄩也」。既依斟鄩，明斟鄩非一居矣。是以伍員言于吴子曰：「過澆殺斟灌以代斟鄩。」是也。

「登立爲帝，孰道尚之。女媧有體，孰制匠之。」「登立」句明指女媧説。天問中儘有上句不説出人名，下句纔指出者。如「吴獲迄古，南岳是止。孰期去斯，得兩男子」。「吴獲迄古」二句即下「兩男子」事也。如「天命反側，何罰何佑？齊桓九合，卒然身殺。」「天命反側」二句，即下齊桓事也。如「何聖人之一德，卒其異方。梅伯受醢，箕[二]子佯狂。」「聖人一德」二句，即下梅伯、箕子事也。蓋上二句先述事蹟，下二句纔倒出人名。問中多有此句法。舊指登帝屬堯，便支離矣。或曰女媧繼伏羲王天下，即如左傳稱女艾，莊子稱女偊、女商，孟子稱馮婦之類，非必皆婦人。言雖近似，然亦不必强爲餙説也。緯書稱媧命娥陵氏制都良管，以一天下之音。命聖氏爲班管，以合日月星辰。又命隨氏作笙簧。三人皆女臣也。以女帝而命女臣，何不可之有？上古怪異之事多矣。史稽曰：「女媧不夫而孕，生女名女登。截竹爲笄，又登遐朝帝于靈門。」豈盡臆説哉？

「玄鳥致貽女何喜」，羅願云：「簡狄吞卵，似乎不然。按帝少皞以玄鳥爲司分之官，或簡狄之家，有娥氏之先，在少皞氏常爲之。遵其先，故曰降。契以玄鳥氏之出，故宅殷土，茫茫廣大。如春秋傳爽鳩氏，始有齊地云耳，何必吞鳦卵，命爲玄鳥哉？」此説亦正。然愚攷秦之先，脩織玄鳥，鳥隕卵，脩吞之生大業。吞卵事似又足據。詩商頌玄鳥，又豈誣哉？兩存其説可也。

「昭后成遊，南土爰底。厥利維何，逢彼白雉。」南土，即江、漢、汝、濆、二南。成遊者，不成乎遊也。君王而貪利輕出，喪身辱國，爲天下笑，其遊荒矣。楚人致辭曰：雲夢之區，有白雉焉，得雄者王，得雌者霸。楚德薄矣，敢以獻諸君王？昭聞之侈然有霸王之思，于是盛率群臣以迎之，而不知其計之詭也。白雉不可得，卒葬身楊侯之波，何利乎！左傳：齊桓曰：「昭王南征而不復，寡人是問。」屈完曰：「昭王南征不復，君其問之水濱。」即其事也。

「穆王巧挴」，愚謂挴即拇字之誤。易曰「咸其拇」，又曰「解而拇」，注：「拇，足大指也。」問中「啓棘賓商」，晦翁改「夢賓天」。「湯謀易旅」，改「康謀易旅」。此挴字當改拇字無疑。蓋因篆畫之訛，以致字義淆亂，古書往往有此。穆王好遊，加以造父八駿之馭，足跡幾遍天下。昭王炫白雉，溺於漢水。穆王謁青鳥，没于祈宮，似有天幸，故曰「巧拇」也。「環理天下，夫何索求」，或曰：求神仙也。然而祈宮之没，汲嶺之塚，又何爲乎？真誥言：「穆王北造崑崙之墟，親飲絳山石髓，飡玉樹之英，而方墓乎汲郡。」以穆王爲尸解，亦代爲解嘲云爾。始皇齎海金丹之信杳然，漢武築樓仙蹕之臨無耗，求長生者果有驗乎？「夫何索求」，求不可得，亦空費此求耳。真澹盡古來帝王采藥尋真之興。

九章

九歌九辨，俱古樂章名。天問「啓夢賓天，九辨九歌」是也。九章，亦武功之樂名。其義見于管氏。管氏曰：「三官不繆，五教不亂，九章著明。何謂九章？一曰日章，二曰月章，三曰龍章，四曰虎章，五曰鳥章，六曰蛇章，七曰鵲章，八曰狼章，九曰韓章。」章乃旌屬。屈原取此亦以自旌厥志云爾，故曰九章著明，則危危而無害，窮窮而無難。原自危爾，自窮爾而固未始危，未始窮也。以律律軍而進退肅，以律律身而生死齊。懷沙抱石，是故也夫。

「思君其莫我忠兮，忽忘身之賤貧」。言我思君而君不以我爲忠也。忽忘身之賤貧，言不以賤貧改忠也。管子曰：「壺士以爲亡資，脩田以爲亡本，然後失矯以與上爲市者，聖王之所禁也。」士儘有身處朝廷，而預爲退後一着計，潛營田業，退免憂貧，然後招摇强諫，拚一去以買名，屈原之所不敢出也。國策：「古有嫁女者，教其女以竊。其女果厚竊夫家之財，夫覺而逐之。歸家衣食豐美，自謂得計。」即此類爾。原自計不幸放棄，而秭歸之業幾何？祇有蕙蘭九畹。然豈肯以彼易此哉？君不以我爲忠猶吾忠也。「忽忘此身之賤貧」，吾固不貧也。此原所爲甘心遇罰，而退不返顧者也。

楚昭王避吴師，自郢涉睢，濟江，入于雲中，遂奔鄖。鄖，即鄖子國。在宋爲安州，今爲德州府，非今之鄖縣也。雲中，即雲夢地。江南爲夢，江北爲雲。郢本楚都，在江陵北十二里紀城南，所謂南郢也。陽春、白雪之唱在是矣。今之承天，初爲安陸，蕭梁唐宋爲郢州，所謂北郢也。其在楚非都會。然則哀郢之郢，當歸之江陵乃爲當爾。

「乘鄂渚而反顧兮，欸秋冬之緒風」。欸音哀，嘆息之聲也。楊慎曰：欸字即唉字。尸子有「進善之鼓備訊唉」也。漢韋孟詩：「勤唉厥生。」説文：「唉，譍也。」又焉開切。史記：「范增撞破玉斗，曰：唉。」方言云：「南楚謂然曰唉。」烏開切。二字音並同。如嘆與歎，欬與咳，嘯與歗，實一字耳。基語則皆楚語也。

哀郢曰：「堯舜之抗行兮，瞭杳杳其薄天。衆讒人之嫉妒兮，被以不慈之僞名。」

屈原非敢以堯舜自譽而罵讒人也，亦非啻爲堯舜兮疏也，爲衆讒人與信衆讒人者省白爾。父之於子，君之於臣，其恩一爾，况同姓之戚乎？堯舜擯不肖子而授之他人，爲天下也。不忍於天下而忍於子，其爲慈也大矣。衆讒人曰：丹朱、商均，嫡胤也，而堯舜遠之。何有區區一同姓乎？導君以不慈，而托堯舜之名以寬君。堯舜不任受此僞名也，借僞名以售欺，而又欲嫁非於前聖，此讒人所爲敢於誣聖，而厚蔽君也，惡可以無辨？

「曼余目以流觀」，觀楚也。抉眼觀吴而西門陷，曼目觀楚而東門蕪。賢人去就，係國之存亡若此。

屈原致意于良媒屢矣，非無媒之患，無良媒之患也。太公之鼓刀，傅説之操築，甯戚之飯牛，又何媒之恃乎？畜積之厚而精誠之契，蘭蕙芳茝，真吾媒也。「苟中情其好脩兮，又何必用夫行媒」。此固屈大夫素志，而不敢希他途以進者也。

「憚舉趾而緣木」、「憚褰裳而濡足」，此與孟子「緣木求魚」不同。木本無魚，緣木之求，以喻必不得也。九歌曰：「采薜荔于水中，搴芙蓉于木末。」薜荔木種而采之水，芙蓉水植而搴之木，亦必不得也。此則木種而取之木，水植而取之水，當不違所使矣，又何兩有所憚乎？然而理得矣而求通者未必通，媒得矣而衒嫁者未必嫁也。

人每有懷馨抱芳，抗節自負，世不之許，而反中其忌。薜荔、芙蓉，害之招耳。自高者易墜，緣木良可虞。皎皎者易污，濡足良可懼。故曰「登高吾不説兮，入下吾不能。」高之不可，下之不敢，真進退維谷也已。

風雲等物，有無所取而漫言之者，有有所取而隱言之者。「憐浮雲之相羊」，浮雲蔽日，使吾志不申，所以憐之也。上句曰「眇遠志之所極」，下句曰「介眇志之所感」。感者何？感浮雲也。賦詩者何？感浮雲而賦之也。古有感懷詩，即此意。九辨「仰浮雲而永嘆」，與此同一感慨。後人詩云：「總爲浮雲能蔽日，長安不見使人愁。」本此。

遠遊

「軒轅不可攀援兮」，攀字詞中疊見，雖不必拘，然軒轅不可攀，攀字似有着落。列仙傳：「黄帝煉丹於鼎湖，乘龍上升，群臣從之。一小臣攀龍髯而墜。」言雖不能攀鼎湖之龍髯，白日輕舉，姑從緱山娱戲，吹笙浪遊，勤討食氣煉神之要也。

「張咸池奏承雲兮，二女御九韶歌。使湘靈鼓瑟兮，令海若舞馮夷」。既曰「二女御」，又曰「使湘靈鼓瑟」，分明湘君，非二女明矣。然二女，亦非堯二女之娥皇、女英也。羅長源云：「岳之黄陵癸比氏墓。癸比氏，舜之第三妃。二女者，癸比氏出也。一曰霄明，二曰燭光。」山海經言，「洞庭之山，帝之二女居之」是也。又曰「舜二女處河大澤，光照百里。」大澤者，洞庭是也。然禮經既曰「舜帝南巡，三妃未之從」，癸比氏墓何以在黄陵乎？豈二女以從母而至黄陵乎？又豈癸比氏不之從，而二女獨從舜南巡至黄陵乎？吾謂湘君與二女，總是上帝之神女，使主江湖者，亦付之冥漠可爾。必實以癸比氏之女，亦多一番附會。且使舜二妃鼓瑟，又使舜所生之二女歌韶，娣女與嫡母並爲給役，不太褻乎？世儒見堯典有二女之文，遽以爲堯女舜妃。羅長源又以爲舜之二女。並誣矣。

漁父

滄浪一歌，非漁父語，亦并非孺子語。按：纓，冠系也。孺子未冠，何以有冠系乎？漁父亦未必戴冠而漁，而鼓枻也。楚漢間舊有此歌，蓋楚謡也。與孔子過江聞萍實之謡同。子輿氏偶引之，屈原亦偶引之耳。

九辨

「燕翩翩其辭歸兮」，燕有兩種：越燕小而聲亦小，謂之紫燕。胡燕大而聲亦大，謂之蛇燕。每以春分日至，以秋分日去，故曰「歸」也。然燕歸而實不盡歸，多藏於深山大澤空木中。無毛羽，或蟄坻岸中，亦云入水爲蜃蛤。淮南云「燕之爲蛤」是也。「雁廱廱而南遊」，淮南云：「雁乃兩來：仲秋鴻雁來，季秋候雁來。」仲月來者其父母，季秋來者其子也。從漠北中來過周雒，南至彭蠡，故曰南遊。古詩「雁飛至衡陽」是也。然燕甫辭歸，而雁乃隨至，當是鴻雁先來耳。

招魂

「湛湛江水兮上有楓，目極千里兮傷春心」。原抱石沉汨羅江，故宋玉即指江水招之。又去郢之日以春，故招亦以春，因時起思，不勝悲悼也。又「江水兮上有楓」，前望長楸而不見，此覩江楓而寄思。夫固以沅湘之青楓，當國門之長楸耶？即用原九章中語，句句遥呼魚腹之魂，故當解應。

韻字之學，古今難定。要而言之，晦翁以爲各從其聲之近，已思過半矣。如荆溪録衝波傳云：宰我欲短喪，顔回曰：「人知其一，未知其他。但知暴虎，未知馮河。鹿生三年，其角乃墮。子生三年，而離父母之懷。」焦氏類林：「墮音多，懷音窠。」因上韻爲他、河，遂强爲轉叶。按：墮即「墮三都」之墮，火規切。古懷與蔡同韵，毛詩云：「陟彼崔嵬，我馬虺隤。我姑酌彼金罍，維以不永懷。」又云：「習習谷風，維風及頹。將恐將懼，置予于懷。」楚辭九章云：「步倚徙而遥思兮，怊惝怳而永懷。意荒忽而流蕩兮，心愁凄而增悲。」又九歌云：「長太息兮將上，心低回兮顧懷。羌聲色兮娱人，觀者憺兮忘歸。」懷字韻與嵬、頹、悲、歸相叶。上池、河爲一韻，下墮、懷爲一韻。其章法出詩小旻之卒章。此雙句轉韻之，不可拘者也。又湯樂大濩，本音護。庾闡弔賈誼文：「張高絃悲，聲激柱落。清唱未和，桑濮代作。雖有惠音，莫過韶濩。雖有騰鱗，終臥一壑。」是又有穫音。簡易之易，本音異。崔爰司隷校尉箴：「翼翼封畿，四方之極。收監匡設，是謂王國。大漢通變，崇弘簡易。吞舟之網，以濟難厄。」是又作翊音。雁行之行，本音杭。梁簡文帝從征行：「白雲隨陣色，蒼山答鼓聲。迤邐觀鵞翼，參差覩雁行。先平小月陣，却滅大宛城。」是又作行音。是又以通篇音律叶之，取韻不取義者也。又，西方昴宿，説文云，莫飽切。从日、卯聲。按詩：「嘒彼小星，維參與昴。肅肅宵征，抱衾與裯，命實不猶。」昴與裯、猶同韻，當作力求切。史記律書云：「北至於留。留者，言陽氣之稽留也，故曰留。」索隱云：「留，即昴也。」毛傳亦以留爲昴，正與詩韻合。且劉、留、駵、柳等字，並從丣爲聲。丣字，古文酉。律歷志云：「留孰于酉。」昴爲西方之宿，故從丣，而音與留同。不知何時轉爲卯音？此又以本字作別字讀之，非僅如平仄之失而已。又榮，本八庚韻。遠遊：「登巒山而遠望兮，好桂樹之冬榮。觀大火之炎煬兮，聽大壑之波聲。」又，九章「時曖曖其將罷兮，遂悶嘆而無名。伯夷死於首陽兮，卒夭隱而不榮」是也。楊用脩欲纂入東韻，則全以近日俗韻律之，其悞益甚。又，古字能叶拏，理叶賴，皁叶沓，乃叶仍，如此種種，難以槩律。善讀者諷全章之義，其音自出。所謂神而明之，存乎其人。必欲膠今泥古，支離其舌，而强附韻學，彌見其戾也已。

離騷補

爾雅曰：「犬八尺曰豫，形如麀，善登木。」

天問補

華夷花木攷曰：「文選注云：靡苹，即華苹，瑞木也。天下大平，則華葉皆平。天下亂，則華葉向其方傾側。」

華夷花木攷曰：「梟華，即不死草。祖洲有草，吐花如梟，物有斃者，啣草覆之即活。或曰：螢芝是也。食之，九竅洞明。」

千一疏云：「大禹治水之功，專任而時久，因父者也，非蓋父之愆也。禹之傳子，郊鯀以祀天，報父者也，非厚子之私也。」

一握經云：「堯時洪水，巫支祈爲孽，禹策應龍，驅之于下龜山足下西潭。唐永泰中，有御史將牛二十四頭，盤瑣拽出之，瑣將盡，怪躍空中。長三百尺有奇，金目雪牙，聲如霹靂，人牛俱没。」陸廷秀詩云：「禹鎖支祈淮水安，旌陽鐵柱可同觀。蛟精不鎖支祈逸，東土焉知不海湍。」明周孟侯詩云：「治河莫笑禹無功，其奈支祈肆孽凶。疏瀹決排亦易事，只愁無術跨飛龍。」又詩云：「神禹鞭龍畫九州，洪波從此得安流。應龍不逐支祈孽，疏鑿奇功未必收。」又詩云：「鎖械支祈幾百秋，豎儒兒戲拽盤牛。倘然鎖斷支祈逸，遮莫重勞聖主憂。」

明王世貞云：「能使離弧落九日，却留明月隱嫦娥。」落九日，自是堯時羿。以爲夏羿，非是。周拱辰又識。

【校勘記】

[一]「近」，原脱，據嘉慶本補。

[二]「箕」，原作「季」，據天問改。

圖書在版編目(CIP)數據

離騷草木史 / (明) 周拱辰撰;黃靈庚點校. —上海: 上海古籍出版社, 2019.11

(楚辭要籍叢刊)

ISBN 978-7-5325-9377-4

Ⅰ.①離… Ⅱ.①周… ②黃… Ⅲ.①楚辭研究 Ⅳ.①I207.223

中國版本圖書館 CIP 數據核字(2019)第 228060 號

楚辭要籍叢刊

離騷草木史

[明] 周拱辰 撰

黃靈庚 點校

上海古籍出版社出版發行

(上海瑞金二路 272 號 郵政編碼 200020)

(1) 網址: www.guji.com.cn

(2) E-mail: guji1@guji.com.cn

(3) 易文網網址: www.ewen.co

上海展强印刷有限公司印刷

開本 850×1168 1/32 印張 9.875 插頁 4 字數 166,000

2019 年 11 月第 1 版 2019 年 11 月第 1 次印刷

印數: 1—3,100

ISBN 978-7-5325-9377-4

I·3434 定價: 42.00 元

如有質量問題,請與承印公司聯繫

021-66366565